CHRISTOPH FROMMHERZ

Wildstrubel

INTRIGEN IM SIMMENTAL Simmental 1973. Mist!, denkt Reto, als er den Zettel an seinem Fahrrad liest: »Lass die Hände weg von Anna!«, steht da geschrieben. Am vergangenen Samstag hatte sich das heimliche Paar zum Abschied bei den Siebenbrünnen und danach in einem leerstehenden Bergbauernhaus getroffen. Wurden sie etwa beobachtet? Anna, Tochter des Gemeindepräsidenten, ist inzwischen unterwegs ins Welschland zu ihrer Tante. Dort lernt sie nicht nur Französisch, sondern auch das »Savoir-vivre« und die Region um den Genfersee kennen. Bald stellt sie allerdings fest, dass sie schwanger ist. Als auf den Drohbrief weitere Hetze gegen Reto folgt, wird ihm klar, dass Anna nicht der einzige Grund ist, warum der Täter ihn ins Visier genommen hat. Denn mit seinem Engagement gegen die geplante Verbindungsstraße im Simmental durch den Rawil ins Wallis hat er sich Feinde gemacht. Doch erst als in der Region des Wildstrubels ein Unglück geschieht, offenbart sich das ganze Ausmaß der Intrige.

Christoph Frommherz lebt in der Region Basel. Er ist Geograph, arbeitet Teilzeit bei einer national tätigen Stiftung im Bildungsbereich und befasst sich mit Fragen der Vernetzung, Kommunikation und Bereitstellung von Unterrichtsmedien zur nachhaltigen Entwicklung. Neben der Familie beanspruchen sein politisches Engagement, sein Theaterschaffen sowie seine Arbeit als Autor den restlichen Teil seiner verfügbaren Zeit. Über die Jahre sind zahlreiche Theaterstücke entstanden, die er veröffentlicht und in verschiedenen Projekten auf der Bühne umgesetzt hat. »Wildstrubel« ist sein dritter Roman.

CHRISTOPH FROMMHERZ

Wildstrubel

BERGKRIMI

GMEINER

Immer informiert

Spannung pur – mit unserem Newsletter informieren wir Sie regelmäßig über Wissenswertes aus unserer Bücherwelt.

Gefällt mir!

Facebook: @Gmeiner.Verlag
Instagram: @gmeinerverlag
Twitter: @GmeinerVerlag

MIX
Papier aus verantwortungsvollen Quellen
FSC® C083411

Besuchen Sie uns im Internet:
www.gmeiner-verlag.de

Im Ehnried 5, 88605 Meßkirch
Telefon 07575/2095-0
info@gmeiner-verlag.de

1. Auflage 2022

Lektorat: Claudia Senghaas, Kirchardt
Herstellung: Julia Franze
Umschlaggestaltung: U.O.R.G. Lutz Eberle, Stuttgart
unter Verwendung eines Fotos von: © Flueseeli, Lenk;
Dario Bronnimann / unsplash
Druck: CPI books GmbH, Leck
Printed in Germany
ISBN 978-3-8392-0316-3

RETO 1

In seiner Schlafkammer war es Ende Mai 1973 um 4 Uhr morgens noch ziemlich frisch. Reto reckte und streckte sich, er hatte heute Großes vor. Er schlüpfte in die Berghose, zog sein Hemd an und ging die knarrende Treppe hinunter in die Küche. Dort war es noch vollkommen ruhig. Aus der Schublade des Küchentisches nahm er eine Schachtel Streichhölzer und zündete eine Kerze an. Elektrisches Licht wollte er keines anmachen. Das grelle Licht der Neonröhre hätte die schöne Morgenstimmung zerstört. Die einfach eingerichtete und gut aufgeräumte Küche wurde spärlich beleuchtet, das Auge gewöhnte sich schnell daran. Dann streckte er den Kopf zur Tür in den Hof hinaus und versicherte sich des guten Wetters. Der Himmel war, wie erwartet, sternenklar und kündigte einen schönen Vorsommertag an, es regte sich kein Lüftchen. Ausgezeichnete Verhältnisse, um den Wildstrubel zu besteigen, dachte er. Dann machte er Feuer im Herd: zerknüllte eine Zeitung, legte sie in die Feuerkammer, schichtete etwas Reisig und fein gespäntes Holz darauf und zündete die herausragenden Zipfel der Zeitung an. Er regelte den Luftabzug am Ofenrohr, und nach kurzer Zeit knisterte und loderte bereits ein lustiges Feuerchen im Herd. Er legte einige größere Scheite nach, schloss die Feuerkammer und setzte Wasser auf. Reto genoss diese Morgenstunden, wenn draußen und im Haus noch alles ruhig war. Er holte aus der Vorratskammer Brot, Butter,

Konfitüre, Käse, zwei Äpfel und drei Rübchen, schnitt sieben Tranchen ab und bestrich sämtliche mit Butter. Drei davon zusätzlich mit Konfitüre, und die anderen belegte er mit Käse zu zwei gefüllten Käsebroten. Diese legte er mit den Rübchen in die Brotbüchse und zusammen mit den Äpfeln in den Brotsack. Der Proviant musste für den ganzen Tag reichen. In der Zwischenzeit kochte das Wasser. Er goss sich einen Kaffee auf und füllte den Rest in die Thermosflasche, gab zwei Beutel Hagebuttentee und etwas Zucker dazu. Das war der Gipfeltee, für unterwegs musste Wasser reichen, das er in eine Feldflasche abfüllte. Jetzt setzte er sich an den Tisch und aß seine drei Brote genüsslich. Der Kaffee weckte seine Geister vollends. In Gedanken ging er seinen Plan für den heutigen Tag durch. Nach 7 Uhr würde er bereits beim Flueseeli sein und eine kurze Rast einlegen. Gegen 11 Uhr wollte er, je nachdem, wie gut der Weg bereits war, den Gipfel des Wildstrubels erreichen. Reto hoffte, dass er nicht allzu viele Schneefelder queren musste. Er rechnete damit, dass mindestens beim Aufstieg der Schnee über 3.000 Meter noch hart gefroren sein würde. Bereits am Vorabend hatte er aus diesem Grund die Steigeisen in den Rucksack gepackt und den Pickel angehängt. Beim Abstieg wollte er Anna, seine heimliche Freundin, beim Flueseeli treffen. Ein Lächeln huschte über sein Gesicht. Ein Bad im See durfte nicht fehlen. Dann der gemeinsame Abstieg mit der Rast im Bergbeizli und schließlich das Schäferstündchen im Heuschober auf halbem Weg zur Simmenfälle hinunter. Lauter schöne Momente reihten sich vor Retos innerem Auge aneinander. Die Schnitten waren gegessen und der Kaffee getrunken. Reto versorgte den Proviant im Rucksack, zog die Bergschuhe an, nahm die Jacke vom Haken und machte sich auf den Weg. Als er sich aufs Fahrrad schwang, setzte bereits die Dämmerung ein. In flotter Fahrt ging es Richtung Simmenfälle. Reto schaltete in den dritten Gang. Bei den verstreut gelegenen Höfen war bereits Licht im Stall zu sehen. Zum Glück bin ich nicht Bauer geworden, dachte Reto, sonst wäre ich jetzt im Stall und nicht unterwegs zum Wildstrubel. Seine Unabhängigkeit war ihm viel wert. Seinem vor drei Jahren verstorbenen Vater hatte sie bestimmt gefehlt, war Reto überzeugt, damit verbunden sicherlich ein wenig Lebensfreude. Der Talboden an der Lenk war breit und eben. Zuhinterst bildeten der Wildstrubel und seine benachbarten Gipfel als mächtiger Riegel den Talabschluss. Zum *Gasthof Simmenfälle* stieg die Straße etwas an. Reto schaltete in den zweiten Gang zurück. Dort angekommen, kettete er sein Fahrrad an einen Zaunpfosten und nahm den Wanderweg entlang der Simme unter die Füße hoch zu den Siebenbrünnen. Der Bach stäubte ihm tosend entgegen in seinem künstlich geschaffenen Bett dem Tal zu. Die Wassermenge, die sich hier mehr ins Bachbett zwängte, denn floss, war beträchtlich. Die Schneeschmelze in den höheren Regionen war noch in vollem Gange. Nach 20 Minuten erreichte er bereits die Barbara-Brücke. Sie war keine eigentliche Brücke, sondern mehr ein Steg über die Staumauer, die den über eine Felsplatte herunterstürzenden Bach in sein Bett umleitete. Hier stäubte das Wasser besonders stark, und Reto wurde regelrecht geduscht. Ihm gefielen solche Naturgewalten. Er wartete einen Moment und genoss das prickelnde Nass auf seinem Gesicht. Der Weg entlang der

Simme mündete hier in den Fahrweg zu den Siebenbrünnen. Diesem folgte er steil nach oben. Nach weiteren 20 Minuten erreichte er die Siebenbrünnen. Fritz Alleman, der hiesige Wirt und Bauer, schaute, gestützt auf die Mistgabel, zum Stall heraus. »Wohin willst du zu dieser frühen Stunde? Ich mache erst um 10 Uhr auf.«

»Auf dem Rückweg werde ich vorbeischauen. Jetzt muss ich zuerst auf den Berg!«

»Hab ich's mir doch gedacht.« »Und wie läuft es bei dir?«, wechselte Reto das Thema.

»Ganz ordentlich, an Pfingsten war mächtig was los.«

»Ist auch ein schöner Ort, du hast es gut.«

»Ja, ja, wir wollen und dürfen nicht klagen. Einen schönen Tag, ich muss weitermachen.«

»Danke, dir auch.«

Mit den Siebenbrünnen waren die sieben Quellen gemeint, aus denen hier die Simme entsprang. Das ganze Gebiet hieß Retzlibergweide. Diese erstreckte sich wie ein dem Wildstrubel vorgelagerter länglicher Brunnentrog, der im Laufe der Jahrtausende zu einer Schwemmebene aufgefüllt worden war. Einen treffenderen Namen könnte man kaum finden, dachte Reto und folgte dem Weg, der hier in engen, in den Felsen geschlagenen Serpentinen die erste Steilstufe überwand. Nichts für ungeübte Flachländer, spottete Reto in Gedanken, die schaffen es sowieso kaum über die Siebenbrünnen hinaus. Nach der ersten Steilstufe folgte etwas flacheres, gerölliges Gelände. Der Weg stieg stetig an, begleitet von den spärlich werdenden Föhren und Lärchen. Reto gewann schnell an Höhe. Vor der zweiten Steilstufe überquerte er einen weiteren Steg am Fuße eines Wasserfalls. Nach oben erspähte er durch den vom Wasser gebildeten Einschnitt viel blauen Himmel und nach unten den Talgrund der Retzlibergweide – so steil und exponiert war hier das Gelände. Reto fühlte sich in seinem Element. Kurz nach diesem Übergang erweiterte sich der Weg auf der rechten Seite zu einer kleinen Kanzel mit herrlichem Tiefblick. Ein zu einer Bank verarbeiteter Baumstamm lud zum Verweilen ein. Er nutzte die Gelegenheit und stärkte sich mit einem Apfel. Wie ein Adler im Horst kam er sich vor. Am liebsten hätte er jetzt gleich seine Schwingen ausgebreitet und wäre übers Tal gesegelt auf der Suche nach günstiger Thermik, die ihn mühelos zum Gipfel heben würde. Auf den Gipfel würden ihn auch seine gut trainierten Beine tragen. Nach kurzer Rast ging er weiter. Reto staunte jedes Mal von Neuem, wie schnell und gut man auf solchen Bergwegen steigen konnte. Die Wegmacher hatten über die Jahrhunderte hinweg ausgezeichnete Arbeit geleistet. Im Grunde genommen waren dieser Weg und viele andere ein kleines Wunder. Gebietsunkundige würden niemals erwarten, dass man hier hochsteigen konnte. Der Weg führte nun in engen Kehren steil dem zerklüfteten Gelände entlang nach oben, bis sich dieses weitete und an Steilheit einbüßte. Urplötzlich stand man am Rande einer breiten Terrasse, welche weitgehend vom Flueseeli eingenommen wurde. Dieser Moment des Übergangs verblüffte Reto jedes Mal. Der See lag ruhig vor ihm da. Unweit des Weges, aber doch ganz gut abgeschirmt, gab es eine gute Bademöglichkeit: Auf einer leicht geneigten Felsplatte, die vom Ufer bis knietief in den See hineinreichte, konnte man bequem einsteigen. Doch das Bad war erst auf dem Rückweg geplant. Reto entnahm seinem Rucksack das große gelbe Badetuch, breitete es am Ufer aus und beschwerte es mit vier Steinen. Allen sollte klar sein, dass dieser Platz bereits besetzt war. Dann machte er sich wieder auf den Weg, vorbei am Fluhseehorn nach oben. Allmählich wurde die Grasnarbe durch Geröll abgelöst. Reto musste ab und zu kleinere Schneefelder traversieren. Steinmännchen traten an die Stelle der weiß-rot-weißen Markierung. Reto wäre auch ohne sie ausgekommen, so gut kannte er sich aus. Da und dort schichtete er ein Steinmännchen wieder auf, das im Winter in Mitleidenschaft gezogen worden war. Er kam vorbei an jenem Couloir, wo er sich bei seiner ersten Besteigung verstiegen hatte. Damals lag noch mehr Schnee darin als heute. Er wollte deshalb über den bereits schneefreien Hang zur linken Seite ausweichen, da er dort Spuren erkennen konnte. Das ging zwar ganz ordentlich, oben angekommen war er allerdings vom Weg abgekommen und brauchte etliche Zeit, um sich zu orientieren. Ein großes Steinmännchen, das er in etlicher Entfernung erspähte, wies ihm damals wieder den richtigen Weg. Er durchstieg den Couloir auf dem direkten Weg und gelangte oben in eine Mulde, die linker Hand in eine lang gezogene Hangpartie überging, die von etlichen Gräben durchschnitten war und sich bis zum westlichen Gipfelgrad hochzog. Letzterer war bereits zum Greifen nah, verlangte aber doch noch etwas Geduld. Reto schritt trittsicher und zügig voran. Er wusste, dass er dieses Tempo problemlos bis zum Gipfel durchhalten konnte. In der Zwischenzeit hatte er bereits die Höhe der Plaine-Morte erreicht. Von der Lenk aus gesehen, wirkte dieser Gletscher wie ein horizontaler

Balken, der den Wildstrubel auf der linken Seite mit dem halbrunden Gipfel des Gletscherhorns auf der rechten verband. Von Crans Montana im Wallis her hatte man eine Seilbahn bis an den südlichen Rand des Gletschers gebaut. Die Bergstation konnte er bereits schwach erkennen. Dank der Seilbahn irrten auch im Sommer Langläufer auf der Plaine-Morte herum. Reto empfand dies als völlig unnötig. Zum Glück waren heute keine unterwegs. Er hatte bereits den oberen Teil des Hangs erreicht, welcher nur noch aus Geröll zu bestehen schien und am oberen Ende in ein steiles Schneefeld überging. Im Süden zeichneten sich im Wallis die ersten 4.000er ab. Sie erinnerten Reto an den eigentlichen Grund, heute auf den Wildstrubel zu steigen: Er wollte das gesamte südliche Gipfelpanorama in einer Skizze festhalten und sie Anna mit auf den Weg in ihr Welschlandjahr schenken. Eigentlich müsste ich ein Selbstporträt anfertigen, sinnierte er, aber die Berge sind mein Allerheiligstes und ein würdiger Ersatz dafür. Vor lauter Gedanken hatte er beinahe den Übergang vom Geröll in den Firn verpasst. Hier war nämlich größte Vorsicht geboten. Der Schnee war noch hart gefroren, und Trittspuren, die Halt hätten geben können, waren nicht vorhanden. Reto packte die Steigeisen aus dem Rucksack und montierte sie an die Bergschuhe. Zusammen mit dem Pickel in der Hand stieg er bequem und sicher zum Westgrat hoch und diesen entlang zum Gipfel. Obwohl er schon viele Male auf dem Wildstrubel stand, war es auch heute ein erhebendes Gefühl. Das Gipfelkreuz empfing ihn in Würde. Der Ausblick war grandios. Reto genoss ihn mit Andacht. Dann machte er sich an die Skizze des Panoramas. Reto arbeitete konzentriert, setzte Strich um Strich auf das mitgebrachte Leporello im Format A4 quer. Wiederholt glich er das gezeichnete mit dem realen Panorama ab, das er in klarem Licht vor sich hatte. Er war genau darauf bedacht, die in der Realität vorhandenen Verhältnisse exakt auf das Papier zu bringen. Ein 4.000er musste ein 4.000er bleiben und durfte auf gar keinen Fall unter diese magische Grenze fallen. Jene Gipfel, die er benennen konnte, beschriftete er gleich. Wo er unsicher war, setzte er ein Fragezeichen dazu, und wo er den Namen nicht kannte, nur ein Fragezeichen. Die Einträge wollte er später verifizieren und vervollständigen. So arbeitete er sich vom Bietschhorn im Osten über die Mischabel-Gruppe, das Monte-Rosa-Massiv, das Weisshorn, den Grand Combin bis hin zum Mont Blanc. Ein Gipfel reihte sich an den anderen, viele deutete er nur an, nur die wichtigsten zeichnete er aus. Trotzdem ergab sich eine schöne Gesamtsicht. Ihr sah man es an, dass der Zeichner mit seinem Blick schon oft den Konturen der Berge gefolgt war und sich die Gipfelform gut eingeprägt hatte, bevor er sie zu Papier brachte. Als er damit fertig war, waren bereits gute zwei Stunden auf dem Gipfel vergangen. Reto war zufrieden mit seinem Werk und legte das Leporello in einen schützenden Umschlag aus Karton und diesen wiederum in einen Plastiksack. Die Zeit reichte gerade noch, um etwas zu essen und zu trinken. Mit Appetit biss er in sein Käsebrot und aß von einem Rübchen. Der Gipfeltee war jetzt optimal temperiert. Er trank zwei Tassen mit großem Genuss. Dann nahm er das Gipfelbuch und hinterließ den folgenden Eintrag: »Schön, hier oben zu sein, wie immer.« Jetzt musste er aufbrechen. Er versorgte den Proviant im Rucksack, die Steigeisen ebenfalls. In der Zwischenzeit war nämlich der gefrorene Schnee aufgetaut und gab einen guten Trittfirn ab. Den Pickel behielt er in der Hand. Auf demselben Weg ging er wieder runter. Dort, wo der Hang genügend, aber nicht zu steil war, surfte er, auf den bremsenden Schaft des Pickels gestützt, in der Falllinie den Hang hinunter. Das machte großen Spaß. Innert kürzester Zeit fand er sich wieder beim Übergang zur Geröllhalde ein und schnallte den Pickel auf den Rucksack.

ANNA 1

Die geräumige, helle Küche war mit modernsten Küchengeräten ausgestattet. Das Mobiliar stilvoll in hellem Ahorn gehalten. Nur wenig erinnerte, außer der gut erhaltenen Fassade, an das ehemalige Bauernhaus. Bereits die Großeltern von Anna hatten die Landwirtschaft aufgegeben, das Land verkauft oder verpachtet und den Erlös in die aufkommende Hotellerie und Parahotellerie investiert. »Statt Alpwirtschaft pflege ich jetzt einfach Immobilien«, ließ ihr Großvater von da an salopp verlauten. Er und seine Frau zeigten damit ein gutes Gespür für Geld, das nötige Geschick und genügend Weitblick, um es gewinnbringend anzulegen. Den Empfehlungen seiner Eltern folgend, ließ sich Annas Vater zum Architekten an der Eidgenössischen Technischen Hochschule Zürich ausbilden und wechselte später allmählich in die Politik. In seinem Beruf unterhielt er mehr die eigenen Gebäude, als dass er neue schuf. Lediglich ein paar Prestigeobjekte trugen seine eher schnörkellose Handschrift als Architekt. Der Wechsel in die Politik war nur konsequent. Den inzwischen beträchtlichen wirtschaftlichen Einfluss der Familie in Dorf und Tal wollte er auch auf dieser Ebene absichern. Zunächst im Gemeinderat, als dessen Präsident er heute wirkte, und seit rund zehn Jahren im Großrat des Kantons Bern. Für die kommenden Wahlen wurde er sogar als möglicher Regierungsrat seiner Partei gehandelt. Selbstverständlich würde Annas Vater seine politischen Beweggründe nie so offen formuliert darlegen, eher vom Einsatz für das Gemeinwohl sprechen, was sicher auch stimmte, aber letztlich ging es ihm um die Wahrung und Förderung des Besitzstandes seiner Familie. Dazu gehörten inzwischen zwei große gut laufende Hotels, drei Restaurants und zahlreiche Ferienhäuser und -wohnungen. Auch an den hiesigen Bergbahnen war die Familie mit beträchtlichen Aktienpaketen beteiligt. Das Geschäft florierte. Durch die beträchtliche Größe des Unternehmens konnten die nötigen Unterhaltsarbeiten sowie die Administration optimal gewährleistet werden. Das ergab beträchtliche Wettbewerbsvorteile gegenüber der ortsansässigen Konkurrenz, die auch nicht untätig war.

Anna schlief noch selig in ihrem Zimmer im zweiten Stock des Elternhauses. Sie hatte am Vorabend bis in die Nacht hinein ihre Abreise ins Welschland vorbereitet. Lange nach Mitternacht war sie mit Vorfreude auf den heutigen Tag zu Bett gegangen. Nun konnte sie getrost ausschlafen, denn sie wurde erst am Nachmittag am Flueseeli erwartet. Anna hatte im vergangenen Herbst als eine von wenigen jungen Frauen des Simmentals die Matura bestanden, nicht einfach so, sondern zum Stolz ihrer Eltern mit Bestnoten in vielen Fächern. Nicht nur in schulischen Dingen bewies sie Reife, sondern wirkte auch als Person etwas älter als ihre ehemaligen Mitschülerinnen und Mitschüler. Ihre berufliche Zukunft ging sie relativ gelassen an. Den Winter hindurch hatte sie ihrem Vater bei einfachen Arbeiten im Büro geholfen und während der Hochsaison als Hilfsskilehrerin bei der *Skischule Lenk* gejobbt. Etwas war ihr allerdings bereits jetzt klar:

Wie ihre Mutter lediglich als Hausfrau durchs Leben zu gehen, wie es viele ihrer Kolleginnen anstrebten, wollte sie mit Sicherheit nicht. Am ehesten interessierte sie sich für eine Arbeit in der Tourismusbranche. Da waren gute Sprachkenntnisse gefragt. Französisch lernen im Welschland und Englisch als Au-pair in London, waren ihre Pläne für die nähere Zukunft. Auch für ihre Eltern war ihre berufliche Zukunft gar nicht so wichtig, sie übten deswegen keinen Druck aus. Viel mehr interessierte sie, mit wem Anna durchs Leben gehen würde, und spannten bereits erste Fäden. Der Glückliche sollte vor allem das richtige Elternhaus haben, gut ausgebildet sein und seine Fähigkeiten am geeigneten Ort gewinnbringend einsetzen. An der Lenk und im Tal kamen nicht viele infrage, und diese wollten handverlesen sein, waren sie sich einig. Anna hingegen kümmerte das nur wenig. Sie war hübsch, ohne sich darauf etwas einzubilden, von froher Natur und kam mit allen ihren Kolleginnen und Kollegen gut aus. Und sowieso war das eine Angelegenheit des Herzens und keine des Geldbeutels, der Herkunft oder der Ausbildung. Ihre Eltern waren in dieser Hinsicht auf dem Holzweg. Das sagte sie ihnen nicht einfach so, weil dies eine unnütze Diskussion nach sich gezogen hätte, sondern dachte es für sich. Die Anspielungen der Eltern quittierte sie jeweils mit einem selbstbewussten Lächeln. Denn der Richtige war ziemlich sicher bereits da.

FREDY 1

Die berufliche Laufbahn ihres Bruders Fredy war demgegenüber klar vorgezeichnet: Er studierte an der Universität Bern Jurisprudenz und stand kurz vor dem Lizenziat. An den Wochenenden zog es ihn regelmäßig ins Elternhaus. Fredy galt im Familienbetrieb als designierter Nachfolger seines Vaters. Soeben kam er ziemlich verschlafen die Treppe herunter in die Küche, wo ihm die Mutter bereits das Morgenessen zubereitet hatte. »Guten Morgen«, begrüßte er seine Mutter gähnend.

»Guten Morgen. Hast du gut geschlafen in deinem Bett?«

»Natürlich habe ich gut geschlafen, wie immer. Ist der Kaffee bereit?«

»Der Thermos steht auf dem Tisch.« Fredy setzte sich an den Tisch und goss sich Kaffee ein. »Hast du eine gute Woche gehabt?«, wollte seine Mutter wissen. Diese rituellen Fragen, die jedes Wochenende von seiner Mutter hervorgebracht wurden, mochte Fredy nicht besonders. Seine Antwort war entsprechend knapp: »Nichts Besonderes, außer lernen für den Abschluss.« Und überhaupt musste er zuerst noch richtig wach werden. Er nahm einen kräftigen Schluck Kaffee und bestrich sich zwei Scheiben Brot mit Butter. Erst jetzt entdeckte er aus seinen noch schmalen Augen den Alpkäse und die selbst gemachte Konfitüre aus Waldbeeren, das Wichtigste überhaupt. Nun war der Tag gerettet, und Fredys Stimmung hellte sich augenblicklich auf. Gleichzeitig drang der erste Sonnenstrahl in die Küche und sorgte als Tüpfchen auf dem i für eine fast perfekte Atmosphäre. Das Haus lag am östlichen Dorfrand gegen den Bühlberg zu und bekam am Morgen erst relativ spät Sonne. Am Abend blieb sie dafür umso länger. Eines musste er seiner Mutter lassen, dachte Fredy, auch wenn sie manchmal dumme Fragen stellte, um sein leibliches Wohl war sie stets bestens besorgt. Nicht nur die Mutter, auch Fredy hatte seine Rituale: Dazu gehörte, dass er das erste Butterbrot stets mit Käse belegte und das zweite mit Konfitüre bestrich. Ein drittes, wahlweise mit Käse oder Konfitüre, gab es nur in Ausnahmefällen. Fredy war von sportlicher Natur und stets darauf bedacht, sein Körpergewicht im optimalen Bereich zu halten. Im Winter gehörte er als Skilangläufer zu den Besseren im Tal und im Sommer absolvierte er regelmäßig Bergläufe. Doch heute fand Fredy, könnte er durchaus eine Ausnahme machen. Am Vorabend hatte er, direkt von Bern kommend, das Nachtessen zu Hause ausgelassen und war bei seinen Kumpels am Stammtisch in der *Krone* gelandet. Dort war er lange hängen geblieben und hatte Claudia, der hübschen Serviertochter, ziemlich tief in die schönen Augen geblickt. Nun benötigte er dringend Energie und machte geltend, einen Teil des verpassten Nachtessens mit der dritten Schnitte zu kompensieren. »Heute gönnst du dir bestimmt etwas Ruhe«, schien seine Mutter seinen Zustand richtig zu deuten. »Mach dir keine Sorgen um mich«, ärgerte sich Fredy von Neuem und ergänzte lakonisch: »Einfach lernen für die Prüfung.«

»Gönne dir etwas Freizeit bei dem schönen Wetter, mache einen Ausflug mit deinen Freunden. Dann geht das Lernen wieder besser«, insistierte seine Mutter. »Ich habe heute Nachmittag mit Peter auf der Retzlibergweid abgemacht«, erwiderte Fredy dezidiert, in der Hoffnung, das Thema so abgeschlossen zu haben. Vom anschließenden Abstecher über die Langer Matte auf die Iffigenalp zu Regula in die *Bergwirtschaft* sagte er natürlich nichts. Das musste seine Mutter nicht wissen. Das hätte höchstens die moralische Schelte nach sich gezogen, sich endlich um ein standesgemäßes Mädchen zu bemühen. Wie konventionell seine Eltern doch dachten. »Dort triffst du bestimmt Anna, schau etwas zu ihr.«

»Anna ist genug alt und kann selber auf sich aufpassen«, beendete Fredy nun definitiv das Gespräch und nahm demonstrativ die heutige Zeitung von der Beige auf dem Tisch und blätterte darin. Mütter können ganz schön anstrengend sein, dachte er. Als sich seine Mutter definitiv der Hausarbeit zuwandte, legte er die Zeitung zur Seite und strich sich die wohlverdiente dritte Schnitte mit Konfitüre. Nachdem er die ersten beiden eher heruntergeschlungen hatte, genoss er diese richtig, ohne ein schlechtes Gewissen zu haben. Er nahm nochmals die Zeitung hervor und las einen Beitrag im kantonalen Teil, der ihm beim Durchblättern aufgefallen war. Der Artikel warf die Frage auf: »Wer will eigentlich eine Autobahn durchs Simmental?« Die geplante Straßenverbindung durch das Simmental und den Rawil ins Wallis war ein wichtiges Thema, das die Gemüter im Tal erhitzte. Fredy hatte sich in dieser Angelegenheit noch keine definitive Meinung gebildet. Einerseits würde eine schnelle Verbindung ins eher abgelegene Dorf am Ende des Simmentals mit Sicherheit mehr Gäste an die Lenk bringen. So gesehen wäre damit ein beträchtliches wirtschaftliches Potenzial verbunden, das sein Familienunternehmen bestimmt zu nutzen wüsste. Andererseits, wer garantierte, dass die Gäste auch wirklich an der Lenk haltmachten und nicht einfach ins Wallis weiterfahren würden?

ANNA UND RETO 1

Reto erspähte von weit oben, dass sich zu seinem Badetuch noch ein weiteres gesellt hatte, auf dem jemand lag. Retos Herz klopfte heftig, und seine Vorfreude ließ ihn geistige Sprünge machen. Mit den Füßen versuchte er allerdings, am Boden zu bleiben, denn die Stolpergefahr war in der steilen Geröllhalde beträchtlich. Er beschleunigte unwillkürlich seine Schritte und flog förmlich den schmalen Weg hinunter, der oberhalb des Sees in zwei oder gar drei schmalen, tiefen Furchen verlief. Als er keine 100 Meter vom Badeplatz entfernt war, hielt er inne. Dazwischen lag nur noch ein kleiner Hügel, der die direkte Sicht versperrte. Reto duckte sich so weit wie möglich, schlich um den Hügel herum und kroch schließlich auf allen vieren. Anna lag im Bikini auf dem Bauch, schien zu dösen oder zu schlafen oder tat vielleicht nur so. Geschmeidig wie eine Katze nahm er die letzten Meter und küsste sie zärtlich zwischen Schulterblätter und Hals. Augenblicklich drehte sie sich zu ihm mit einem strahlenden Lächeln: »Hallo, wer kommt denn da geschlichen, bist du mein Märchenprinz?« Reto erwiderte diese freudige Begrüßung mit einem zärtlichen Kuss, und beide schlangen sich ineinander. Als sie den ersten Liebeshunger gestillt hatten, löste sich Anna etwas von Reto und schaute ihn fragend an: »Bist du sicher, dass uns niemand sehen kann? Mich einfach so zu überfallen«, mimte sie die Empörte.

»Mach dir keine Sorgen: Von da oben hat man einen guten Überblick. Außer uns beiden ist garantiert niemand am See.«

»Dann bin ich froh.« Sie gab ihm einen Kuss und fuhr beschwichtigend fort: »Weißt du, auch wenn es uns schwerfällt, wir müssen vorsichtig sein. Lange geht es zum Glück nicht mehr.« Reto erwiderte ihren Kuss und es folgten noch weitere Zärtlichkeiten, dann löste er sich von ihr: »Es ist höchste Zeit, dass ich aus den verschwitzten Klamotten komme.« Er zog sich schnell bis auf die Unterhosen aus. »Kommst du auch ins Wasser?«

»Wie kalt ist es denn?«

Statt zu antworten, machte er zwei Schritte ins Wasser, drehte sich zu ihr und spritzte sie mit einer Handvoll Wasser an. »Brr«, machte Anna, und Reto erwiderte lakonisch: »So kalt ist das Wasser.«

»Du, lass das!«

»Kommst du oder kommst du nicht? Bist du ein Gfrörli oder nicht?«

Diese Provokation genügte: Anna lief spritzend an Reto vorbei und tauchte gleich mit dem ganzen Körper ins Wasser und schwamm so weit, bis sie noch knapp im Wasser stehen konnte. Sie fühlte sich wonnig. Die Temperatur war zwar frisch, aber keineswegs kalt, sodass sie es auch länger aushalten konnte. Sie drehte sich zu Reto und grinste ihn frech an: »Na, wer ist hier der Gfrörli?« Das konnte nun Reto nicht auf sich sitzen lassen. Er machte zwei Schritte vorwärts, gefolgt von einem eleganten Hecht, sodass er eigentlich genau bei Anna auftauchen sollte. Sie trat aber etwas zur Seite. Als er den Kopf aus dem Wasser streckte, musste er sich erst einmal orientieren. »Hallo, hier bin ich.« Gleichzeitig hielt Anna ihm die Hände entgegen, die Reto gerne ergriff und sie zu sich heranzog. Da das Wasser hier etwas tiefer war, konnte nur noch Reto sicher stehen. Anna klammerte ihre Beine um Retos Hüfte. Sie pressten ihre Oberkörper eng zueinander und küssten einander unendlich zärtlich. Ihre innere Glut ließ sie das kühle Nass vergessen. Wenn nur diese dumme Unterhose nicht gewesen wäre, die Reto allmählich die Beine herunterrutschte und ganz verloren zu gehen drohte. Reto löste sich aus der Umarmung: »Anna ich muss auf meine Unterhose aufpassen. Sie ist mir heruntergerutscht und hängt nur noch an der großen Zehe.«

»Aha, da ist tatsächlich keine Unterhose.« Anna zupfte neckisch an Retos Glied. »He du, das ist nicht lustig. Wenn ich sie ganz verliere, bin ich verloren. Ohne Unterhose in die kratzende Berghose, das geht wirklich nicht.« Im letzten Augenblick erwischte er die Unterhose mit der Hand, ging etwas mit Anna, die sich immer noch an ihn klammerte, zum Ufer hin und stellte sie dort ab. Dann zog er die Unterhose wieder hoch. »Bist du jetzt beleidigt?«, fragte Anna etwas unsicher, als er sie nach erfolgter Aktion wieder ansah. »Wo denkst du hin, aber das wäre wirklich eine dumme Situation gewesen. Komm, wir gehen ans Land.«

»Ja, ich muss noch etwas Sonne baden.« Sie wateten an Land und trockneten sich ab. »Du mit deiner Unterhose. Das nächste Mal nimmst du die Badehose mit.« Sie machte es sich auf dem Badetuch bequem. Reto hingegen zog sich gleich wieder an. Ihm war die Situation etwas peinlich. Dann setzte er sich ebenfalls aufs Badetuch und packte die Skizzen aus. »Schau, was ich dir vom Gipfel mitgebracht habe.« Er entfaltete das Leporello Blatt für Blatt. Anna machte große Augen: »Du, sag einmal: Sind das die Walliser Alpen?«

»Bingo, du hast es auf Anhieb erraten.«

»Das spricht für die Qualität deiner Zeichnungen, die sind wunderschön.«

»Vielen Dank für das Kompliment. Wir müssen unbedingt einmal gemeinsam hochsteigen, damit du diese Pracht in Natura sehen kannst.«

»Du zeichnest wirklich gut. Mit meinem Vater war ich vor drei Jahren auf dem Wildhorn, darum kann ich deine Skizzen auch beurteilen.«

»Dein Vater geht auch zu Berg?«

»Und überschätzt sich gerne dabei. Als wir auf dem Wildhorn waren, kam es zu einem plötzlichen Wettersturz. Zum Glück war gleichzeitig ein Bergführer mit seinem Gast auf dem Gipfel. Sonst wäre ich womöglich nicht hier.«

»Zum Glück bist du hier.« Reto betrachtete Anna vertraut, verliebt, und sie gab ihm einen Kuss. »Hast du übrigens gehört, dass am Flueseeli eine Schutzhütte gebaut werden soll?«, wollte Anna wissen.

»Von wem?«

»Von der Gruppe, die am 1. August hier oben weit sichtbar leuchtend den Namen *Lenk* schreibt.«

»Gute Idee«, erwiderte Reto, »ich brauche zwar kein Dach über dem Kopf, wenn ich hier übernachten möchte, aber bei schlechtem Wetter …«

»Letztes Jahr hat es ziemlich fest geregnet und da wären sie sicher froh gewesen.«

»Solang sie keine Bergbahn hier hinauf bauen, kann es mir recht sein.« Nun begann sich auch Anna anzukleiden. Reto schaute ihr verstohlen zu. »Übrigens, du bringst mich auf eine gute Idee: Könnte man die Gruppe nicht dazu gewinnen, statt ›Lenk‹, ›Rawil nein!‹ oder noch besser ›Lenk ja, Rawil nein‹ an den Berg zu schreiben?«

»Meinst du, das wäre wirklich nötig? Im Dorf will doch niemand diese Autobahn, außer dem Betschard und seinen Anhängern.«

»Es gibt aber viele Lenker mit Einfluss, die sich noch nicht öffentlich geäußert haben. Was meint zum Beispiel dein Vater?«

»Der hält sich bedeckt. Da ist er ganz Politiker. Er will doch Regierungsrat werden. Da braucht er die Stimmen aus dem ganzen Tal. Und die Untersimmentaler sind eher für die Rawil-Autobahn, weil sie hoffen, dass ihre Dörfer vom lästigen Autoverkehr befreit werden.«

»Eben.«

»Aber dein Schriftzug würde nicht so weit leuchten.«

»Für die Zeitungen wäre das bestimmt ein gefundenes Fressen und dazu ein starkes Zeichen. Ist nicht dein Bruder bei dieser Clique? Er könnte doch ein gutes Wort einlegen. Das wird er für seine Schwester bestimmt tun.«

»Der denkt doch wie sein Vater und wird sicher nicht vorpreschen und sich auf die Äste hinauslassen.«

»Wäre bestimmt eine gute Idee«, erwiderte Reto mit Bedauern.

»Müssen wir uns nicht allmählich auf den Rückweg machen?«

»Stimmt, du darfst ja nicht zu spät nach Hause kommen.«

»Ha, ha, ha.« Sie packten ihre Sachen zusammen. »Das Leporello musst du einpacken.«

»Ist das wirklich für mich?« Reto nickte, und Anna flog ihm an den Hals und küsste ihn. »Die noch fehlenden Namen werde ich später ergänzen». Dann machten sie sich auf den Weg: nicht etwa Hand in Hand oder Arm in Arm, sondern in gebührendem Abstand. Falls ihnen jemand begegnete, sollte es auf gar keinen Fall so aussehen, dass sie gemeinsam unterwegs waren. Für Anna war es eine Notwendigkeit: Nur so konnte sie diese Beziehung leben. Reto fügte sich, nicht besonders glücklich darüber, in sein Schicksal. Für ihn stand Liebe über den gesellschaftlichen Normen. Beide trösteten sich mit dem Gedanken, dass es nicht mehr lange bis zu Annas 20. Geburtstag dauern würde.

Nach der heutigen Bergtour und dem Bad im See war Reto etwas schlapp. Er trottete den Weg hinunter und ließ seine Gedanken schweifen. Was würde wohl in fünf Jahren sein? Vielleicht waren sie bereits verheiratet und hatten womöglich Kinder. Reto schauderte es einen kurzen Moment bei diesem Gedanken. Nicht wegen der Kinder an sich, sondern weil er als Vater viele seiner jetzigen Freiheiten einbüßen würde. Reto brauchte viel Raum, Luft und Bewegung. Ein geregelter Tagesablauf war für ihn bereits suspekt. Genau das wäre die Konsequenz einer Familiengründung, ein einengendes Korsett, das er noch nicht bereit war überzustreifen. Noch nicht? War das der Preis für seine Liebe zu Anna? Nein, das konnte es nicht sein. Es musste einen Weg geben, welcher die Liebe mit der Freiheit verband und sie nicht im Käfig der Ehe verkümmern ließ! Von daher war er gar nicht so unglücklich, dass nächste Woche Annas Welschland-Jahr begann. Vielleicht war es so einfacher, diesen Weg zu finden. Zum Glück hatte er keine Angst, sie zu verlieren. Auch Anna dachte an die Zukunft, allerdings an die ganz nahe. Zum ersten Mal von daheim weg und noch dazu in der französischen Schweiz: Das war eine Herausforderung, auf die sie sich freute. Danach war sie volljährig und konnte selbstbestimmt durchs Leben gehen. Ihre Eltern mochte sie zwar sehr, aber ihre Ansichten empfand sie in vielen Bereichen als antiquiert. Niemals würde sie sich Reto ausreden lassen. Seit über einem Jahr waren sie zusammen, und niemand hatte etwas vom unsichtbaren Band zwischen ihnen bemerkt. Das war ein gutes Zeichen. Wenn sie jetzt noch die Beziehung auf Distanz erfolgreich meisterten, stand einer engeren Bindung nichts im Wege. Anna hatte keinen Zweifel daran. In der Zwischenzeit war sie bei der Kanzel mit der Holzbank angelangt. Sie überblickte den vor ihr liegenden längeren Wegabschnitt und stellte fest, dass keine weiteren Wanderer unterwegs waren. Dies signalisierte sie Reto, der weiter oben auf ein Zeichen von ihr wartete. Dann setzte sie sich auf die Bank und freute sich auf ihn. Reto kam gemächlich daher. »Na, du hast es aber nicht besonders eilig, mich zu treffen.«

»Ich bin auch bereits etwas länger unterwegs.«

»Setz dich zu mir.«

»Das wäre eine gute Idee.« Er setzte sich, nahm den zweiten Apfel aus dem Rucksack und bot Anna die Hälfte an. Sie aßen und genossen den spektakulären Blick in die Tiefe. Ziemlich direkt unter ihnen erspähten sie die Siebenbrünnen mit dem Bergrestaurant. Nordwärts zu den Simmenfällen hinunter schloss ein mächtiger waldiger Riegel an, welcher bis zum flachen Talboden reichte, der zum Gemeindeteil Oberwil gehörte und sich bis zum Dorf Lenk und darüber hinaus erstreckte. »Warum ist hier oben alles so einfach und dort unten alles so kompliziert?« Anna lehnte ihren Kopf fragend an Retos Schulter. »Ich glaube, das hat mit der Nähe zur Natur zu tun«, erwiderte Reto und gab ihr einen Kuss.

»Wie meinst du das?«

»Das moderne bequeme Leben in der Gesellschaft bedingt eher komplizierte Strukturen. Das Einfache, Selbstverständliche, das Natürliche geht da verloren.«

»Und, du meinst, hier oben finden wir es wieder?«

Reto nickte und fuhr fort: »Um das Leben möglichst konfliktfrei und reibungslos zu gestalten, gibt es eine Unmenge von geschriebenen und ungeschriebenen Regeln. Das macht es nicht einfach.«

»Aber Konflikte sind doch nicht nur schlecht.«

»Wir machen doch auch dieses Versteckspielchen, um dem Konflikt mit deinen Eltern aus dem Weg zu gehen.«

»Du hast recht«, seufzte Anna. »Wie sieht das weitere Programm aus?«

»Wir treffen uns rein zufällig im *Restaurant Siebenbrünnen* und danach wieder im Heuschober.« Mit dem Bad im See hatte sich für Anna eine kleine, aber feine Änderung in der Beziehung zu Reto ergeben. Als nun Reto so selbstverständlich vom Schäferstündchen im Heu sprach, wusste sie auch warum: Noch nie war sie ihm intim so nahe gekommen, wie im See bei diesem spielerischen Griff nach seinem Pimmel. Nun spürte sie plötzlich eine riesige Spannung, die sie unruhig werden ließ.

Der erhabene Ausblick von der Kanzel ins Tal und die sie umgebende blühend duftende Bergwelt war plötzlich nicht mehr so wichtig. »Jetzt müssen wir uns aber auf den Weg machen, sonst bleibt uns nicht mehr genügend Zeit im Heu.« Anna stand auf und machte sich an den Abstieg. Reto, der eigentlich lieber noch etwas länger geblieben wäre, begriff schnell, warum sie es plötzlich so eilig hatte. Ihn erfasste schlagartig die gleiche Spannung, wie sie Anna bereits erfahren hatte. Trotzdem blieb er noch für einen kurzen Moment sitzen und folgte Anna mit dem Blick. Diese hüpfte in schneller, dem Gelände angepasster Schrittfolge von Stein zu Stein den Weg hinunter. Mit ihr hüpften nicht nur die Beine, sondern auch das Herz. In flottem Tempo, mit leicht gerötetem Gesicht und heiterem Gemüt ging es dem nächsten Etappenziel zu. Als geübte Berggängerin, wobei *gehen* ziemlich untertrieben war, unterbot sie die an den Wegweisern angegebenen Marschzeiten locker. Das schont erst noch die Gelenke, dachte sie. Mit einer vorsichtig abwägenden, jeden Schritt abbremsenden Gangart, die vielen weniger geübten Bergwanderern gemein war, hatten ihre flinken Schritte nur wenig zu tun. Ihre innere Spannung wandelte sich in Lebensfreude, und gut gelaunt ging sie unten, auf der Retzlibergweid angekommen, noch zur Quelle der Simme. In sieben Brünnen schoss hier das Wasser aus dem Berg und bildete einen Bergbach. Links und rechts des Bergbaches genossen zahlreiche Familien mit spielenden Kindern die schöne Umgebung. Anna genoss die prickelnde Frische, die durch das stäubende Wasser verursacht wurde. Sie erfrischte das Gesicht und kühlte im Bach die Arme. Dann ging sie gemächlich den restlichen

Weg zum Restaurant. Dort war Reto bereits eingetroffen und gab gerade bei Marta, der Tochter des Hauses, die Bestellung auf. Anna wurde von ihr freundlich begrüßt: »Na, kommst du auch rein zufällig vom Wildstrubel?«

»Wieso rein zufällig?«

Marta zeigte auf Reto: »Der war bereits oben.«

»Nein, so weit bin ich nicht gekommen.« Und zu Reto: »War es schön?«

»Tolle Fernsicht, die ganzen Walliser Alpen. Wo warst du?«

»Ich war nur auf dem Flueseeli und jetzt noch bei den Siebenbrünnen.«

»Was möchtest du trinken?«

»Bring mir einen Apfelsaft.« Anna setzte sich schräg vis-à-vis von Reto. Marta ging in die Schankstube, die Getränke holen. »Und wie geht's, was machst du so«, begann Anna ein Gespräch, das Small Talk sein sollte, es aber nicht wirklich war. »Dies und jenes«, erwiderte Reto und schaute an ihr vorbei zu den Bergen. »Ich hangle mich von einem Job zum anderen.« Ihm kam die Situation komisch vor. Anna hätte sich am liebsten an ihn gekuschelt, Worte waren da sowieso überflüssig, nur war er für sie unerreichbar weit weg gegenüber am Tisch. Beide schwiegen. Marta brachte die Getränke und bemerkte schnippisch: »Na, habt ihr euch nichts zu erzählen?«

»Lass das mal unsere Sache sein«, erwiderte Reto bestimmt. »Machst du das bei allen Gästen so?«

»Ich habe nur gedacht …«

»Kein Problem«, erwiderte Anna, »war bestimmt gut gemeint von dir.« Die beiden Frauen zwinkerten sich freundlich zu. Nachdem Marta gegangen war, schaute Reto Anna fragend an: »Meinst du, sie ahnt etwas?«

»Und wenn schon, Marta kann auf meine Verschwiegenheit zählen und ich auf ihre.«

»So, so«, erwiderte Reto ziemlich spitz. Er fühlte sich angesichts so großer weiblicher Komplizenschaft ziemlich außen vor. Er nahm die Karte aus der Deckeltasche des Rucksacks und begann, sie zu studieren.

»Planst du eine nächste Tour?«

»Nein, nein, diese künstliche Situation muss ich irgendwie überbrücken.« Das kam nun Anna wirklich komisch vor, und Reto entgegnete ihrem fragenden Blick: »Ich trinke jetzt schnell mein Glas aus, und wir treffen uns später am besagten Ort.«

»Wie abgemacht«, erwidert Anna, froh, dass sich diese schräge Situation auflöste.

PETER 1

Peter hatte heute mit Fredy auf der Retzlibergweid abgemacht. Von der Langermatte her kommend, wo er seinem Onkel auf der Alp geholfen hatte, sah er Anna von Weitem das Restaurant verlassen und sich auf den Weg Richtung Simmenfälle zu begeben. Instinktiv folgte er ihr, denn er wartete schon lange auf eine günstige Gelegenheit, um mit ihr alleine zu sein. Wenn ich genügend schnell laufe, kann ich sie bald einholen und solang begleiten, bis uns Fredy von der Simmenfälle her entgegenkommt, dachte er. Doch Anna ging schnell, und der Abstand verringerte sich zu Peters Ärger nur wenig. Als sie schließlich auf den Schleichweg einbog, frohlockte er innerlich: Ihm war sofort klar, dass sie bei dem kleinen Bauernhaus Halt machen würde, das von den jungen Lenkern gerne als Rückzugsort benutzt wurde. Hier würde er sie bestimmt einholen. Er nahm ebenso den besagten Weg und gelangte schließlich unbemerkt an die Hinterseite des Gebäudes. Nun konnte er entweder hier über die Scheune oder von der Vorderseite ins Haus gelangen. Dass Anna das Haus betreten hatte, meinte er, gesehen zu haben und spürte es intensiv. Sein Herz begann zu klopfen. Wie sollte er nun Anna überraschen, damit es möglichst natürlich aussah? Instinktiv prüfte er, ob der Riegel des Scheunentores immer noch von außen mit der langen Klinge des Sackmessers durch einen Spalt beim Türrahmen zu lösen war. Tatsächlich. Die Tür gab bereits einen Spalt frei. Ohne sich weitere Gedanken zu machen, schlüpfte er ins Innere und musste sich gleich hinter einem Heuballen verstecken. Im vorderen Teil der Scheune ging nämlich die Tür zur Stube des Bauernhauses auf. Im Türrahmen erschien zwar – wie erhofft – Anna, die aber zu seiner großen Enttäuschung mit einer anderen Person sprach, die Peter ein wenig später zweifelsohne als Reto ausmachen konnte. Was danach geschah, konnte Peter aus seinem Versteck zwar nicht sehen, aber sehr wohl hören. Spätestens, als das Liebesspiel auf dem Höhepunkt angelangt war, hielt er es dort nicht mehr aus, schlüpfte durch den Spalt zurück ins Freie und rannte mit wild verzerrter Miene, wie vom Teufel persönlich verfolgt, zuerst den Schleichweg und dann den Wanderweg hoch Richtung Siebenbrünnen. Erst, wo das Gelände flacher wurde, erlaubte er sich außer Atem, eine Verschnaufpause einzulegen. Er kauerte sich auf einen Stein am Wegrand und versuchte, sich mit beiden Händen gegen die wilden Fantasien in seinem Kopf zu schützen.

In den Augen seiner Eltern war Peter eher ein Versager. Höchstens seine Freundschaft zu Fredy konnte er als Erfolg verbuchen. Gleichwohl setzten sie große Erwartungen in ihn. Anna wäre da eine gute Partie gewesen; dies hatten seine Eltern öfters durchblicken lassen. Umgekehrt wusste er, dass er auch bei Fredys Eltern wohlgelitten war. Darauf fußte seine große Hoffnung im Leben, mit Anna als Frau an seiner Seite doch noch etwas richtig zu machen. Diese Hoffnung hatte soeben im Heustock schmerzhaften Schiffbruch erlitten. Peter sah seine Felle in rasendem Tempo die Simme hinunterschwimmen. Als er sich etwas gefasst hatte, stellte er wütend fest, dass dieser Hurensohn Reto alles andere als ein standesgemäßer Mann für Anna war. Diese Schmach konnte und wollte er nicht auf sich beruhen lassen. Zunächst musste er allerdings seine Verabredung mit Fredy einhalten. Damit es so aussah, als käme er, wie abgemacht, von der Langermatte, nahm er einen kleinen Umweg zum Restaurant auf der anderen Seite des Baches in Kauf. Dort traf er Fredy bereits ungeduldig wartend und tat so, als wäre nichts gewesen. Das Treffen dauerte dann nicht besonders lange, zu Peters zusätzlichem Frust zog es Fredy weiter zu seinem Rendez-vous mit Regula auf der Iffigenalp. Missmutig trottete Peter ins Tal. Dummerweise war am morgigen Sonntag auch noch das Abschiedsfest von Anna angesagt. Auf dieses hatte er nach den heutigen Ereignissen absolut keinen Bock, musste aber trotzdem anwesend sein.

RETO 2

Eigentlich hätte Reto heute ausschlafen können. Es war Sonntag, und er hatte nicht viel vor. Doch er, der sonst wie ein Murmeltier schlief, hatte am Vorabend kaum Schlaf gefunden, und jetzt war er bereits wieder um 6.30 Uhr wach. Er wälzte sich in seinem Bett und versuchte, den Tagesbeginn hinauszuzögern, doch nichts half. Draußen war es längst hell. Sein Zimmer, bei dem er ganz gegen seine Gewohnheit den dunklen Vorhang gezogen hatte, lag in einem fahlen Licht. Aufstehen wollte er trotzdem noch nicht. Seine Gedanken hingen am gestrigen Nachmittag. Schließlich gab er sich einen Ruck, stand auf, zog sich an und ging nach unten.

»Dein Kaffee ist in der Zwischenzeit kalt geworden«, begrüßte ihn seine Mutter. »Soll ich ihn warm machen?«

»Nein danke, ist nicht nötig. Ich brauche frische Luft.« Reto ging nach draußen und wusch sich am Brunnen im Hof Gesicht und Hände. Dann nahm er den kleinen Weg hinter dem Haus die Wiese hoch zu einem mächtigen Ahorn. Hierhin ging er immer dann, wenn er Ruhe brauchte, mit sich etwas zu besprechen oder zu bereinigen hatte. Der Baum war bestimmt mehr als 100 Jahre alt. Um seinen Stamm zu umfassen, mussten sich mindestens drei erwachsene Menschen im Kreis die Hände reichen. In seinem langen Leben hatte dieser Baum bestimmt vieles erlebt und manchen Sturm überstanden. Ihn konnte wohl nichts mehr erschüttern, dachte Reto, er würde ihm bestimmt Halt geben. Den konnte er gut gebrauchen. Reto setzte sich zum Baum ins Gras und lehnte sich an seinen Stamm. Umgehend nahm er dessen Energie auf, und seine Gedanken gewannen an Klarheit. Doch wirklich zur Ruhe kam er nicht. Die intensiven Erlebnisse des gestrigen Tages und der eine Gedanke, den er nur für kurze Zeit verscheuchen konnte, beschäftigten ihn sehr.

Der besagte Ort, wo er sich mit Anna traf, war ihm wohlbekannt. Das kleine Bauernhaus bestand aus einem einfach gehaltenen Wohnteil mit einer Küche, die auch als Stube diente, einem Schlafgemach und einer großen Scheune. In früheren Jahren wurde das Haus im Frühling und Herbst regelmäßig bewohnt. Beim Alpauf- und abzug machten die Bauernfamilien hier während zwei bis drei Wochen Station. Heute diente es nur noch als Heustock, um Vorräte für den Winter zu lagern. Die Voralp gehörte dem Bruder seiner Mutter. Nachdem dieser die Landwirtschaft aufgegeben hatte, verpachtete er sie an einen anderen Bauern im Tal. Reto war als Kind hier oft zu Gast und half seinem Onkel und seiner Familie beim Heuen. Als Jugendlicher benutzte er den Ort, um sich mit Freunden zurückzuziehen. Der Pächter wusste davon und duldete es. Der Schlüssel war wie immer an seinem Platz hinter einem Stein im Mauerwerk. Reto schloss die Tür zur Küche auf und trat ein. Er öffnete den Laden des einzigen Fensters, und das zusätzliche Licht genügte bereits, um den karg eingerichteten Raum freundlich erscheinen zu lassen. Dann ging er in die angrenzende Schlafkammer und öffnete ebenfalls die Läden. Das Fenster ließ er offen, damit etwas frische Luft einströmen konnte. Zurück in der Küche, kontrollierte er, ob sämtliche nötigen Dinge an ihrem Platz waren. Obwohl der Herd nur noch selten benutzt wurde, war in einem Korb stets genügend gescheitetes Holz vorhanden, um für ein, zwei Mahlzeiten Feuer zu machen. Im einzigen Schrank gab es den obligaten Vorrat an Teigwaren und Reis. Zucker und Salz waren in Gläser abgefüllt. Ebenfalls einige Teebeutel und Gewürze mit längst abgelaufenem Haltbarkeitsdatum fanden sich im Schrank. Eigentlich hätte Reto gerne Feuer gemacht und etwas Teigwaren gekocht. Zusammen mit dem Käse aus dem Rucksack hätte das ein schmackhaftes Essen ergeben. Doch das machte nicht wirklich Sinn, allzu lange würden sie nicht bleiben können, denn Anna musste ganz bestimmt rechtzeitig, das heißt auf das Abendessen, zu Hause sein. Reto ärgerte sich über diese restriktiven Einschränkungen ihres Zusammenseins.

Im selben Moment spähte Anna durchs Fenster, und seine Miene hellte sich auf. Er öffnete die Tür, und Anna schlüpfte hinein. Drinnen ging sie gleich ans Fenster und vergewisserte sich, dass sie auch bestimmt von niemandem beobachtet wurden. »Hallo, hier bin ich«, begrüßte sie Reto munter. »Im Versteck müssen wir nicht verstecken spielen.« Sie schlang Reto die Arme um den Hals und küsste ihn liebevoll. »Das war ein komisches Kabarett in den Siebenbrünnen. Da habe ich mich gar nicht wohl gefühlt«, entgegnete Reto. »Komm, wir machen es uns im Heu bequem.« Anna kannte sich ebenfalls in den Örtlichkeiten aus und öffnete die Tür zum angrenzenden Heustock. »Ich hole uns eine Decke.« Reto ging in den Schlafraum, öffnete die Schublade der Kommode und kam mit einer braunen Wolldecke mit rotem Band und weißem Kreuz zurück. Viel Heu hatte es zurzeit nicht, doch es genügte, um eine weiche Liegestelle zu schaffen. Darauf breiteten sie die Decke aus. Im schummrigen Licht zogen sie sich die Bergschuhe aus und setzten sich nebeneinander auf die Decke. »Ist dir etwa mein Bruder begegnet?«

»Nicht, dass ich wüsste, ich habe den Schleichweg von hinten ans Haus benutzt und niemanden gesehen.«

»Dann ist ja gut, ich habe gemeint, seine Stimme von weit unten vernommen zu haben.« Reto nahm mit seiner Linken die rechte Hand Annas und streichelte ihr mit der anderen zärtlich über die Wange. Anna erwiderte das zutrauliche Lächeln Retos. Dabei blickten sie sich tief in die Augen, und sein Mund suchte ihren. Dann legte sie sich nach hinten auf die Decke. Ihre Körper schlangen sich ineinander. Das Wenige, das noch trennend zwischen ihnen war, wurde immer weniger. Selbst das Kratzen und Beißen der uralten Militärdecke empfanden sie nicht als solches.

Reto atmete tief durch bei den schönen Gedanken an den gestrigen Tag. Gleichwohl machte er sich Sorgen, dass sie womöglich etwas zu weit gegangen waren. Aber konnte man in der Liebe überhaupt zu weit gehen? Müsste sie nicht eher schrankenlos sein? Aber wenn schon, denn schon!, verscheuchte er weitergehende Gedanken. Unruhig begann er, Runden um den Baum zu drehen. Eine unbändige Kraft zog ihn zu Anna, doch ihr konnte er nicht Folge leisten. Sie war in ihrer Familie beim eigenen Abschiedsfest gefangen. Dort aufzutauchen, war ein Ding der Unmöglichkeit. Seine Gedanken drehten sich in seinem Kopf, und dieser in unzähligen Runden um den Baum. Von Zeit zu Zeit setzte er sich, immer dann, wenn er meinte, einen festen Punkt erreicht zu haben, diesen aber alsbald wieder verlor. Retos Gefühlswelt war ein einziges Durcheinander. Schließlich ging er zurück ins Haus in die Küche und machte sich den Kaffee heiß. Er nahm Kekse aus der Blechdose im Kasten, setzte sich an den Küchentisch und kaute sie bedächtig. Das heiße Getränk, die Kaubewegung und erstaunlicherweise die Küche als solche beruhigten ihn. Als Raum war sie nie groß verändert worden und hatte in den Gesprächen ihrer Bewohner viele gute und manche weniger gute Geschichten mitbekommen. An diesem Tisch waren bereits sein Urgroßvater, Großvater und Vater gesessen. Gerade sein Großvater war für Reto eine wichtige Bezugsperson. Er hatte ihm kurz vor seinem Tod genau an diesem Tisch geraten: »Lass niemals den Kopf hängen.« Reto erinnerte sich noch genau an jedes Detail. Er war damals sehr enttäuscht, weil eine lang geplante Velotour mit seinem besten Freund Karl buchstäblich ins Wasser fiel. Karl hatte sich beim Baden so stark verkühlt, dass er auf die Tour verzichten musste. Sein Großvater, einst ein stattlicher Mann, war bereits ziemlich eingefallen. Den Händen sah man es an, dass sie viel gearbeitet hatten. Sein braun gegerbtes Gesicht war voller Furchen, und seine funkelnden, immer noch wachen Augen munterten Reto auf. Nein, den Kopf lasse ich auch bei dieser Gelegenheit nicht hängen, sagte sich Reto überzeugt und hatte definitiv Halt gefunden.

ANNA 2

Zur gleichen Zeit unterstützte Anna ihre Mutter emsig bei der Vorbereitung des Essens zum Abschied ins Welschland-Jahr. Sie hatten die Verwandtschaft aus der Lenk sowie Politfreunde des Vaters mit ihren Familien eingeladen. Anna bestrich Sandwichbrote mit Butter oder Mayonnaise, belegte sie wahlweise mit Schinken, Salami, Käse oder Selleriesalat und viertelte sie. So entstanden appetitliche Häppchen, die sie mit einem Tupfer Mayonnaise plus Peterli, Kapern, Cornichon-Scheibchen oder Ananas-Schnippeln garnierte. Diese Arbeit bereitete ihr sonst Freude, heute verkam sie zur reinen Pflichtübung, die erst noch unter viel zeitlichem Druck stand. Ihre Mutter mahnte sie wiederholt, etwas schneller zu arbeiten und nicht so verträumt in die Welt zu schauen. »Wir dürfen die Gäste nicht warten lassen«, war ihre unerbittliche Losung. Aber was für Gäste waren das? Darunter mindestens drei heimliche Verehrer, mit denen sie sich auch noch unterhalten sollte. Auch Peter war dabei. Anna haderte mit ihrem Schicksal und wäre viel lieber den Gedanken an den gestrigen Tag nachgehangen. Doch dafür fehlte die Zeit. Und schließlich war da noch die morgige Abreise ins Welschland, die ihr gar nicht mehr so erstrebenswert erschien. Auf eine erneute Mahnung der Mutter reagierte sie unwirsch: »Jetzt mach doch keinen solchen Stress!«

»Es ist schließlich dein Fest«, erwiderte die Mutter nun auch leicht genervt.

»Natürlich ist es mein Fest, aber warum musste Vater bloß noch seine Politfreunde und deren Familien einladen?«

»Seit wann hast du etwas gegen deine Freunde, und wer weiß …« Es entstand eine kurze Pause. Anna überlegte, was sie auf diese Anspielung antworten sollte. »Das sind doch bloß Langeweiler, die ich auch sonst genügend oft erdulden muss«, erwiderte sie resolut. »Komm, hilf mir lieber das Gemüse rüsten, für den Apero haben wir genügend Häppchen«, lenkte die Mutter ab. Nach der Vorspeise ging die Vorbereitung nahtlos über in die Hauptspeise, und die Nachspeise war bereits abzusehen. Dabei war draußen schönstes Wetter. Vogelgezwitscher drang durch das offene Küchenfenster, die Kirchenglocken schlugen 11 Uhr. Um 12 Uhr würden die Gäste kommen. Anna ging ans Fenster und schaute sehnsüchtig Richtung Lenkerseelein, dort würde sie jetzt gerne flanieren und ihren Gedanken freien Lauf lassen.

»Guten Morgen.« Der Vater und Fredy kamen soeben vom Gottesdienst in der reformierten Kirche zurück, den sie am Sonntag regelmäßig besuchten. »Ihr seid aber fleißig in der Küche.« Ohne eine Antwort abzuwarten, ging der Vater weiter in sein Studierzimmer zum nächsten Ritual. Am Sonntag arbeitete er jeweils jene Zeitungsbeiträge durch, für die es während der Woche zum Lesen nicht gereicht hatte. Auch Fredy verschwand in seinem Zimmer. Ja, ja, liebe Mannen, auch ihr könntet etwas mehr in der Küche helfen, aber das ist natürlich Frauensache, dachte Anna aufmüpfig über dieses überholte Rollenverständnis nach. Sie fühlte sich mit ihren knapp 20 Jahren als eigenständige Person, was ihren Eltern nicht immer passte. Auf den Gang in die Kirche verzichtete sie seit einiger Zeit. Nicht, dass sie nicht an Gott glaubte, aber nicht an diesen patriarchalen Gott, der dort verkündet wurde, sondern eher an einen Gott, der sich ihr als Kraft- und Inspirationsquelle am ehesten in der Natur zeigte. Anna ging an den Tisch zurück, von wo ihr die Mutter bereits wieder einen mahnenden Blick zuwarf, und begann, die Karotten zu schälen. Nun frittierte sie noch die vorgefertigten Pommes frites. Punkt 12 Uhr waren sie tatsächlich fertig. Normalerweise hätte sich Anna gerne noch etwas frisch und schön gemacht, heute konnte sie gerne darauf verzichten. Was dieser gestrige Tag alles bewirkt hatte, stellte sie erstaunt fest.

Schon kamen die ersten Gäste. Ihr Onkel Beat stand mit seiner Frau Heidi und ihren beiden Kindern vor der Tür. Mit ihnen konnte sie sich immerhin gut unterhalten und mit den Kindern im Verlaufe des Nachmittags kräftig herumtollen. Zunächst kümmerte sie sich allerdings um die Getränke. Als sämtliche Gäste anwesend und fürs Erste verköstigt waren, kam für Anna der peinlichste Moment des ganzen Festes überhaupt: die Ansprache ihres Vaters zum heutigen Anlass. Diese hatte sie ihm beim besten Willen nicht ausreden können. Als Politiker nutzt er jede Plattform, um seine tollen Reden zu schwingen, dachte Anna und zog sich demonstrativ in den Hintergrund zurück. Der Vater wollte sie aber bei sich in der Mitte wissen und forderte sie dazu auf. Diesen Gefallen machte sie ihm allerdings nicht, was umgehend einen Tadel in den einleitenden Worten zur Folge hatte. Danach war er nur noch des Lobes voll, das er selbstverständlich auch auf ihren Verdienst als Eltern bezog.

Anna kam sich vor wie auf der Viehschau. Hier priesen die Bauern auch ihre schönste und beste Kuh mit vollmundigen Worten an. Die Rede ihres Vaters gipfelte in der Prophezeiung, dass das kommende Welschland-Jahr seiner Tochter noch den nötigen Schliff geben würde, um als reife Dame an die Lenk zurückzukommen. Als »reife Dame« äffte Anna ihren Vater im Stillen nach. So hatte sie sich dieses Jahr nicht vorgestellt. Viel eher sah sie darin die große Befreiung von den familiären Zwängen, die wesentlich durch ihren, wie sollte sie sagen, überheblich doofen – ihr fiel nichts anderes ein – Vater geprägt war. Nun war sie wieder mächtig froh, dass morgen dieses neue Leben beginnen konnte. Der Nachmittag verging schneller, als sie befürchtet hatte. Sie kümmerte sich um das Wohlergehen der Gäste, machte da und dort Small Talk und schenkte ihre Aufmerksamkeit vor allem den Kindern. Den Kontakt zu ihren drei Verehrern vermied sie tunlichst. Peter versuchte zwar zweimal, sich an sie heranzumachen, jedoch ohne Erfolg. Beim zweiten Mal drückte sie ihm kurzerhand das Tablette mit Gläsern in die Hand, musste dringend etwas anderes erledigen und ließ ihn stehen. Am Abend, nachdem die Gäste gegangen waren, der Abwasch erledigt und im Wohnzimmer die normale Ordnung wiederhergestellt war, legte sie sich todmüde ins Bett. Ihr blieb nur noch ein leicht mulmiges Gefühl beim Gedanken, dass sie den ganzen Nachmittag kein einziges Mal an Reto gedacht hatte, dann schlief sie ein.

RETO 3

Retos Nachmittag ging auch vorbei, einfach etwas zähflüssiger. Die Aussicht auf die kommende Zeit fand er gar nicht rosig. Natürlich hatten sie sich versprochen, einander regelmäßig zu schreiben, und Anna würde ihn so bald wie möglich an den Genfersee einladen, aber Reto konnte sich das alles nicht so richtig vorstellen. Sein inneres Feuer war entzündet, dazu kam seine Ungeduld, die ihm häufig zu schaffen machte: Beides ergab einen schwierig verdaubaren Cocktail an Gefühlen. Er tigerte durch Haus und Hof, stetig auf der Suche nach einer Beschäftigung, die er dann doch nicht länger aushielt. Schließlich entdeckte er auf der Kommode in seinem Schlafzimmer ein Buch, das er im Winter zu lesen begonnen und wegen fehlender Zeit beiseitegelegt hatte. Er öffnete es und merkte gleich, dass er nicht mehr wusste, worum es in der Geschichte ging. Trotzdem setzte er die Lektüre auf der Seite fort, wo das Buchzeichen eingelegt war, und schlief dabei ein. Irgendwann in der Nacht hatte er sich ausgezogen, und am anderen Morgen war er noch vor dem Wecker wach. Musste das sein? Schon wieder war es Montag, und die Arbeit rief. Er zog sich an, ging in die Küche zum Frühstück und machte sich anschließend belegte Brote für den Mittagslunch. Als er sich auf sein Velo schwang, entdeckte er einen Zettel, der auf den Gepäckträger geklemmt war. Eigenartig, dachte Reto, der war gestern noch nicht da. Neugierig nahm er ihn in die Hand und entzifferte die mit krakeligen Buchstaben geschriebene Botschaft, die ihn aufforderte: »Lass die Hände weg von Anna!« Reto las ein zweites Mal, um sicher zu sein, richtig verstanden zu haben. Er war perplex. Wer hatte das geschrieben? Was wollte er damit bezwecken?, fragte sich Reto und empörte sich: Das darf ja nicht wahr sein! Hat uns jemand trotz unseren Vorsichtsmaßnahmen am Samstag beobachtet oder sogar schon länger im Visier. Reto untersuchte den Zettel ein weiteres Mal. Ernüchtert stellte er fest, dass dies eindeutig kein Scherz war, sondern jemand ihnen, aus welchem Grund auch immer, das gemeinsame Glück vermiesen wollte. »Arschloch!«, entfuhr es ihm. »So ein Arschloch!« Er zerknüllte den Zettel, wollte ihn zerreißen, hielt aber im letzten Moment inne. Vielleicht brauche ich ihn noch. Möglicherweise kann ich den Täter zur richtigen Zeit mit dem Zettel konfrontieren. Aber wer ist es bloß? Reto beschloss, dies herauszufinden und ihn zu stellen. Er strich den Zettel wieder glatt und ging zurück in sein Zimmer. Im doppelten Boden seines Kleiderschrankes gab es ein Geheimfach, das nur er kannte. Hier bewahrte er Dinge auf, über die nur er Bescheid wusste. Zwei Liebesbriefe seiner letzten Freundin, eine alte Uhr, die er auf einer Wanderung gefunden hatte. Auch die Zeichnungen von seinen Bergtouren gehörten dazu. Den Zettel legte er zuunterst ins Fach und schloss es wieder. Was war der nächste Schritt in dieser unsäglichen Angelegenheit? Reto setzte sich auf sein Bett und dachte nach. War es einer von Annas Verehrern oder jemand aus der Familie? Da käme wohl nur Fredy infrage. Der Vater würde ganz anders vorgehen und Annas Mutter höchstens den Vater anstiften. Er stützte den Kopf in beide Hände und wog alles sorgfältig ab. Klar war, dass er Anna warnen musste, und das möglichst schnell. Zum Glück wusste er, wann ihr Zug fuhr. Eigentlich konnte er am Bahnhof Lenk, welcher Endstation war, an der Spitze des Zuges unbemerkt einsteigen, während Anna am Ende des Zuges, von ihrer Familie verabschiedet, in den Zug stieg. Retos Miene hellte sich auf. Er schaute auf die Uhr: Es reichte noch gut, um rechtzeitig am Bahnhof einzutreffen. Zunächst informierte er allerdings seinen Chef telefonisch über sein verspätetes Eintreffen bei der Arbeit. Dieser war nicht sehr erfreut, akzeptierte aber die vorgeschobenen familiären Gründe, ohne groß nachzufragen. So falsch war das ja auch nicht, dachte Reto schmunzelnd. Nun schwang er sich definitiv aufs Velo. Vorsichtshalber nahm er nicht den direkten Weg zum Bahnhof, sondern fuhr das Gässli runter vorbei am Kino, querte beim *Gasthof Leuen* die Simme, gleich darauf die Hauptstraße und benutzte die kurze, steil ansteigende Verbindungsstraße zum Bahnhof. Er stellte das Velo in den Unterstand und begab sich an den Rand des Perrons. Von einem Pfeiler verdeckt, spähte er an das Ende des Zuges und wartete, bis Anna eingestiegen war. Dann stieg er ebenfalls schnell ein. Im Boden, der ersten Haltestelle auf Verlangen, wechselte er in den hinteren Zugswaggon und überraschte Anna in ihrem Abteil. »Was machst du denn hier?«, war Anna erstaunt, »schön, dass du da bist.« Sie umarmten und küssten sich.

»Eigentlich müsste ich bei der Arbeit sein, aber da ist etwas dazwischengekommen.«

»Ist etwas passiert?« Reto berichtete die Geschichte mit dem Zettel.

»Was sagst du da?«, Anna schaute Reto ernst an.

»Irgendjemand weiß offenbar von unserer Beziehung. Keine Ahnung, wer das ist.« Es trat ein Moment der Stille ein. Beide schauten sich fragend an. »Ich wollte dir das einfach sagen, damit du gewarnt bist.«

»Ach, Reto, das ist lieb von dir.« Anna strich ihm über das Gesicht. »Mach dir keine Sorgen, das wird sich bestimmt legen.«

»Hoffentlich.«

»Bestimmt.« Sie küssten sich ein weiteres Mal und setzten sich händehaltend und schweigend nebeneinander. In Zweisimmen verabschiedete sich Reto und fuhr an die Lenk zurück.

ANNA 3

Anna realisierte die ganze Tragweite dieser Botschaft erst, als sie den Anschlusszug nach Montreux bestiegen hatte. Sie saß beinahe starr in ihrem Abteil. Wem war ihre Beziehung ein Dorn im Auge? Die drei Verehrer, denen sie gestern die kalte Schulter gezeigt hatte, hätten nun bestimmt einen Grund dazu. Aber zunächst hätten sie etwas von der Beziehung wissen müssen. Das ist fast nicht möglich bei all den Vorsichtsmaßnahmen, dachte sie. Plötzlich kam ihr eine Bemerkung ihrer Mutter in den Sinn: Hatte sie am Samstagabend nicht gefragt, ob sie denn Fredy nicht bei den Siebenbrünnen mit seinen Freunden angetroffen hätte? Genau das war es. Anna lief es kalt über die Schultern den Rücken hinunter. Sie konnte sich sehr wohl ausrechnen, mit wem sich ihr Bruder getroffen hatte. Der Feind schien also identifiziert. Anna atmete tief durch und löste sich aus ihrer starren Haltung. Sie schaute aus dem Zugsfenster und stellte fest, dass der Zug kurz vor der Einfahrt nach Gstaad war. Anna war noch nie dort gewesen, kannte aber die großen Hotelpaläste, die sich ihr nun zeigten, von Postkarten. Die Wirklichkeit ist noch pompöser als ihr Abbild, ging es ihr durch den Kopf, und sie war froh, an der Lenk daheim zu sein. Die meisten Passagiere verließen in Gstaad den Zug, nur wenige neue kamen hinzu. Auf dem Perron pfiff der Schaffner mit der Trillerpfeife, und der Zug setzte sich erneut in Bewegung. Ihr Waggon war nur noch wenig besetzt. Die regelmäßigen Schwellenschläge vermittelten eine beruhigende Wirkung auf Annas Gemüt. Vielleicht wäre es besser, die ganze Angelegenheit gar nicht so ernst zu nehmen. Entscheidend daran war, dass sie sich Retos Liebe sicher war. Hier bestand kein Zweifel. Von nun an gab sie sich voll und ganz der Landschaft hin, die am Fenster vorbeizog. Der Zug schlängelte sich durch enge Bergtäler, über Brücken, durch Tunnels von einer Ortschaft zur anderen. Anna versuchte, sich die Namen zu merken: Rougement, Château-d'Oex, Rossinière; sie tönten fremd in ihren Ohren. Allmählich weitete sich die Landschaft, und die schroffen Berggipfel gingen über in runde hügelige Formen. Anna war begeistert von ihrer Reise und freute sich auf das Zusammenleben mit ihrer Tante im Welschland. Sie nahm aus ihrem Koffer ein Reiselexikon, mit dem sie sich sprachlich auf alltägliche Situationen vorbereitet hatte. Bonjour, comment allez-vous? Je m'appelle Anna. Quelle heure est-il maintenant? Die wichtigsten Redewendungen hatte sie wiederholt, bis sie sie auswendig kannte. Mit ihrer Tante gedachte sie nur Französisch zu sprechen. Bei der Vorbereitung hatte sie allerdings festgestellt, dass ihr vom Französischunterricht an der Schule nicht gerade viel hängen geblieben war. Naja, dachte sie, vielleicht wird von ihrer Tante die eine oder andere Erklärung auf Deutsch noch nötig sein. Ziel war auf jeden Fall, nach einem Jahr fließend Französisch zu sprechen. Als sich die Landschaft zum Genfersee-Becken hin senkte und dieser zum ersten Mal sichtbar wurde, hatte Anna das bisherige Leben bereits ein gutes Stück hinter sich gelassen. Vor sich lockte ein großes Abenteuer, dem sie neugierig entgegensah. Und was war mit Reto? Gehört er zum vergangenen Leben oder war er Teil der Zukunft? Zu Beginn der Reise war sie seiner Liebe so sicher gewesen, und jetzt dieser Zwiespalt. Was war nur los mit ihr? Anna kam zum Schluss, dass Retos Rolle von der Zukunft bestimmt war. Sie war nicht zum ersten Mal verliebt, und jede bisherige Beziehung hatte mehr versprochen, als sie gehalten hat. Es sollte sich weisen, ob das Sprichwort »Aus dem Auge aus dem Sinn« auch im Fall von Reto zutraf. Weitere Gedanken machte sie sich nicht. Ihr Blick war in die Zukunft gerichtet, und zwar nicht nur in die nähere, sondern in die unmittelbare. Jeder Moment war wichtig. Die Empfindung, »hier und jetzt zu sein« und sich »in der eigenen Haut wohlzufühlen«, machte sie glücklich. Die Zeiten, als ihre Eltern ihr alle möglichen und unmöglichen Vorschriften gemacht hatten, waren definitiv vorbei.

RETO UND REGULA 1

Nach der Rückkehr aus Zweisimmen machte sich Reto gleich an die Arbeit, konnte sich dabei aber auf gar nichts konzentrieren. Er kam sich mit zwei linken Händen vor, und seine Gedanken waren irgendwo, nur nicht bei der Sache. Mehr als einmal schlug er sich mit dem Hammer auf den Daumen und fluchte. Dies bemerkte auch sein Chef, und gegen 16 Uhr kam er auf ihn zu, legte ihm fürsorglich die Hand auf die Schulter und sagte: »Du machst jetzt am besten Feierabend und kommst erst wieder, wenn du dich auf die Arbeit konzentrieren kannst.« Reto versuchte zu erklären. »Du musst dich gar nicht entschuldigen«, meinte der Chef, »jeder hat einmal einen schlechten Tag, aber als Zimmermann so zu arbeiten, ist einfach gefährlich. Die verlorene Arbeitszeit kannst du später nachholen.« Reto schlich sich davon, setzte sich auf das Velo und fuhr nach Hause. Dort packte er etwas Proviant und die Wetterjacke in den Rucksack, zog die Bergschuhe an und notierte für die Mutter auf einem Zettel, dass er womöglich auswärts übernachten würde. Dann schwang er sich wieder auf sein Velo. Er brauchte Bewegung, frische Luft, um einen klaren Kopf zu bekommen und seine Gefühle zu ordnen. Er nahm die Straße Richtung Pöschenried: zunächst bergan, danach etwas flacher, vorbei am Schulhaus, wo erstaunlich viele Kinder des Seitentales zur Schule gingen, vorbei am Restaurant *Alpenröschen* hin zum Iffigenfall. Von der Straße her bot sich einem ein ausgezeichneter Blick auf ein herrliches Natur-Spektakel. Das Wasser toste, von weit oben kommend, die Felsen hinunter und stäubte die nähere Umgebung tüchtig ein. Reto machte einen kurzen Halt. Diese jahrtausendalte, von der unbändigen Kraft des Wassers geformte Gebirgslandschaft beeindruckte ihn jedes Mal von Neuem. Nun begann das steilste Stück des Aufstiegs. Lediglich die Haarnadelkurven waren geteert. Dazwischen erstreckten sich gut planierte Wegstücke. Reto trat kräftig in die Pedale und kam mächtig ins Schwitzen. Nur dank seiner ausgezeichneten Kondition und viel Kraft in den Beinen und Armen kam er den Berg hoch. Er ging lediglich bei den geteerten Abschnitten aus dem Sattel, um seine Beinarbeit mit zusätzlichem Körpergewicht zu unterstützen. Bei den ungeteerten Abschnitten würde das Hinterrad durchdrehen. Er kannte jeden Meter dieser Bergstrecke im Detail, wusste, wo es steiler und weniger steil war. Seine Kräfte galt es, gut einzuteilen, und die Herausforderung bestand darin, den Weg zu meistern, ohne ein einziges Mal abzusteigen. Nach etwa drei Viertel der Strecke kam bei der Abzweigung zur Langer Matte ein flacheres Zwischenstück. Reto atmete auf, den Rest würde er auch noch schaffen. Er schaltete einen Gang höher, um bei der Schlussrampe wieder in den tieferen Gang zu wechseln. Nach dem Scheitelpunkt senkte sich die Straße für ein kurzes Stück, um auf der Hochebene der Iffigenalp, wieder moderat ansteigend, zum *Berggasthaus* zu führen. Die erste Etappe war geschafft. Er lehnte sein Velo an den Hag, der den Parkplatz des Restaurants umfasste, schaute auf die Uhr und stellte mit Genugtuung fest, dass er seinen Streckenrekord egalisiert hatte. Dann betrat er die Gartenwirtschaft und setzte sich an einen freien Tisch. Die verbliebenen Gäste waren gerade dabei zu zahlen, um den letzten Kurs des Busses zu erreichen. »Schon lange nicht mehr gesehen«, kam Regula, die Serviertochter, an seinen Tisch. »Was möchtest du bestellen?«

»Eine Stange *Panaché*«, gab Reto seinen Wusch auf und ergänzte: »Ich habe eben viel zu tun.« Regula ging in die Küche und kam mit der Bestellung zurück. »So, so«, meinte sie, »zum Wohl!«

»Bist du heute Abend noch da? Ich gehe nämlich zum See hoch und komme wieder vorbei.«

»Ich habe bis um 20 Uhr Dienst, danach ist ohnehin nichts mehr los.«

»Wo treffen wir uns?«

»Ich bin in meiner Kammer, aber lass dich ja nicht von der Wirtin erwischen.«

»Kein Problem, ich kenne mich aus.« Reto trank das Glas leer und machte sich auf den Weg zum Iffigensee. Nach der anstrengenden Bergfahrt und dem Bier im Magen waren seine Beine anfänglich etwas müde. Doch dieser unangenehme Zustand legte sich schnell, und er folgte in raschen Schritten dem Wanderweg. Beim Groppi schaute er kurz in den Stall, wünschte Sepp, dem Bauern, einen schönen Abend und nahm das steilere Wegstück in Angriff. Der Weg war gut angelegt, und Reto gewann schnell an Höhe. Wenn er sich beeilte, erreichte er den See, bevor die Sonne unterging. Tatsächlich, als er oben auf der Krete ankam, wo sich der Blick auf die weite Mulde des Iffigensees auftat, war der eine Badeplatz am östlichen Ufer noch von der Sonne beschienen.

Auf der gegenüberliegenden Seite erkannte er in erhöhter Lage die *Wildhornhütte*. Reto jubelte innerlich beim Gedanken an das kühle Bad im See. Im Laufschritt nahm er die restliche Strecke hinunter zum Ufer, zog die Kleider aus und hüpfte hinein. Verglichen mit dem Flueseeli, war das Wasser sogar etwas wärmer. Reto fühlte sich in seinem Element. In kräftigen Zügen schwamm er bis zur Mitte des Sees und wieder zurück. Am Ufer angelangt, stieg er putzmunter aus dem Wasser und erhaschte gerade noch die letzten Sonnenstrahlen auf einem wärmenden Stein. Auf dem ganzen Weg hoch zum Iffigensee hatte er keine Sekunde an den Grund seiner Unternehmung gedacht. Nun kamen ihm die Ereignisse der vergangenen drei Tage wieder in den Sinn. Er betrachtete sie bereits deutlich distanziert und fragte sich, was das eigentlich soll. Bewegung in der Natur hatte für Reto eine große reinigende Kraft. Er baute dabei gut Spannungen ab, verarbeitete Enttäuschungen und brachte seinen Gefühlshaushalt ins Lot. Die Dinge, die ihn beschäftigten, bekamen wieder ihren ihnen gebührenden Stellenwert. Mücken verloren so problemlos den Status von Elefanten und wurden wieder zu Mücken! Die Eindrücke vom samstäglichen Ausflug mit Anna waren zwar immer noch sehr lebendig und präsent, aber die Fragen, welche diese Beziehung für die Zukunft stellte, rückten bereits in den Hintergrund, denn Reto wollte sich noch nicht darauf fixieren lassen. Die Wirkung des Drohbriefes verpuffte bereits. Hingegen drängten sich Gedanken an die eigene berufliche Zukunft in den Vordergrund. Da ortete er am meisten Handlungsbedarf. Hier weiter zu bohren, verschob er aber auf den morgigen Tag. Gierig nahm er die letzten Sonnenstrahlen auf, bis der abendliche Schatten auch seinen Liegeplatz erreichte. Damit verbunden war ein leichter Wind, der Reto frösteln ließ. Er zog sich an, aß von seinen Broten und machte sich auf den Weg zurück ins Tal. Beim Groppi kam ihm in den Sinn, dass er noch etwas vorhatte. Regula kannte er seit vielen Jahren. Mit ihr pflegte er ein freundschaftliches Verhältnis und konnte über vieles reden. Sollte ich Anna erwähnen, fragte er sich, und war sich unschlüssig. Auf der Iffigenalp angekommen, spähte er vorsichtig durchs Fenster in die Wirtsstube. Die Wirtin saß bei Gästen am Tisch. Das war bereits gut. Aber, was waren das für Gäste. Reto musste zweimal hinschauen. Wenn nicht alles täuschte, saßen da Gemeinderat Betschard und Bauer Bühlen am selben Tisch. Betschard war der Wortführer des *Komitees pro Rawil*, und Bühlen gehörte das Land, auf dem die Raststätte vor dem projektierten Tunnelportal vorgesehen war. Was hat das zu bedeuten, fragte sich Reto und schlich zum Hintereingang, stieg unbemerkt das Treppenhaus hoch und klopfte an Regulas Tür.

RETO 4

Am anderen Morgen stand er bei Tagesanbruch auf. Regula schlief noch friedlich. Sie hatte ihm noch am Vorabend aus der Küche Käse und Brot besorgt. Die bereits gefertigten Schnitten lagen über Nacht in der Kühle vor dem Fenster. Er öffnete es vorsichtig und packte den Proviant in den Rucksack. Dann ging er behutsam die Treppe hinunter. Im Haus war es ruhig. Noch vor dem Schlafengehen hatte er für sich entschieden, von nun an neue Wege zu gehen. Dies setzte er gleich am heutigen Tag in die Tat um. Sein Weg würde ihn zum Laufbodehore führen, das er vor einigen Jahren bereits von der anderen Seite her bestiegen hatte. Diesen Weg gedachte er für den Abstieg zurück auf die Iffigenalp zu benutzen, wo er sein Fahrrad hatte und Regula ihn noch einmal sehen wollte. Er folgte dem gut ausgebauten Säumerweg zum Rawilpass, der im Mittelalter als wichtige Verbindung ins Wallis gedient hatte. Eine Kehre folgte nach der anderen, vorbei an der *Blattihütte*, den Berg hoch. Reto fühlte sich fit und war voller Tatendrang. Zweifelsohne hatte er seine Krise, die am Sonntag so heftig ausgebrochen war und noch am Montag anhielt, mit seinem Gang hoch zum Iffigensee und dem Bad darin überwunden. Er war sich nun bewusst, dass die Beziehungsgeschichte nur der Auslöser und nicht der eigentliche Grund für die Krise war. Dies hatte er im langen Gespräch mit Regula herausgefunden, das sie am Vorabend geführt hatten. Wie anders stand doch Regula im Leben da. Sie wusste genau, was sie wollte, und akzeptierte auch die begrenzten Möglichkeiten, die ihr das Leben in diesem Tal boten. Reto war sich sicher, dass sie dereinst das Restaurant auf der Iffigenalp übernehmen und mit Erfolg führen würde. Da gab es keinen Zweifel. Er hingegen hangelte sich von einem Job zum anderen, ohne wirklich eine erfolgversprechende Zukunft zu haben. Die Berge, so gerne er sie mochte, beengten auch sein Denken. Ich muss das Tal verlassen, mindestens für eine gewisse Zeit, gestand er sich ein. Der Zeitpunkt war günstig: Anna war weg, und die Vorstellung, ein Jahr lang hier auf sie zu warten, passte ihm gar nicht. Lediglich der Gedanke an seine Mutter verursachte bei ihm Skrupel. Doch Regula hatte ihm unmissverständlich klar gemacht, dass er da auf gar keinen Fall Rücksicht nehmen dürfe. Beim Stiereläger bog er von der Rawilroute Richtung *Wildstrubelhütte* ab und bei den Rawilseeleni von dieser zum Tierbergsattel. Das Gelände wurde allmählich steiniger und ging in eine Geröllhalde über, die sich zum Übergang hochzog. Oben auf dem Sattel angekommen, machte er einen kurzen Halt und trank etwas aus der Feldflasche. Er betrachtete den lang gestreckten relativ flachen Grat, der sich zum Laufbodehore hochzog. Er führte über mehrere schroffe Zinnen, die er am Fuß umgehen oder überklettern konnte. Für Reto war klar, dass die erste Möglichkeit lediglich eine Ersatzvariante war. Er wollte so wenig wie möglich ausweichen und die Schwierigkeiten direkt angehen. Aus Erfahrung wusste er, dass in diesem Gelände kein unzulässiges Risiko bestand. Die erste Zinne erreichte er ohne nennenswerte Schwierigkeiten und stieg auf der anderen

Seite problemlos ab. Der Aufstieg zur zweiten Zinne ging nach einfachem Anfang in eine rund zehn Meter hohe Verschneidung über, die nun überhaupt nicht trivial aussah. Einen Sturz konnte er sich hier auf keinen Fall erlauben. Er legte sich eine Route zurecht, prüfte die ersten Griffe und Tritte, bevor er es wagte. Nach dem Motto »Klettern heißt spreizen« fand er links und rechts der Verschneidung gute Tritte. Mit leicht gebeugten Armen stützte er sich gegen die rechte und linke Felswand ab, welche die Verschneidung bildeten. So arbeitete er sich die ersten fünf Meter flott in die Höhe. Von da an wurden die Trittmöglichkeiten spärlicher und die Felswände zunehmend glatt. Reto hielt inne und prüfte verschiedene Möglichkeiten des Weitersteigens. Hier waren guter Rat teuer und starke Nerven gefragt. Er atmete tief durch und verbat sich den Blick in die Tiefe. Schließlich griff er mit ausgestreckten Armen in den Riss, der bei seitlicher Belastung guten Halt bot. Gleichzeitig stemmte er in der sogenannten Dülferstellung beide Beine gegen die rechte Seite und lehnte mit dem Oberkörper an die linke Felswand. Schrittchen um Schrittchen, Hand um Hand arbeitete er sich die nächsten drei Meter konzentriert hoch und kam mit beiden Füßen auf einem schmalen Band auf der rechten Seite zu stehen. Mit dem Oberkörper drehte er sich nun zur linken Seite, fasste mit beiden Händen die Ausstiegskante und zog sich hoch. Huch, die Verschneidung war geschafft. Reto war froh, dass er oben war. Das Gelände wurde wieder flacher, und er stieg aufrecht, sich da und dort mit den Händen abstützend, weiter über die zweite Zinne hinunter zur nächsten Scharte. Die dritte Zinne war die letzte vor dem Gipfel und konnte problemlos bestiegen werden. Beim Abstieg eröffnete sich ihm plötzlich eine überhängende Partie, die er ungesichert nicht gehen wollte. Schade, dachte Reto, dass ich nicht den ganzen Grat ohne Umgehung machen kann, und kehrte zurück zur Scharte. Die Zinne umging er seitlich in steilem Gelände auf einem schmalen Pfad. Schließlich erreichte er den Gipfel des Laufbodehore ohne weitere Schwierigkeiten.

Er setzte sich zum Steinmännchen, das den höchsten Punkt markierte, packte die belegten Brote aus und biss kräftig hinein. Die Ruhe, der Ausblick auf die umgebenden Berggipfel sowie die Zufriedenheit über die erbrachte Leistung stimmten ihn besinnlich. Sein Blick folgte dem Simmental nach Norden, wo die den Horizont bildende Bergkette den Blick auf das Mittelland verstellte. Hier beabsichtigte er, sein künftiges Glück zu finden. Wie er das anstellte, war ihm zwar noch wenig klar, aber die Richtung war gegeben. Gerne hätte er auch diesen Horizont in einer Skizze festgehalten, doch hatte er weder Papier noch Stift eingepackt. Nur wenige dieser eher bescheidenen Gipfel kannte er beim Namen. Im Vordergrund zur Rechten das Abristhorn, zur Linken das Wistätthorn, dahinter im Westen stachen die Gastlosen markant hervor. Diese schroffen Gipfel, die etwas an die Dolomiten erinnerten, wusste er vom Hörensagen, konnten ebenfalls überschritten werden. Schließlich war noch ganz im Norden das Stockhorn auszumachen, das seit Kurzem mit einer Seilbahn erschlossen war. Sein Blick wanderte nun über Westen nach Süden. Dabei wechselte er seinen Platz. Etwa hinter dem Wildhorn vermutete er den Genfersee. Was würde wohl Anna jetzt machen?

Sehnsucht kam in ihm auf. Dieser räumte er allerdings nicht zu viel Platz ein. Aber das Gefühl ließ sich nicht ignorieren. Sie hatte ihm versprochen, sich zu melden, sobald sie sich ein wenig eingelebt haben würde. Auf der einen Seite empfand er es bequem, dass er nichts unternehmen musste, sich überraschen lassen konnte. Auf der anderen Seite spürte er bereits eine Ungeduld in sich. Dieser kam er zuvor und schloss den 360 Grad Panoramablick über Süden nach Osten ab. Nun nahm er noch einen Schluck Wasser aus der Feldflasche und packte seine Utensilien wieder in den Rucksack. Der Abstieg auf der Nordseite des Laufbodehores hinunter zur Langer Matte war ziemlich stotzig. Ein Fehltritt hätte an vielen Stellen des Weges gravierende Folgen gehabt. Von der felsig-gerölligen Gipfelpartie, über die braunen Matten mit den ersten Frühblühern nach dem langen Schnee, der hier oben erst vor Kurzem geschmolzen war, wurde die Vegetation zunehmend saftig grün und war mit verschiedenen Alpenblumen als Farbtupfer durchsetzt. Einzig die vom Bergnadelwald gesäumten Wegpartien machten eine Ausnahme. Bei den ganz steilen Stellen im Gelände mahnte er sich zur Vorsicht, ansonsten folgte Reto in zügigem Stritt den Wegspuren, die nicht überall sehr ausgeprägt waren. Auf der Langer Matte stand das Gras bereits ziemlich hoch und war bereit, von den Kühen gefressen zu werden, die schon bald hier oben auf der Alp sein würden. Von hier aus hinunter ließ er seinen Schritten freien Lauf. Das Gelände war nicht mehr so steil und der Weg gut ausgebaut. Innert kurzer Zeit schaffte er es zurück zum *Berghaus Iffigenalp*. Ein Kreis schloss sich, und Reto bemerkte, dass sein Ansinnen, das er am Vorabend gefasst hatte, gefestigt war, nun musste er es nur noch umsetzen. Zunächst lockte aber ein kühles Bier in der Gartenwirtschaft.

RETO UND REGULA 2

Regula begrüßte ihn verschmitzt: »Na, bist du schon wieder hier. Dich sieht man bald mehr in der Beiz als bei der Arbeit.« Diese direkte Art gefiel Reto an Regula und er erwiderte: »Bei dir ist es auch interessanter.«

»Auch Heuchler müssen sterben.«

»Sobald ich pensioniert bin, komme ich jeden Tag.«

»Mach das«, war Regula um eine Antwort nicht verlegen. Hoppla, dache Reto, jetzt muss ich gut aufpassen, damit ich nicht noch ein weiteres Weibsbild am Kragen habe, und wurde ganz sachlich: »Ich hätte gerne eine Flasche Bier.« Regula ging das Bier holen, und er machte es sich bequem. Beim Einschenken wollte sie es genau wissen: »Spaß beiseite, wann kommst du wieder?«

»Am liebsten jeden Tag«, erwiderte Reto, »doch ich habe noch anderes zu tun.«

»Das wäre?«

»Ich werde das Tal verlassen, mir fehlt die berufliche Perspektive.«

»Das kannst du mir nicht antun.« Regula schaute kurz, ob die Wirtin anwesend war, denn diese schätzte es gar nicht, wenn sie sich zu lange mit einem Gast unterhielt. Dann fuhr sie weiter: »Alle wollen nur raus aus dem Tal, und ich …« Die Enttäuschung in Regulas Stimme war nicht zu überhören. Vielleicht liegt ihr an mir doch mehr, als ich bis jetzt gedacht habe, dachte Reto und beschwichtigte: »Ich werde ja nicht ganz aus deiner Welt verschwinden und sicher von Zeit zu Zeit nach Hause kommen. Meine Mutter lebt ja noch hier. Dich werde ich bestimmt immer besuchen.«

»Mach das!«

»Überhaupt kenne ich meine Zukunft nicht so genau, das ist erst eine Absicht.«

»Wenn du Genaueres weißt, möchte ich es auch erfahren.« Reto versprach es und war froh, dass Regula an einen anderen Tisch zum Einkassieren gerufen wurde. Bevor er sich einen gemeinsamen Weg denken konnte, musste er zunächst seinen eigenen finden. Dies hatte er bereits in der Konfrontation mit Anna realisiert. Er trank das Bier aus und bestellte noch einen Kaffee mit einem Stück Schokoladekuchen. Heute ließ er es sich gut gehen. Er genoss die wärmende Sonne, beobachtete die anderen Gäste und verfolgte Regula bei der Arbeit. Eigentlich war sie eine tolle Frau. Nun war es aber Zeit zu zahlen, denn er hatte heute noch einiges zu tun. Regula gab er ein gutes Trinkgeld und lächelte sie beim Abschied freundlich an: »Bis bald.«

RETO 5

Die Talfahrt war ein einziger Hochgenuss. Nur an wenigen Passagen musste Reto in die Pedale treten, sonst lief das Velo von selbst. Meistens viel zu schnell. Vor allem im oberen Teil waren seine Fingermuskeln stark mit Bremsen gefordert. In bester Laune kam er gerade rechtzeitig zum Abendessen nach Hause. Seine Mutter ließ sich wohl von seiner guten Stimmung anstecken und verzichtete auf die übliche Schelte, weil er sich nicht angemeldet hatte. Sie hatte aber genügend gekocht, da sie davon ausging, dass er irgendwann ohnehin hungrig nach Hause kommen würde. Reto konnte also gleich mit der Mutter zu Tisch sitzen. Bedächtig löffelte er die Gemüsesuppe und wusste nicht, wie er der Mutter seinen Entschluss schonend beibringen konnte. Ihr würde es bestimmt nicht gefallen.

»Du bist heute aber ruhig«, eröffnete seine Mutter das Gespräch. »Hast du einen schönen Tag gehabt?«

»Gestern war ich noch am Iffigensee, habe auf der Alp übernachtet und bin heute zum Laufbodehore hochgestiegen.«

»Deinem Vater hätten solche Unternehmungen auch gutgetan, aber da war einfach zu viel Arbeit.« Diese Bemerkung seiner Mutter erstaunte Reto. Noch nie hatte er sie so reden gehört. Bis anhin war Arbeit der wesentliche Lebensinhalt, den es nicht zu hinterfragen galt. Die Bemerkung gab ihm auch das nötige Stichwort, um seinen Entschluss mindestens ansatzweise seiner Mutter mitzuteilen: »Ich werde künftig nach Arbeit talauswärts suchen«, sagte er vorsichtig, »vielleicht erhalte ich da eher eine Chance. An der Lenk will es nicht wirklich klappen.«

»Mach das. Es würde mich freuen, wenn du endlich auf einen grünen Zweig kommen würdest«, sagte die Mutter und schaute ihm eindringlich in die Augen.

»Ich werde dann nicht mehr so oft oder gar nicht mehr zu Hause sein.«

»Mach nur, auf mich brauchst du keine Rücksicht zu nehmen, ich komme alleine zu recht.« Es trat Stille ein. Reto war froh, dass es seine Mutter so gut aufgenommen hatte, und erwiderte: »Vielen Dank, Mutter, danke für das Verständnis.«

»Hast du etwa die Regula gesehen? Die wäre doch auch eine Frau für dich.«

»Jetzt muss ich zunächst an meine berufliche Zukunft denken.« Nach der Suppe gab es noch aufgewärmte Älpler Makronen und Apfelmus. Reto aß mit großem Appetit. »Übrigens, der Zbären Hans hat angerufen, er ist heute Abend im *Anker* und würde dich gerne sprechen«, erinnerte sich die Mutter, als sie zu Ende gegessen hatten. Reto erledigte den Abwasch, packte den Rucksack aus und machte sich auf den Weg zum *Anker*. Was wollte wohl Hans von ihm? Zbären war der Anführer der Gruppierung, welche die Verbindungsautobahn durch den Rawil zu verhindern versuchte. Hans war im Tal bestens vernetzt und konnte ihm bestimmt einen guten Tipp geben, wer im Tal einen tüchtigen Burschen wie ihn brauchen konnte. Reto lächelte über sein Selbstbild. Richtig anpacken war er gewohnt. Nur war Arbeit nicht das Einzige im Leben, das ihm wichtig war. Manchmal war der Ruf der Berge, eine politisch motivierte Sponti Aktion, eine familiäre Verpflichtung wichtiger. Seinen Arbeitsgebern hatte dies nie gepasst. Bei seinem jetzigen stand er deswegen auch unter keinem festen Vertrag, sondern wurde lediglich angefragt, wenn gerade Not am Mann war. Reto betrat die Wirtsstube. Am Stammtisch saßen drei Lenker, pafften ihre Stumpen und kommentierten das örtliche politische Geschehen. Etwas abseits saß Hans und las in der Zeitung. »Du kommst wie gerufen«, begrüßte ihn Hans und legte die Zeitung weg.

»Das kann ich von dir auch behaupten«, erwiderte Reto und setzte sich zu Hans an den Tisch.

»Nimmst du auch ein Bier? Ich lade dich ein.«

»Das nenne ich ein Angebot, vielen Dank.«

»Noch ein Bier«, signalisierte Hans dem Wirt, welcher hinter dem Schanktisch Gläser spülte. »Was treibst du so?«

»Ich suche Arbeit. Es kann auch weiter unten im Tal sein«, kam Reto gleich zur Sache. »Falls du was weißt, sag es mir bitte.« Der Wirt brachte das Bier, und sie stießen an.

»Warum willst du von der Lenk weg?«

»Ich glaube, ich bin ihnen da oben etwas zu aufmüpfig, zu wenig angepasst. Auf jeden Fall bekomme ich keine feste Stelle. Nur wenn Not am Mann ist, bin ich recht, sonst«, er wartete einen Augenblick, »eher nicht.« Reto wischte sich den Schaum mit der Zunge von der Lippe.

»Verstehe«, erwiderte Hans nachdenklich. »Für den Widerstand gegen die Straße können wir dich aber gut gebrauchen.«

»Manchmal frage ich mich, ob es auch damit zusammenhängt.«

»Mag sein, viele der Gewerbetreibenden sind nicht unbedingt auf unserer Seite oder haben sich noch nicht festgelegt.« Reto wog diese Antwort in Gedanken ab und schaute kurz um sich, um sicher zu sein, dass ihnen auch niemand zuhörte, dann erwähnte er in leisem konspirativem Ton, wen er zufällig am Vorabend auf der Iffigenalp gesehen hatte: »Was meinst du, was hat das zu bedeuten?«, schloss er seinen Bericht. Hans musterte ihn nachdenklich und erwiderte: »Obwohl er als Landbesitzer ein Interesse am Bau der Straße haben könnte, hat sich Bühlen bis jetzt öffentlich nur sehr zurückhaltend geäußert. Dass Betschard ihn auf seine Seite ziehen möchte, scheint nur logisch zu sein, aber vielleicht steckt da noch mehr dahinter.« Hans nahm einen kräftigen Schluck Bier, lehnte sich mit Oberkörper und Kopf leicht nach hinten und prüfte gleichzeitig den Geschmack des Biers und den Gehalt des Gesagten: »Doch, dem gehe ich nach«, kam er zum Schluss. Danke für den Hinweis.« Nach einer kurzen Pause: »Du willst also tatsächlich die Lenk verlassen?«

»Ich muss an meine berufliche Zukunft denken.«

»Das sind ja ganz neue Töne von dir, aber ganz unrecht hast du nicht.«

»So schnell werde ich das Tal nicht verlassen, und den Widerstand unterstütze ich, wo ich kann, das weißt du ja.«

»Gut, ich werde mich umhören, und sobald ich etwas bezüglich Arbeit in Erfahrung bringen kann, melde ich mich bei dir.« Reto war froh, dass er auch bei Hans Unterstützung fand, was ihn in seinem Entschluss zusätzlich bestärkte. Sie sprachen noch über dies und jenes. Gegen 22 Uhr spürte Reto, dass es für ihn Zeit war, schlafen zu gehen. Ein langer, intensiver Tag neigte sich dem Ende zu, und das Bier tat seine Wirkung. Er verabschiedete sich von Hans und bedankte sich für seine Unterstützung. Zu Hause im Bett versuchte er, das Geschehen im Kopf zu rekapitulieren, schlief aber sofort ein.

ANNA UND THERES 1

Als der Zug in Vevey einfuhr, wartete ihre Tante bereits auf dem Bahnsteig. Anna konnte es kaum erwarten, bis er hielt. Sie öffnete die Tür, fasste ihren Koffer, stieg auf den Perron hinunter und ging ihr winkend entgegen. Annas Tante war sechs Jahre jünger als Annas Mutter und eine gut aussehende, elegant gekleidete Frau. Den frühzeitigen Tod ihres Mannes Jean, welcher einige Jahre älter als sie gewesen war, hatte sie gut verkraftet. Gemeinsam hatten sie in Epesse die Bäckerei, die Jean von seinen Eltern übernommen hatte, zu einem Lebensmittel-Detailgeschäft ausgebaut. Nach dem Tod von Jean gab die Tante die Bäckerei auf und bezog das Brot fortan von einem Bäcker aus dem Nachbarsdorf. In der ehemaligen Backstube fand das bisher bescheidene Sortiment an Haushaltungsartikeln genügend Platz, um ausgebaut zu werden. »Bonjour, ma petite«, begrüßte die Tante Anna und küsste sie auf beide Wangen.« »Bonjour, ma tante». Mit ihr war ausgemacht, dass, wo immer möglich, französisch gesprochen wurde.

»Je m'appelle Theres.«

»Et moi, je m'appelle Anna.« Als Theres noch an der Lenk lebte, war Anna oft bei ihr. Seit ihrem Wegzug kam sie bei ihren regelmäßigen Besuchen im Heimatdorf stets bei Annas Familie vorbei. Zwischen ihnen hatte sich ein freundschaftliches Verhältnis entwickelt. Theres nahm Anna den Koffer ab, und sie gingen vom Perron zur

Unterführung, danach zum Parkplatz, wo sie vor einem knallroten Käfer Cabriolet stehen blieb.

»Ist das dein Wagen?«, fragte Anna ungläubig.

»Du sagst es.«

»Wow, der ist aber chic!« Die Tante versorgte den Koffer im Kofferraum, der nicht, wie bei Autos üblich, hinten, sondern vorne lag, dann öffnete sie das Verdeck und setzte sich ans Steuer. Anna nahm neben ihr Platz, und sie fuhren los. Schon bald bog ihre Tante von der direkten Verbindungsstraße auf kleinere Nebenstraßen durch die Rebberge ab. Anna genoss den Fahrtwind, der ihr Haar erfasste, nach hinten strich und herumwirbelte.

»Warum bist du mit deinem Wagen nie an der Lenk aufgekreuzt?«

»Weißt du, nach dem Tod von Jean wollte ich auf kein Motorrad mehr steigen, aber den Fahrtwind vermisste ich sehr.« Theres schaute kurz zu Anna hinüber. Anna bemerkte einen leichten Glanz in ihren Augen. Fast trotzig fuhr sie weiter: »Wenn schon Jean unwiederbringlich fort war, dann sollte wenigstens der Fahrwind als Erinnerung bleiben. Kurz darauf konnte ich diesen Käfer günstig erstehen.«

»Und was hat das mit der Lenk zu tun?«

»Na ja, eine junge Witwe und das rote Käfer Cabriolet mag vielleicht hier am Genfersee gehen, passt aber definitiv nicht in das Weltbild eines engen Bergtals.«

»Verstehe.«

Sie fuhren schweigend weiter und hingen ihren Gedanken nach. Anna erkannte in den Worten ihrer Tante ein Muster, das auch ihr zu schaffen machte. Warum waren viele Konventionen in ihrem Heimatdorf so eng gestrickt? Warum konnte sich das Leben nicht freier entfalten?« »Wir sind da«, kündigte Theres das Ende der Fahrt an und bog auf den Kundenparkplatz ihres Ladens ein. »Der Laden ist am Montag erst am Nachmittag geöffnet, darum reicht es gerade noch für einen kleinen Lunch. Du hast doch bestimmt Hunger.« Vor lauter neuen Eindrücken hatte Anna gar nicht ihren knurrenden Magen bemerkt und nickte eifrig. »Zum Glück haben wir hier im Dorf ein ganz gutes Restaurant. Zur Feier des Tages lassen wir uns verwöhnen!« Sie stiegen aus, querten den Dorfplatz und nahmen Platz in der Gartenwirtschaft.

Der Wirt kam an ihren Tisch: »Filet de perche?«

»Et une salade melée.« Zu Anna: »Wenn du Fisch magst, würde ich dir dasselbe empfehlen. Hier ist er stets frisch direkt aus dem Genfersee und ausgezeichnet zubereitet.«

»Je prends le même. Est-ce qu'on dit comme ça ?«

»Deux fois filets de perche avec salade«, nickte der Wirt, verschwand mit den Speisekarten und brachte eine Karaffe Wasser und zwei Gläser Weißwein. Anna und Theres stießen auf ein gutes Welschland-Jahr an und ließen sich den Salat schmecken. »Wo wohnst du eigentlich?«, wollte Anna nun wissen. »Etwas außerhalb des Dorfes haben Jean und ich ein kleines Häuschen mitten in den Rebbergen in herrlicher Lage mit Blick auf See und Dents du Midi eingerichtet. Heute Abend nach der Arbeit fahren wir hin.«

»Wunderbar.«

»Wir werden es zusammen gut haben.« Nun wurde der Fisch mit Kartoffeln an geschmolzener Butter mit Schnittlauch serviert. Die Tante hatte kein Wort zu viel versprochen: Das Essen mundete ausgezeichnet. Dazu nippte Anna in regelmäßigen Abständen mit Kennermiene am Weißwein. Auch hier hatte sie einen Schritt ins richtige Leben vollzogen, denn zu Hause war der Wein bei Tisch den Eltern und erwachsenen Gästen vorbehalten.

»Der Tod von Jean muss für dich bestimmt schlimm gewesen sein?« Anna war selbst erstaunt, dass sie dieses Thema anschnitt.

»Am Anfang war es ziemlich schwierig. In der Zwischenzeit habe ich oft das Gefühl, dass er ganz nahe bei mir ist, das tröstet sehr. Kannst du das verstehen?« Anna fühlt sich an Reto erinnert, der an der Lenk geblieben war und den sie doch sehr nahe empfand, und nickte.

»Jetzt müssen wir weitermachen. In einer Viertelstunde geht der Laden auf.«

»Toll!« Auf ein Zeichen von Theres brachte der Wirt zwei Espressi und die Rechnung. »Du trinkst doch Kaffee, nicht wahr?«

»Bei uns gibt es normalerweise Milchkaffee, aber der Espresso schmeckt mir bestimmt auch.«

Theres zahlte, sie tranken den Espresso und gingen zum Laden. »Du sagst mir, wenn ich etwas helfen kann.«

»Schau dich einfach um. Ich werde dir bei Gelegenheit alle möglichen Dinge erklären. Heute Abend wirst du den Kopf voll davon haben. Schon bald wirst du einige Handreichungen selbstständig ausführen können.« Während Theres die ersten Kunden beim Ladentisch, der zugleich Kasse war, bediente, ging Anna die verschiedenen Regale durch. Sie merkte sich nicht nur den Standort der einzelnen Produkte, sondern auch den französischen Namen. Dort, wo nicht zum Vornherein klar war, was die Packung enthielt, nahm sie das Wörterbuch zu Hilfe. Theres stellte Anna allen Stammkunden als Nichte und Assistentin vor. »Am Samstag haben wir neben den üblichen Backwaren auch Zopf im Sortiment, aber nur gegen Bestellung«, erklärte sie, als eine Kundin dies wünschte, und zeigte Anna, wo sie die Bestellung notieren musste. »Wenn niemand im Laden ist, kontrolliere ich die Regale und schaue, dass Lebensmittel mit bald ablaufendem Datum zuvorderst stehen. Diese versehe ich mit Klebern und verkaufe sie zum halben Preis oder verwende sie im eigenen Haushalt. Die sind trotzdem noch gut.« Anna lernte die Funktionsweise des Detailhandels in der Praxis kennen. Sie war schnell von Begriff und wollte bald eine echte Hilfe sein. Der Nachmittag ging im Flug vorbei. Entsprechend überrascht war Anna, als ihre Tante um 18.30 Uhr den Laden schloss und die Kasse zählte. Bevor sie den Laden verließen, nahm Theres den letzten Laib Brot aus dem Gestell, eine Büchse Ravioli, abgepackten Raclette-Käse sowie Salat mit. »Unser Nachtessen«, sagte sie zu Anna und schloss die Tür. »Das war ein kurzweiliger Nachmittag«, bemerkte Anna. Sie setzten sich in den Käfer und fuhren zum kleinen Häuschen. So klein war das Häuschen allerdings nicht, aber das, was Theres über die Lage gesagt hatte, war in keiner Weise übertrieben. An der Grenze des am Hang gelegenen und mit etlichen Obstbäumen bestandenen Grundstücks nahm Anna zunächst nur Reben wahr. Als sie den Weg zum Hauseingang nach oben stieg und zurückblickte, entdeckte sie im Mittelgrund den dunkelblaugrau leuchtenden Genfersee, in dessen Mitte ein Raddampfer einsam seine Gischtspur im See hinterließ. Über der Schiffsspitze ragte aus dem bereits schattigen Talgrund in der Verlängerung des Genfersees ein mächtiger Gebirgsriegel auf, dessen Gipfel wie Zinnen nebeneinander noch ins Sonnenlicht ragten. Selbst Anna, die in den Bergen daheim war, fand dies äußerst imposant. »Wow!«, entfuhr es ihr, »diese Gebirgskette ist ähnlich schön wie der Wildstrubel, nur der Genfersee ist etwas größer als der Lenkersee.« Beide lachten über diesen eigenartigen Vergleich. »Wie heißen diese Berge?«

»Das sind die Dents du Midi. Der höchste Gipfel ist der Haute Cime mit 3257 Meter.«

»Kein Wunder, bist du am Genfersee hängen geblieben«, zollte Anna den Bergen und ihrer Tante Anerkennung.

»Ja, das Leben hat hier eine besondere Qualität.« Sie gingen im Haus direkt in die Küche. »Das Haus kann ich dir später zeigen, jetzt kochen wir ein gutes Essen, ich habe einen Riesenhunger.« Sie öffnete die Raviolibüchse, gab deren Inhalt in eine Gratinform, raffelte ziemlich viel Raclettekäse darüber, würzte mit etwas Pfeffer und schob die Form in den Ofen. »Du wirst sehen, so schmecken sogar Büchsenravioli lecker. Willst du die Salatsoße zubereiten?«

»Gerne«, erwiderte Anna.

»Hier sind Öl, Essig und die Gewürze.« Sie begann den Salat zu rüsten und Anna mit der Soße. »Ich freue mich riesig, jetzt lohnt es sich wieder zu kochen«, fügte Theres begeistert hinzu. Nachdem der Salat zubereitet war, mussten sie noch etwas warten, bis der Gratin braun überbacken war. Sie gingen in den Keller, um einen »edlen Tropfen zu Ehren des Tages«, wie Theres sagte, zu holen.

Anna staunte über den vollgefüllten Weinkeller. »Ja, ja«, seufzte Theres, »seit dem Tod von Jean wird der Weinkeller seiner Bestimmung nicht mehr gerecht. Früher hatten wir an jedem Samstag Gäste, und der Umsatz war entsprechend hoch.«

»Dann hast du sicher viele Freunde und Bekannten.«

»Die meisten sind mir zum Glück geblieben. Früher kamen sie zu uns, heute gehe ich eher zu ihnen. So ist das.« Sie ging die Gestelle durch und zog eine Flasche hervor: »Dieser dürfte passen.«

»*Château Lafitte*, das ist aber eine schöne Etikette.«

»Die meisten Weine stammen aus der Region oder dem Wallis. Und die Winzer kenne ich alle persönlich.« Sie gingen nach oben, deckten den Tisch und ließen es sich schmecken.

»Wie fühlst du dich? War es schwer, von der Lenk wegzugehen?«

»Eigentlich nicht. Das Elternhaus zu verlassen, hat bereits gutgetan. Es war auch höchste Zeit!«

»Verstehe ich, ist mir damals genauso ergangen.«

»Immer diese geschriebenen und ungeschriebenen Regeln, die oft gar nicht einsichtig sind. Und bei jeder Meinungsverschiedenheit ziehst du den Kürzeren.«

»Da werden wir es zusammen besser haben. Ich werde bestimmt nicht auf die Idee kommen, deine Eltern zu ersetzen, denn du machst einen durchaus erwachsenen Eindruck, auch wenn du noch nicht ganz 20 Jahre alt bist.« Sie saugte den Rest der Soße auf dem Teller mit einem Stück Brot auf und schob diesen genüsslich in den Mund. »Und, hat es geschmeckt?«

»Ausgezeichnet, du bist eine gute Köchin!«

»Das ist lediglich die Idee, das Rezept. Viel kannst du dabei nicht falsch machen.«

»Du hast bestimmt ein gutes Kochbuch.«

»Das brauche ich nicht. Ich werde ja von vielen Freunden eingeladen: Immer, wenn mir etwas besonders schmeckt, frage ich nach dem Rezept. Da ist eine schöne Sammlung zusammengekommen. Diese Rezepte werden wir alle im Laufe des Jahres ausprobieren. Danach bist du eine ebenso gute Köchin wie ich. Übrigens sind die einfachen Rezepte meistens die besten.«

»Da bin ich mal gespannt.« Sie stellten das Geschirr aufs Tablett, gingen in die Küche und machten den Abwasch. »Jetzt möchtest du bestimmt dein Zimmer sehen. Danach gibt es noch Kaffee und Kuchen auf der Veranda. Nimm doch gleich deinen Koffer mit.« Sie gingen den Gang entlang, der auf diesem Stockwerk Küche, Stube, ein Bad mit Toilette und zwei weitere Zimmer verband, zur Treppe und folgten ihr nach unten ins Sockelgeschoss, das teilweise in den Hang gebaut war und neben der Garage und einem Werkraum auch die Gästewohnung enthielt. »Hier hast du alles, was du brauchst: ein eigenes Badzimmer, eine Kochnische und, falls dich jemand besuchen möchte, sogar ein zweites Bett.« Anna machte große Augen, denn damit hatte sie nicht gerechnet. Sie legte den Koffer aufs Bett, öffnete das Fenster und warf einen Blick in den gepflegten Garten mit den Obstbäumen. Dann ging sie ins Badezimmer, schließlich untersuchte sie die Kochnische, öffnete den kleinen Kühlschrank und prüfte die Funktionsweise der Kochplatte.

»Das ist ja eine richtige kleine Wohnung!«

»Du kannst dich jetzt einrichten, und ich gehe nach oben und bereite den Kuchen zu. Nimmst du auch Kaffee oder lieber Tee?«

»Wenn du Kräutertee hast, nehme ich gerne einen Kräutertee.«

Theres nickte. »Wenn ich soweit bin, werde ich dich rufen. Der Telefonhörer, der neben der Tür an der Wand hängt, ist eine Gegensprechanlage.« Sie ging nach oben, und Anna ließ sich rückwärts aufs Bett fallen. In Gedanken sah sie bereits Reto zur Tür hereinspazieren. Das Welschland-Jahr fängt ja super an, dachte sie, das war wirklich eine gute Idee, hierher zu kommen. Glücklich sah sie zur Decke des Zimmers, schaute sich den Raum nochmals an, dann stand sie auf und öffnete den Einbauschrank: Hier hatte es genügend Platz, um die mitgebrachten Kleider unterzubringen. Dies machte sie auch gleich, öffnete ihr Reisegepäck und stellte im Kasten eine schöne Ordnung her.

Anna hörte einen komischen Piepston und wusste nicht gleich, was es war. Dann kam ihr die Gegensprechanlage in den Sinn, und sie nahm den Hörer aus der Verankerung an der Wand. »Der Tee ist fertig«, hörte sie die leicht verfremdete Stimme von Theres sagen. »Ich komme gleich.« Sie ging nach oben und fand ihre Tante bereits auf der Veranda, den Ausblick genießend. »So ein Sommerabend auf der Veranda mit Blick auf den Genfersee und die Berge ist einfach herrlich.« Sie goss den Tee ein und servierte vom Kuchen. »Nimm Platz und lass es dir gut gehen!« Dies ließ sich Anna nicht zweimal sagen und war sogleich fasziniert vom schönen Ausblick.

»Wunderbar«, war ihr eindeutiges Prädikat. Sie nahm vom Kuchen und einen ersten vorsichtigen Schluck aus der dampfenden Tasse.

»Schmeckt ausgezeichnet! Hast du ihn selber gebacken?«

»Das ist auch eines jener Rezepte, die du noch kennenlernen wirst.« Sie saßen eine Weile stumm genießend da, dann nahm ihre Tante neugierig das Gespräch auf: »Erzähle von dir, deinen Freunden, von dem, was du in diesem Jahr, außer der Arbeit im Laden, erleben möchtest.«

»Da gibt es gar nicht viel zu berichten, was du von deinen Besuchen bei uns nicht ohnehin weißt. Außer«, Anna zögerte einen Moment und wog ab, ob sie Reto bereits erwähnen wollte. Vor ihrer Tante musste sie eigentlich keine Geheimnisse haben. Sie würde auch gegenüber ihren Eltern nichts sagen. »Außer«, setzte Anna von Neuem an, »dass ich einen Freund habe.«

»Wunderbar, wie heißt der Glückliche?«

»Reto.«

»Ist er aus der Lenk?«

»Genau, aber du darfst ihn meinen Eltern gegenüber bestimmt nicht erwähnen.«

»Bist du dir noch nicht ganz sicher?«

»Doch, doch, aber Reto ist nicht so, wie sie sich ihren künftigen Schwiegersohn vorstellen.«

»Verstehe.«

»Er ist nicht gut genug.«

»Von mir werden sie nichts erfahren. Du darfst ihn aber gerne hierher einladen.«

»Das werde ich bestimmt tun, wenn ich mich etwas eingelebt habe.«

»Was macht dein Freund?«

»Er arbeitet als Zimmermann, hat aber die Lehre nicht abgeschlossen, aus familiären Gründen und weil er viel zu freiheitsliebend ist und jede Gelegenheit nutzt, um in den Bergen herumzuturnen.« Der Kuchen schmeckte ausgezeichnet. Anna nahm ein zweites Stück. »An den Wochenenden, das heißt, der Laden ist am Samstagmorgen noch offen, werde ich dir die Gegend zeigen. Jetzt im Sommer, bei schönem Wetter, verbinden wir das jeweils mit einem Bad in einem Fluss oder See. Da gibt es nämlich ganz schöne Orte. Ich hoffe, dir ist das recht so.«

»Du weißt gar nicht, was ich für eine Wasserratte bin. Neulich war ich mit Reto am Flueseeli nur, um zu baden.«

»Nur, um zu baden?«

»Natürlich auch, um mit ihm zusammen zu sein.«

»Und im Winter gehen wir Ski fahren.«

»Wo gibt es denn hier Skigebiete?« Anna war etwas erstaunt, den Genfersee verband sie wirklich nicht damit.

»Du wirst staunen: Gegenüber den Dents du Midi liegt die Porte du Soleil, eines der größten Skigebiete in Europa, mit Stationen in Frankreich und der Schweiz. Auch Chamonix mit dem Mont Blanc ist gar nicht so weit weg. Das ist in der Deutschschweiz einfach zu wenig bekannt.«

»Da magst du recht haben: Bei uns spricht man vor allem vom Bündnerland und Berner Oberland. Wenn man vom Wallis spricht, meint man Zermatt, Saas Fee und vielleicht noch das Goms.«

»Der *Röstigraben* lässt grüßen. Aber das Wallis beginnt gleich nach dem Genfersee und ist erst noch zweisprachig!«

»Wie ist es denn in der Westschweiz, geht da der Blick auch nicht über den *Röstigraben* hinweg?« Anna gefiel es sichtlich, mit Theres über solche kulturgeografischen Dinge zu sprechen. In der Zwischenzeit war es bereits ziemlich dunkel, und Theres zündete ein Windlichtlein an, bevor sie antwortete: »Die meisten Romands sind natürlich kein Deut besser als die Deutschschweizer. Jene, die politisch denken, sind allerdings nicht so. Sie müssen dauernd auf die Ansprüche als Minderheit aufmerksam machen und haben gemerkt, dass sie sich mit der Deutschschweiz auseinandersetzen müssen, wenn sie Erfolg haben wollen. Wobei mir ihre Anspruchshaltung manchmal auf den Wecker geht. Die Deutschschweizer sind da in meinen Augen etwas zu servil.«

»Was heißt das?«

»Servil heißt dienstbeflissen. Das heißt, sie geben den Ansprüchen der Romands zu schnell nach.«

»Interessant, solche Überlegungen habe ich noch gar nie gehört.«

RETO 6

Dass Reto auch den ganzen Dienstag der Arbeit ferngeblieben war, machte seinen Chef nicht besonders glücklich. Mehrmals betonte er, wann diese und jene Arbeit erledigt sein musste, und Reto holte mit Überstunden das Versäumte nach. Die letzten Handgriffe erledigte er am Samstagmorgen. Nun war auch sein Chef zufrieden. Nach dem Mittagessen, das er mit seiner Mutter einnahm, verspürte er Lust, auf die Iffigenalp hochzufahren, um dort Regula zu treffen. Unterhalb des Iffigenfalls hielt er kurz an und besah sich Bülens Grundstück. Hier, in dieser landschaftlich reizvollen und intakten Umgebung, sollte also der Rastplatz der geplanten Autobahn hinkommen, und etwas weiter hinten, rechts vom Wasserfall, ginge die Straße in den Berg. Reto schüttelte den Kopf. Wem konnte nur solcher Irrsinn einfallen? Da mussten mächtige vom Geld getriebene Interessen dahinterstecken. Nein, es ging selbstverständlich um Arbeitsplätze, wie der selbstlose Betschard bei jeder Gelegenheit betonte. Aber Arbeit kann niemals Selbstzweck sein und muss Sinn machen, hielt ihm Reto in Gedanken wütend entgegen. Leider hatte das Argument der Arbeitsplätze eine große Wirkung, und das *Komitee gegen den Rawil* musste mächtig auf der Hut sein, es, wo immer möglich, zu entlarven. Dem Betschard ging es doch nur um sein eigenes Wohl. Reto stieg wieder auf sein Rad und reagierte seine Wut an den Pedalen ab. Er flog förmlich die steile Rampe hoch. Er spürte die befreiende Wirkung des Adrenalins in seinem Körper und kam in Hochstimmung oben an. Das letzte flachere Stück auf der Alp bewältigte er in Sprintermanier und stellte das Rad an seinen üblichen Platz. Nun spürte er erst die Anstrengung und musste kurz verschnaufen. In der Gartenwirtschaft war reger Betrieb. Reto setzte sich an einen der letzten freien Tische und freute sich darauf, Regula zu sehen. An ihrer Stelle bediente ihn aber eine Kollegin, denn sie hatte ausgerechnet heute frei und war ins Tal gefahren. »Richte ihr einen lieben Gruß aus«, erwiderte Reto endtäuscht. Seine Hochstimmung fiel in den Keller. Mühsam rappelte er sich wieder auf und versuchte, sich aus seiner schiefen Gefühlslage zu lösen. Mit den Gedanken an die verpasste Regula kamen jene an die abwesende Anna zurück. Reto war hin- und hergerissen. Immer diese Frauengeschichten, seufzte er. Vor einer Woche war die Welt noch sonnenklar, und jetzt dieses Dilemma. In diesen Frust hinein bestellte er sich ein zweites Bier, obwohl er normalerweise genug an einem hatte. In Gedanken verglich er die beiden Frauen. Auf der einen Seite Regula, die bodenständige, direkte, bescheidene, vielleicht auch etwas anspruchslose Kollegin. Auf der anderen Seite Anna aus gutem Hause, mit entsprechenden Ansprüchen, denen er womöglich nicht genügen konnte, die überall beliebt war. Beide waren zweifelsohne hübsch und gefielen ihm. Anna war vielleicht etwas kleiner und feiner gebaut, während Regula eher kantiger wirkte. Beide waren selbstbewusste junge Frauen, nicht irgendwelche hübschen Püppchen, die nicht wussten, was sie wollten. Das war für Reto besonders wichtig. Er bevorzugte ein partnerschaftliches Verhältnis. Mit beiden war das bestimmt möglich. Und wie ist es mit meiner Freiheit? Immer wieder dieser Gedanke, vielleicht war es auch eine Angst, vielleicht war sie auch nicht begründet. Möglicherweise wäre eine lockere Partnerschaft denkbar, die nicht in Händchenhalten in jeder freien Minute ausartete, wie das einige Paare unter seinen Freunden bis zum Exzess zelebrierten. Das war schnell langweilig und verkam zum Käfig. Ein kleiner Unterschied fiel Reto erst jetzt auf, und er war überrascht, dass er ihn bis jetzt ausgeblendet hatte: Anna war eigentlich seine Freundin, wenn auch nicht in der Öffentlichkeit. Es gab ein gemeinsam geteiltes Bedürfnis, sich regelmäßig zu treffen. Es gab Intimitäten, und es gab ein gutes, wohliges Gefühl, mit ihr zusammen zu sein; vielleicht konnte man das auch als Liebe bezeichnen. Die Beziehung zu Regula war hingegen eher ein Abenteuer, das er in unregelmäßigen Abständen pflegte. Eigentlich war Regula immer für ihn da, nur hatte er nicht immer Lust dazu, außer heute. Reto bekämpfte seinen Frust mit dem Gedanken, dass das Leben nicht nur ein Wunschprogramm war, und trank das Glas leer. Auf ein weiteres Bier verzichtete er, das wäre zu viel Kurvenöl, blieb aber trotzdem noch sitzen und ließ die letzten Gedanken nachwirken. Eigentlich durfte er ganz zufrieden sein: Offenbar war er bei spannenden Frauen beliebt und hatte oder hätte – diese beiden Worte wog er gut gegeneinander ab – sogar die Wahl. Obwohl er ein freidenkender Mensch war, gehörte für ihn auch das Schicksal zum Leben, sodass er sich zwar gerne für das »hatte«, aber nicht unbedingt gegen das »hätte« entschieden hätte. Bei einer Partnerschaft gehören eben zwei dazu, die für einander das gleiche empfinden. Und schließlich gilt es noch das Umfeld zu betrachten, das förderlich ist oder nicht. Reto merkte, dass er sich im Kreis drehte und machte einen Punkt. Sein geplanter Wegzug aus dem Tal würde die nötige Distanz schaffen und die Zeit irgendwann die richtige Antwort liefern. Er wandte sich etwas Profanerem zu und zückte seinen Geldbeutel, winkte der Kollegin von Regula, zahlte und wiederholte nochmals den Gruß. Dann stieg er mit weichen Knien aufs Rad. Den oberen, steileren Teil fuhr er betont langsam hinunter, umfuhr jedes Schlagloch und wurde trotzdem ordentlich durchgeschüttelt. Erst unterhalb des Iffigenfalls, wo die Straße durchgehend geteert war, ging er etwas von den Bremsen und gewann schnell an Fahrt. Zu Hause zog er sich zu seinem Lieblingsbaum zurück. Er versuchte, so wenig wie möglich zu denken, was hochgradig misslang. Seine Gedanken rissen ihn zwischen Anna und Regula hin und her, mit leichten Vorteilen für Anna. Sein Selbstvertrauen war mit dem heutigen Tag eindeutig angeschlagen worden. Erst, als er sich eingestand, dass diese Frage nicht alleine zu lösen war, beruhigte sich sein Gemüt, und er lachte sogar über sich. Ihm wurde bewusst, dass sie nicht in seinem Kopf entschieden wurde, sondern sich von selbst lösen würde. Nach dem Nachtessen ging er bald schlafen.

ANNA UND THERES 2

Am Ende der ersten Woche schlug Theres nicht etwa einen Ausflug in eine Badebucht am Genfersee vor, sondern an den Lac de Taney im Unterwallis. Dies war einer ihrer Lieblingsorte. »Er liegt schön und abgelegen in den Bergen«, meinte sie. Anna war einverstanden. Sie fuhren mit dem Käfer ans Ende des Genfersees, querten das weite Mündungsgebiet der Rhone, welche hier die Grenze zwischen den Kantonen Waadt und Wallis bildete, an den westlichen Talrand und nahmen bei Vouvry die Straße nach Le Flon. Dort parkierte Theres den Käfer. »Endstation, wir gehen zu Fuß weiter.« Sie wechselten das Schuhwerk und zogen Wanderschuhe an. Theres schloss das Verdeck des Käfers, obwohl es schönstes Wetter war. »In den Bergen weiß man nie, ob ein Gewitter kommt«, erklärte sie. Sie stiegen einen nicht geteerten Fahrweg steil nach oben und nahmen in den Kurven diese und jene Abkürzung. Nach einer guten halben Stunde erreichten sie den Col de Taney. Er führte auf der anderen Seite hinunter in das Tal des Bergsees. Dieser füllte einen großen Teil des Talbodens aus. Beim westlichen Zipfel erspähten sie einen kleinen Weiler mit etlichen Häusern und daran, zum See angrenzend, eine Wiese mit einigen Zelten. »Das ist bei Jungen ein beliebter Zeltplatz. Stell dir vor, du zahlst nur einen Franken pro Person und Nacht und bekommst dafür einen Zeltplatz in wunderschöner Lage, eine Waschstelle mit fließendem Wasser und ein WC.«

»Schade, dass wir das Zelt nicht dabeihaben. Ich hätte richtig Lust dazu.«

»Das ist nicht so mein Ding, aber du kannst gerne mal mit Reto herkommen. Ich schlage vor, wir nehmen zunächst ein Bad, machen dann Picknick und genehmigen uns anschließend Kaffee und Kuchen in diesem urigen Restaurant.« Sie zeigte auf eines der Holzhäuser, vor dem einige Tische mit Sonnenschirmen standen. »Am Nachmittag können wir entweder um den See laufen, vielleicht noch ein Bad nehmen oder ins Tal hochsteigen.«

»Wie du meinst«, erwiderte Anna und freute sich bereits aufs Bad. »Das Wasser wird wohl nicht allzu warm sein.«

»Täusche dich nicht. Das Ufergebiet ist ziemlich seicht, sodass die Temperatur sogar für einige Schwimmzüge ausreichend warm sein dürfte.« Sie querten den Zeltplatz und erreichten das Seeufer. Anna prüfte gleich die Prognose und hielt eine Hand ins Wasser. »Du hast recht. Das Flueseeli war wesentlich kälter.« Schnell entledigte sie sich ihrer Kleider – den Badeanzug hatte sie bereits zu Hause angezogen – und hüpfte ins Wasser. Theres benötigte etwas mehr Zeit. »Herrlich, du musst ins Wasser kommen, das ist wunderbar!«

»Nur keine Angst, ich bin gleich soweit.« Schließlich schwammen die beiden gemeinsam einen Teil des Ufers ab und kehrten zurück zum Einstiegsort. »Jetzt bin ich wie neugeboren.« Anna stieg aus dem Wasser und legte sich auf das Badetuch: »Wow, das hat wirklich gutgetan.« Theres tat es ihr gleich.

»Wie hast du diesen schönen Ort entdeckt?«

»Jean und ich waren viel unterwegs. Wir besuchten unsere Lieferanten, kannten alle persönlich und waren bestrebt, möglichst viele Produkte aus der Region im Laden anzubieten. Von ihnen haben wir diesen und jenen Tipp erhalten.« Anna räkelte sich an der Sonne und genoss nach der Kühle des Wassers ihre wärmende Wirkung. »Brauchst du Sonnencreme?« Beide rieben sich ein und dösten anschließend vor sich hin. »Ich habe einen Mordshunger«, erklärte Theres und packte den Picknickkorb aus. Bei Ladenschluss hatte sie einige Köstlichkeiten aus den Regalen eingepackt und den Inhalt des Korbs zu Hause mit einer guten Flasche Wein und zwei Gläsern ergänzt. Nun kamen marinierte schwarze Oliven, gedörrte Tomaten, Hartkäse und eine Salamiwurst zum Vorschein. Dazu gab es Walliser Aprikosen. Theres schnitt Brot, Wurst und Käse auf einem Holzbrett und arrangierte die anderen Köstlichkeiten auf einem Teller. »Fingerfood«, kommentierte sie in ihrer gewohnt knappen Redeweise, belegte eine Scheibe Brot mit Käse und steckte eine Olive in den Mund. Anna tat es ihr gleich. Nach der kurzen Wanderung und dem Bad im See schmeckte das Picknick doppelt gut. »Den Wein hätte ich fast vergessen«, sagte Theres, öffnete die Flasche und schenkte ein. »Zum Wohl!« Als sie gegessen hatten, räkelten sie sich erneut an der Sonne. Anna ging in Gedanken die vergangene Woche durch und staunte, was sie alles erlebt hatte. Zufrieden stellte sie fest, dass ihr die Arbeit im Laden gefiel und sie sich schon gut auskannte. Ihr französisches Vokabular entwickelte sich erfreulich gut, sie getraute sich, sich mit den Kundinnen und Kunden bereits über alltägliche Dinge zu unterhalten. Überhaupt war die gesprochene Sprache einfacher als die schriftliche: Insbesondere bei Fragen fiel das komplizierte »est-ceque« weg, und es hieß einfach »ça va?«, mit entsprechender Betonung. Ihr war aufgefallen, dass es sich offenbar im Dorf herumgesprochen hatte, dass im Dorfladen eine neue junge Angestellte bediente. Bei einigen vor allem männlichen Kunden hatte sie den Eindruck, dass sie mehr ihretwegen im Laden waren. Sie fühlte sich geschmeichelt, aber auch an Reto erinnert. Ihm wollte sie möglichst bald, vielleicht noch heute Abend, schreiben und über ihre Erlebnisse berichten. »Was meinst du zu einem Kaffee?«, unterbrach Theres sie in ihren Gedanken. Sie zogen sich an, packten ihre Sachen zusammen und gingen den kurzen Weg. »Ich liebe dieses Restaurant: eine einfache, aber gute Küche, und zum Kaffee gibt es immer selbstgebackenen Kuchen.« Sie nahmen an einem der Tische mit Sonnenschirm Platz und bestellten bei der Kellnerin. »Schau dich mal in der Gaststube um, die ist noch richtig urig und liebevoll eingerichtet.« Anna ging zur offenen Tür, um einen Blick hineinzuwerfen, die alte Gaststube zog sie förmlich ins Innere. Die behäbigen Holztische mit ihren Verzierungen und den stabilen Stühlen waren gut im relativ niederen Raum verteilt, sodass kein beengendes Gefühl entstand. An den Wänden hingen alte, gerahmte Schwarz-Weiß-Fotografien, die das Leben in den Bergen zeigten. Ein Teil des Raumes war mit Bergsteigerutensilien dekoriert. Ein Pickel mit langem Schaft, Hanfseile und urtümliche Steigeisen entdeckte sie. Durch die zahlreichen Fenster mit ihren rot-weiß karierten Vorhängen versetzten die Sonnenstrahlen die Gaststube in ein warmes Licht. »C'est manifique votre restaurant«, sagte sie zur Kellnerin, die aus der angrenzenden Küche mit dem Bestellten kam, und folgte ihr zurück an den Platz. Der

Aprikosenkuchen mit einer gehörigen Portion Schlagrahm sah lecker aus, und die Kaffeetassen waren noch etwas größer als im Tal und dufteten herrlich nach Filterkaffee. »Und, habe ich zu viel versprochen?«, fragte Theres. Anna nickte: »Eine schöne Gaststube ist das.« Der Aprikosenkuchen schmeckte ausgezeichnet. Die fruchtigen Aprikosen verbanden sich geschmacklich gut mit dem Kuchenteig. Anna nahm einen Teil des großzügig zum Kuchen servierten Schlagrahms und gab ihn zum Kaffee in die Tasse. »So schmeckt der Kaffee am besten.«

»Jetzt fehlt nur noch etwas Schokoladepulver«, ergänzte Theres, »und der Kaffee melange wäre perfekt.«

»Aha, so sagt ihr dem.« Die Kellnerin, welche diese kleine Episode mitbekam, holte als aufmerksame Gastgeberin umgehend einen Streuer mit Schokoladepulver aus der Küche: »Voilà.«

»Merci beaucoup«, erwiderte Anna anerkennend, und Theres meinte: »Hier ist der Gast noch König!« Beide aßen den Kuchen und genossen den Kaffee mit Andacht. Anna fühlte sich an diesem schönen Ort und in der Gegenwart ihrer Tante bestens aufgehoben. Sie ließ ihren Blick schweifen und beobachtete die übrigen Gäste: ein älteres Ehepaar, das gerade den Hauptgang des späten Mittagessens beendet hatte. Er putzte sich mit der Serviette den Mund, und sie studierte bereits die Dessertkarte. Ein junges Paar mit Kleinkind, das seinen Schoppen bekam. Schließlich noch einen braun gebrannten, gut trainierten Berggänger vor einem großen Glas Bier, der offenbar die Kellnerin gut kannte. »Und, was machen wir heute Nachmittag?«, unterbrach Theres sie: »Rundgang um den See oder Wanderung ins Tal.« Sie entschlossen sich für Letzteres. Daraus wurde eine ausgedehnte Wanderung bis auf die Cornettes de Bise, einem großartigen Aussichtspunkt mit Blick auf den Genfersee und das Lavaux. »Weißt du, wo Epesse liegt?«, wollte Theres wissen. »Na klar, dort unten müsste Vevey sein, mit dem markanten Gebäude von *Nestlé*. Dann müsste das Montreux sein, und dazwischen wohnen wir«, gab Anna ihre Geografiekenntnisse zum Besten. »Ausgezeichnet!«, quittierte Theres beeindruckt. »Hier oben sind oft Steinböcke anzutreffen. Heute scheinen sie sich allerdings zu verstecken.« Kaum hatte sie das gesagt, bewegte sich etwas im gegenüberliegenden Geröllhang. Anna schaute genauer hin und machte ein ganzes Rudel aus. »Da hat es ganz junge Tiere«, freute sie sich über ihre Entdeckung. »Jetzt müssen wir uns auf den Rückweg machen«, mahnte Theres zum Aufbruch, »sonst reicht das Tageslicht nicht mehr bis Le Flon.« Zügig ging es im gestreckten Schritt ins Tal. Theres, die sich nicht als besonders sportlich erachtete, hielt mit Anna, der geübten Berggängerin, gut mit. Beim Auto angelangt, meinte sie allerdings: »Morgen wird es Muskelkater geben.« Sie wechselten die Schuhe, setzten sich in den Wagen und fuhren beim letzten Tageslicht ins Rhonetal hinunter. Die Farbe des Himmels wechselte von Westen nach Osten in dunkles Blau, bis schließlich die Nacht ganz hereinbrach. Theres passte ihren sonst sportlichen Fahrstil der ruhigen, entspannten Stimmung des Einnachtens an. Sie sprachen nur wenig, und Anna war es feierlich zumute. Zu Hause setzten sie sich noch bei einem Glas Wein mit Käse und Brot auf die Terrasse und gingen bald schlafen.

Der Brief an Reto, den sie eigentlich noch hatte schreiben wollen, musste warten. Am Abend des folgenden

Dienstages, als Theres bei einer Freundin zu Besuch war, fand sie die nötige Zeit.

Lieber Reto!

Nun bin ich über eine Woche im Welschland und habe dir noch gar nicht geschrieben. Alles ist so neu hier, mit dem Französischen geht es ganz ordentlich, und die Tante ist sehr lieb zu mir. Ich denke jeden Tag häufig an dich, glaub mir. Noch immer kann ich es kaum fassen, dass uns jemand etwas anhaben möchte. Diese Gemeinheit macht mich wütend. Öfters habe ich mir den Kopf mit der Frage zerbrochen, wer das sein könnte. Natürlich gibt es einige Burschen im Dorf, die sich in mich vergafft haben, das ist ganz normal. Aber von keinem hätte ich mir vorgestellt, dass er zu so etwas fähig wäre. Bis ich mich an eine Äußerung meiner Mutter erinnerte. Sie fragte mich, ob ich denn an jenem Samstag nicht Fredy und seinen Freunden auf der Retzlibergweid begegnet wäre. In diesem Umkreis müsste man wohl den Urheber dieses Schreibens suchen. Dabei haben wir uns alle Mühe gegeben, dass niemand von unserer Freundschaft erfährt. Vater hätte bestimmt etwas dagegen gehabt. Dieser Gedanke macht mich traurig, um nicht zu sagen wütend. Seine Gründe kann ich mir nur zu gut vorstellen: Auf gar keinen Fall mochte er seine Tochter irgendeinem überlassen, das hat er mehr als einmal betont, als wärst du irgendeiner. Nur Söhne aus Familien, die angesehen und wohlhabend sind, kämen infrage. Dabei muss das doch eine Herzenssache sein und bleiben. Weil dem so ist und ich mein Herz genügend gut kenne, wandelt sich meine anfängliche Wut in Hoffnung und Zuversicht. Denn erstens sind meine Tage der Unmündigkeit gezählt, und zweitens benötigen wir jetzt etwas Geduld; die Freude des Wiedersehens ist dann umso größer. Bis es soweit ist, sende ich dir täglich ganz viele liebe Gedanken.

Deine Anna

RETO 7

Reto stellte den fertig gepackten Koffer zur Tür seines Zimmers. Hans hatte ihm den Kontakt zu einem Zimmermann in Boltigen vermittelt, wo er kommende Woche mit der Arbeit beginnen konnte. Gestern hatte er den letzten Arbeitstag am alten Ort. Sein bisheriger Chef hätte ihn zwar gerne noch weiter beschäftigt, wollte ihm aber nicht im Weg stehen und ließ ihn ziehen. Er bedankte sich für die gute Arbeit, wünschte ihm alles Gute und meinte zum Schluss: »Wenn du wieder an der Lenk Arbeit suchst, kannst du gerne bei mir anklopfen.« Dies hatte Reto so nicht erwartet und antwortete sichtlich gerührt: »Ich denke gerne daran, aber jetzt zieht es mich zunächst einmal talauswärts.« Dann bedankte auch er sich.

Nun hatte Anna also zum ersten Mal geschrieben. Seine Mutter hatte ihm den Brief soeben aufs Zimmer gebracht. In der kurzen Zeit nach ihrer Abreise hatte sich in seinem Leben viel verändert. Er hatte wichtige Entscheidungen getroffen und nur selten an sie gedacht, gestand er sich ein. Trotzdem freute er sich über das Lebenszeichen. Die Erinnerung an den letzten gemeinsam verbrachten Tag verschaffte ihm ein wohliges Gefühl. Als er die Zeilen lass, staunte er darüber, wie nahe Anna diese Sache mit dem Drohbrief ging. Selbst war er geneigt, sie als Episode abzutun. Reto nahm sich vor, Anna zu antworten und ihr die neue Adresse mitzuteilen, sobald er in Boltigen angekommen war. An einen Besuch im Welschland wagte er noch nicht zu denken. In diese Gedanken versunken, faltete er den Brief, schob ihn in das Kuvert zurück und legte ihn zu seinen Schreibsachen in den Koffer. Dann ging er hinunter in die Küche, um sich noch etwas mit seiner Mutter zu unterhalten. Am anderen Morgen würde er sie kaum sehen, denn er stand früh auf, um rechtzeitig in Boltigen zu sein. »Und, hast du deine Sachen gepackt?«, empfing ihn seine Mutter.

»Viel gibt es da nicht zu packen.«

»Freust du dich auf die neue Arbeit?«

»Eigentlich schon, viel wird sich allerdings nicht ändern«, erwiderte er und ergänzte: »Mein neuer Chef macht immerhin einen guten Eindruck.«

»Du kannst natürlich jederzeit zu Hause vorbeischauen, und wenn du dich anmeldest, bekommst du auch etwas zu essen.«

»Das Wochenende werde ich wohl mindestens in der Anfangszeit regelmäßig an der Lenk verbringen, um meine Freunde zu treffen.«

»Gestern habe ich übrigens Regula gesehen«, wechselte die Mutter das Thema, »sie lässt dich grüßen.«

»Danke. Hast du ihr gesagt, dass ich in Boltigen Arbeit gefunden habe?«

»Klar, habe ich, sie schien nicht sehr erfreut darüber zu sein.«

»Beim nächsten Mal sag ihr doch, dass ich mich melden werde.«

»Ist dieser Brief, den ich dir vorhin gegeben habe, von der Tochter des Gemeindepräsidenten?«

»Seit wann kontrollierst du meine Post?«

»Der Name ist mir aufgefallen.« Das war unvorsichtig von Anna, dachte Reto, zum Glück werden künftige Briefe an der mütterlichen Aufsicht vorbei direkt an meine neuen Adresse gelangen. »Ja, sie schreibt mir darin, dass sie im Welschland-Jahr ist. Warum sie mir plötzlich Briefe schreibt, ist allerdings ein Rätsel, denn ich kenne sie nur flüchtig«, bemühte er sich um eine halbwegs plausible Antwort. »Diese Frauen«, seufzte die Mutter, »wenn ich du wäre, würde ich mich an Regula halten, sie ist etwas für dich.« Das ging nun Reto entschieden zu weit, und er erwiderte barsch: »Im Moment halte ich mich weder an die eine noch an die andere, sondern konzentriere mich auf den Beruf. Falls es jemals eine Frau geben wird, lasse ich sie mir ohnehin nicht von dir vorschreiben.« »Lass es gut sein«, antwortete seine Mutter versöhnlich, »dass du es in dieser Beziehung gut haben sollst, ist eben mein letzter großer Wunsch für dich.«

»Mach dir keine Sorgen, ich werde bestimmt die Richtige finden«, schloss Reto das Thema.

»Wann wirst du morgen fahren?«

»Wenn du noch schlafen wirst. Ich nehme den ersten Zug. Am besten, wir verabschieden uns noch heute Abend.« Sie standen auf und umarmten sich.

»Viel Glück und pass gut auf dich auf.«

»Mache ich, und du, wenn du was brauchst, melde dich, ich lass dir die Telefonnummer der Schreinerei für den Notfall hier.« Dann ging er in seine Kammer und legte sich schlafen. Am anderen Morgen nach einem kurzen Frühstück entschied er spontan, sein Velo doch mitzunehmen. Eigentlich wollte er es an der Lenk lassen, um an den Wochenenden mobil zu sein. Den Koffer in der rechten Hand haltend und den Lenker in der linken, fuhr er leicht schwankend den Weg zur Dorfstraße hinunter und von dort zum Bahnhof, wo er den ersten Zug nach Zweisimmen nahm. Das Velo reiste im Gepäckwagen mit. Im Abteil platzierte er sich auf der rechten Seite gegen die Fahrrichtung, um den Wildstrubel im Blick zu haben. Der Schaffner freute sich, neben der nach Zweisimmen pendelnden Stammkundschaft einen weiteren Gast zu haben. »Was hast du vor?«

»Ich beginne heute eine neue Arbeit in Boltigen.«

»So, so, na denn, guten Einstand.«

Kaum zu glauben, wie sich die Dinge im Leben ändern, dachte Reto. Als der Wildstrubel aus seinem Blickfeld verschwunden war, setzte er sich auf die Bank gegenüber in Fahrtrichtung. Er freute sich auf den neuen Lebensabschnitt und war gespannt, wo dieser ihn hinführen würde. Dem Tal und seinen Bewohnern fühlte er sich stärker verbunden denn je. Zum Glück gab es das *Komitee gegen den Rawil*, das dem Tal die natürliche Schönheit belassen wollte. Sein neuer Arbeitgeber war ebenfalls Mitglied. Auch die landwirtschaftliche Struktur verdiente, bewahrt zu werden, fand Reto, die sich durch wunderschöne alte, gut in die Landschaft eingebettete Bauernhäuser auszeichnete. Diese waren in regelmäßigen Abständen vom fahrenden Zug aus zu erkennen. Aber auch der Zug selbst. Reto war überzeugt, dass diese Bahnstrecke eingestellt würde, falls die unnütze Autobahnverbindung ins Wallis tatsächlich gebaut wurde. Das musste man allen klarmachen, die auf den Zugbetrieb im Simmental angewiesen waren. Nein, nein, Hans kann weiterhin auf meine

Unterstützung zählen, sagte er sich, als er in Zweisimmen umstieg. Der Anschlusszug nach Boltigen wartete am selben Perron auf dem Gleis gegenüber. Hätte er nicht den unförmigen Koffer bei sich gehabt, wäre er jetzt am liebsten in die Pedale getreten und hätte die restliche Strecke auf dem Velo zurückgelegt. So blieb ihm nichts anderes übrig, als das Velo in den nächsten Gepäckwagen zu verladen. Bis Boltigen dauerte die Fahrt eine weitere Viertelstunde. Dann hatte er seinen ersten Arbeitsweg zum neuen Arbeitsplatz geschafft. Die Schreinerei lag direkt am Bahnhof.

RETO UND ROLF 1

Er meldete sich in der Werkstatt. Klaus Zjörien war ein stämmiger Zimmermann mit braun gebranntem Gesicht und dichtem Bart. Er mochte gegen die 50 sein und begrüßte Reto mit kräftigem Händedruck: »Hans hat mir einiges über dich erzählt. Wir können uns du sagen, ich bin Klaus.«

»Freut mich. Reto. Was hat denn Hans von mir so erzählt?«

»Zum Beispiel, dass du freiheitsliebend und zuverlässig bist, ein richtiger Bergler eben.«

»So, so.«

»Natürlich auch, dass du dich aktiv beim Widerstand gegen die Autobahn durch den Rawil engagierst.«

»Hans kennt mich offenbar gar nicht schlecht.«

»Nur noch eins muss ich wissen: Warum hast du die Lehre abgebrochen?«

»Mein Vater war viel krank, da musste ich von Zeit zu Zeit daheim aushelfen, das hat meinem Meister nicht gepasst.«

»Ist das alles?«

»Natürlich nicht. Das eine oder andere Mal habe ich mich krankgemeldet, um mich in den Bergen wieder seelisch ins Lot zu bringen. Das wäre nicht gut gekommen, in diesem Zustand zu arbeiten. Dummerweise kam er mir einmal auf die Schliche. Das brachte das Glas zum Überlaufen«, gestand Reto seinen Fehler ein.

»Merk dir eins«, sagte Zjörien bestimmt, »bei mir ist vieles möglich, ich habe viel Verständnis für meine Mitarbeiter. Aber es ist mir wichtig, dass sie die Dinge benennen, wie sie sind. Ich erwarte Ehrlichkeit.«

»Alles klar, ich habe daraus gelernt und bin in der Zwischenzeit etwas älter geworden«, erwiderte Reto in ebenso bestimmten Ton. »Dann werden wir es miteinander gut haben.« Er gab Reto erneut die Hand, fixierte ihn mit zusammengekniffenen Augen und bekräftigte das Gesagte mit einem feinen Lächeln. »Jetzt zeige ich dir die Mansarde, und danach geht es an die Arbeit.« Reto nahm seinen Koffer und folgte dem Zimmermann. Über das Treppenhaus gingen sie in den ersten Stock, der direkt über der Werkstatt lag. Dort klopfte Zjörien an einer Wohnungstür: »Hier wohne ich mit meiner Frau.« Rösli Zjörien öffnete, und der Zimmermann stellte Reto seine Frau vor.

»Du bist also der Neue, freut mich, dich kennenzulernen.«

»Ganz meinerseits.«

»Wir sehen uns beim Mittagessen, du bist eingeladen.«

»Das ist sehr nett«, erwiderte Reto erfreut. Dann folgte er dem Zimmermann in den zweiten Stock, der zum Teil ins Dach gebaut war. Ein langer Gang verlief unterhalb des Giebels. »Hier haben wir vier Mansarden.« Der Zimmermann öffnete eine Tür: »Das ist deine.« Reto trat ins Zimmer, das zu einer Lukarne mit Blick gegen Süden ins Tal hinein erweitert war, stellte den Koffer ab und schaute sich um: Neben dem Bett war es mit Tisch, Stuhl und einem Wandschrank möbliert. »Ich zeige dir noch die Gemeinschaftsräume, dann kannst du dich umziehen.«

Sie gingen ans Ende des Gangs, der zur linken Seite in einen offenen Raum mündete. »Hier ist der Aufenthaltsraum mit Kühlschrank und Kochnische«, erklärte Klaus und öffnete auf der rechten Seite eine weitere Tür, »und hier sind WC, Dusche und Lavabos.«

Reto schaute sich um und kommentierte: »Schön, da werde ich mich wohlfühlen.«

»Jetzt gehst du dich umziehen, dann kommst du nach unten in die Werkstatt, dort werde ich dir Rolf vorstellen. Er wohnt auch hier oben.«

Reto ging in seine Kammer, testete sein Bett, das für seinen Geschmack genügend hart war, und zog seine Arbeitskleider an. Dann warf er einen Blick aus dem Fenster hinüber zum Bahnhof und entdeckte einen Arbeiter, der einen mit bearbeiteten Balken beladenen Anhänger bereitstellte. Dies musste Rolf sein. Schließlich schaute er sich noch einmal im Zimmer um und dachte, doch, doch, hier werde ich es aushalten. Er ging hinunter in die Werkstatt, wo Klaus nach Rolf rief. Die helle Werkstatt war großzügig eingerichtet und mit verschiedenen Hebevorrichtungen versehen, damit auch größere Balken problemlos manövriert und bearbeitet werden konnten. Am alten Arbeitsort war dies schnell einmal ein Problem gewesen, das nur mit viel Improvisationskunst gemeistert werden konnte. Nun kam Rolf. Er war etwas größer als Reto, kräftig und doch schlank, von sportlicher Natur. »Hallo, herzlich willkommen«, begrüßte ihn Rolf grinsend und gab ihm die Hand. »Du kannst im Jeep Platz nehmen, ich hole noch eine Werkzeugkiste.« Dann fuhren sie zur Baustelle, die im Dorf lag. Rolf platzierte den Anhänger so, dass er gleich unter einem Seilzug zu liegen kam, der für den Materialtransport eingerichtet und dessen Umlenkung oben auf dem Gerüst fixiert war. »Wir fugen zunächst die Balken auf den Dachboden. Du hängst sie unten ein, ziehst sie nach oben, ich helfe dir dabei und nehme sie oben in Empfang. Wenn wir es gut anstellen, können wir die Konstruktion des Dachstuhls noch heute fertigstellen«, meinte Rolf. Als der letzte Balken oben war, kam Rolf nach unten und sie gingen ins nahe Restaurant zur Znünipause.

»Arbeitest du schon lange für Klaus?«

»Seit drei Jahren bin ich hier.«

»Und, zufrieden?«

»Doch, doch, Klaus ist sowohl menschlich wie fachlich ein guter Typ. Du hast ja die Werkstatt gesehen: Die ist top eingerichtet.«

»Das ist mir auch aufgefallen, kein Vergleich zu meinem bisherigen Arbeitsort.« Sie zahlten und machten sich wieder an die Arbeit. Nun gingen beide auf den Dachboden, brachten einen Balken nach dem anderen in die gewünschte Lage und fixierten ihn. Rolf und Reto verstanden sich schnell gut in ihren Arbeitsabläufen, sodass sie zügig vorankamen. Punkt 12 Uhr unterbrachen sie die Montagearbeit und fuhren mit Jeep und Anhänger zurück zur Werkstatt. Rolf war zum Mittagessen ebenfalls eingeladen. Sie stiegen in den ersten Stock, wo der gedeckte Tisch wartete. Rösli Zjörien liebte es, bei besonderen Anlässen ihre Mannen, so nannte sie die Mitarbeiter der Zimmerei einschließlich ihres Gatten, mit einem guten Mittagessen zu verwöhnen. Sie stellte eine große Schüssel Salat auf den Tisch und bat, sich zu setzen. »Lieber Reto«, eröffnete Klaus Zjörien die Tafel, »an gemeinsame

Mittagessen wirst du dich gewöhnen müssen oder dürfen, denn sie gehören zur Unternehmenskultur, herzlich willkommen.« Reto erwiderte etwas verlegen, dass er einen solchen Empfang gar nicht erwartet habe und dass es sehr nett von ihnen sei. Nach dem Salat gab es eine kräftige Gemüsesuppe, zur Hauptspeise Kartoffelgratin mit Rindsbraten und zum Dessert Schokoladekuchen mit Kaffee. Gesprochen wurde nur wenig. Die Männer hatten großen Hunger und langten kräftig zu. Rösli Zjörien selbst aß nur wenig und sorgte vor allem für den Nachschub. Nach einer gestrichenen Stunde waren die Mägen gefüllt, und die Belegschaft ging wieder an die Arbeit. Reto bedankte sich herzlich für die Gastfreundschaft und das gute Essen und meinte zu seinem Chef: »Die Firmenkultur schmeckt ausgezeichnet.« Gut gestärkt arbeiteten Rolf und Reto am Nachmittag konzentriert weiter und stellten den Rohbau fertig. Am Abend saßen sie bei einem Bier im Aufenthaltsraum zusammen.

»Was machst du in der Freizeit?«, war Reto neugierig.

»Ich«, holte Rolf aus und wartete einen Augenblick, um die Spannung zu steigern, »bin in den Bergen unterwegs und bereite mich für die Prüfung zum Bergführer vor.«

»Interessant«, erwiderte Reto mit einem inneren Lächeln.

»Was machst du?«

»Ich turne auch in den Felsen herum.«

»Das trifft sich gut«, kommentierte Rolf, »mein Seilpartner Heiri ist zurzeit auf Reisen, sodass wir gerne zusammen klettern können.«

»Mit der Handhabung von Seil und Haken habe ich

allerdings wenig Erfahrung«, schränkte Reto ein, »bis jetzt bin ich nur ohne geklettert, dort, wo ich mich sicher fühlte.«

»Kein Problem, das werde ich dir beibringen. Das ist eine gute Übung für mich.«

Als Reto an diesem Abend zu Bett ging und den Tag Revue passieren ließ, stellte er erstaunt fest, wie gut sich die Dinge in seinem neuen Lebensabschnitt, am neuen Arbeitsplatz ergaben.

An einem anderen Abend kamen die beiden auf den Widerstand gegen die geplante Straße zu sprechen. »Na klar«, erwiderte Rolf, »bin ich gegen die Straße. Ist auch der größte Unsinn, den man sich ausdenken kann.«

»Kaum zu glauben, dass man auf eine solche Idee kommen kann«, bestätigte Reto.

»Aber denen werden wir es bestimmt zeigen, hast du morgen Abend Zeit?«, wollte nun Rolf wissen. »Doch, sollte gehen.«

»Dann werde ich dich in ein kleines Geheimnis einweihen.« Am folgenden Tag führte Rolf Reto nach dem Abendessen in einen abgelegenen, nicht mehr in Betrieb befindlichen Steinbruch. Bevor sie sich auf den Weg machten, ließ Rolf ihn geloben, niemandem davon zu erzählen. Rolf benutzte den Steinbruch nämlich für Sprengübungen. »Sollte die Straße tatsächlich gebaut werden, sind Sabotageakte unser letztes Mittel«, erklärte er entschlossen und ließ von einem gut geschützten Unterstand per Knopfdruck einen vorgängig präparierten Sprengsatz detonieren.

Rolfs Militanz erschreckte Reto: »Das kann aber ziemlich gefährlich werden«, gab er seinem mulmigen Gefühl Ausdruck.

»Ich würde natürlich nur Sachen in die Luft jagen, wo keine Menschen zu Schaden kommen. Wobei ich den einen oder anderen Autobahnbefürworter ganz gerne mitschicken würde«, gab Rolf seine Strategie zum Besten.

»Hoffentlich!« Rolf kam Reto unheimlich vor. »Wissen Hans und Klaus von deinen Aktivitäten?«

Rolf, der gerade einen weiteren Sprengsatz verkabelte, den er im Wurzelbereich eines jungen Baumes in einem dafür präparierten Erdloch platziert hatte, verstand nicht recht: »Was fragst du?« »Ob Hans und Klaus davon wissen?«

»Nein, natürlich nicht«, gab er zur Antwort und löste die zweite Sprengung aus. Mit einem kräftigen Knall hob es den Baum in die Luft, und er kippte zur Seite. »Und du darfst ihnen auch nichts sagen. Das ist Teil deines Gelübdes. Die beiden würden das bestimmt nicht tolerieren.«

»Ich ehrlich gesagt auch nicht.«

»Bist du ein Angsthase, oder was ist los?«

»Nein überhaupt nicht, aber es gibt gewisse Grenzen.«

»Vielleicht hast du ja recht«, lenkte Rolf ein wenig ein, »manchmal muss ich mich abreagieren, und das Zünden eines Sprengsatzes ist eine geile Sache.«

»Kann ich verstehen.« Reto war froh, dass Rolf Einsicht zeigte. »Ich muss mich von Zeit zu Zeit auch abreagieren. Dafür gehe ich in die Berge. Das könnten wir demnächst gemeinsam machen.« »Stimmt, ich führe dich in die Sicherungstechnik ein, und dann machen wir die Überschreitung der Gastlosen.«

»Wow, das ist ein Angebot!«

»Einen letzten Sprengsatz möchte ich noch anbringen, bevor wir die Übung abbrechen, und den darfst zu zünden.« Rolf zeigte Reto, wie man den Sprengsatz mit dem Kabel verband und ihn in einem vorgebohrten Loch anbrachte. Dabei betrachtete Reto die Felswand des Steinbruchs etwas genauer und entdeckte viele weitere solche Löcher: »Dieser Felsen sieht ja wie ein Emmentaler aus«, meinte er belustigt, »warst du mit dem Pressluftbohrer hier?«

»Chiaro.«

Dann gingen sie mit der Kabelrolle zurück in den Unterstand, und Rolf schloss das Kabel an den Auslöser an. »Bist du bereit?«

»Ich soll auf diesen Knopf drücken?«

»Das ist ja wohl kein Problem!«

Reto zögerte einen Moment, dann setzte er den Schallschutz auf und löste die Sprengung aus. Das Resultat war nicht gerade überzeugend: Nur eine kleine Schuppe löste sich aus der Felswand. Rolf braucht noch viel Übung, falls er auf diese Weise etwas bewirken will, dachte Reto. »Na ja«, kommentierte Rolf etwas verlegen, »nicht jede Sprengung ist ein Volltreffer.« Sie versteckten Kabelrolle, Auslöser und die verbliebenen Sprengsätze so im Unterstand, dass sie niemand per Zufall entdecken konnte, und begaben sich auf den Rückweg. In der Unterkunft tranken sie noch ein Bier. Rolf erinnerte Reto an sein Gelübde, und Reto gab seiner Hoffnung Ausdruck, dass Rolf seine Sprengkünste nie einsetzen musste.

RETO UND ROLF 2

Der Rest der Woche verging schnell. Bei der Arbeit war die Konstruktion des Daches soweit fortgeschritten, dass es im Verlaufe der nächsten Woche mit Ziegeln gedeckt werden konnte. Da der Wetterbericht auf das Wochenende Regen vorhersagte, schützten sie das Dach am Freitag mit einer großen Blache. »Jetzt könnte sogar der Föhn blasen, und es würde nichts passieren«, meinte Rolf, als sie die Blache sicher fixiert hatten. Sie fuhren zurück in die Werkstatt und gingen anschließend in die Beiz, das Wochenende einläuten. Der Wirt brachte unaufgefordert zwei Flaschen Bier. Er kannte die Wünsche seiner Gäste.

»Zum Wohl.«

»Prost.«

»Wenn du Zeit hast, gibt es morgen eine Einführung in die Anseiltechnik.« Reto signalisierte sein Einverständnis. Er wollte ohnehin nicht bereits am ersten Wochenende an die Lenk zurück. »Zuerst machen wir eine Trockenübung in der Unterkunft, danach gehen wir in den Steinbruch; dort zeige ich dir, wie man sich abseilt. Hast du das schon einmal gemacht?« Reto schüttelte den Kopf. »Dann wirst du einiges lernen.«

Am Samstagmorgen ordnete Rolf bereits sein Klettermaterial auf einem der Tische, als Reto aus seinem Zimmer in den Aufenthaltsraum kam. »Ich trinke noch einen Kaffee und mache mir ein Butterbrot, dann können wir loslegen.«

»Nur keinen Stress, ich nehme auch einen Kaffee«, erwiderte Rolf.

Reto setzte das Wasser auf, füllte den Kaffee in den Filter, setzte ihn auf den Thermoskrug, den er vorgängig mit kochendem Wasser ausgespült hatte, damit der Kaffee darin möglichst lange heiß blieb. Dann stellte er Brot, Butter, Konfitüre und je zwei Teller, Messer und Tassen auf den Tisch und forderte Rolf auf, sich zu ihm zu setzen. »Du bist gut ausgerüstet«, sagte er mit Blick auf den anderen Tisch. »Das ist noch gar nichts«, erwiderte Rolf, »einige meiner Kollegen, die sich mit mir auf die Prüfung zum Bergführer vorbereiten, haben ein ganz anderes Arsenal.«

Als sie gegessen hatten, räumten sie den Tisch ab und legten los. »Das ist meine neueste Errungenschaft, ein nigelnagelneues Kunststoffseil. Schau mal, das ist viel geschmeidiger als die alten Hanfseile.« Er gab Reto das Ende des Seils in die Hand. »Außerdem bietet es große Vorteile. Es ist leicht elastisch und nimmt bei einem Sturz sehr viel Energie auf, die sonst auf den Körper geht.« Reto prüfte die Geschmeidigkeit des Seils und war beeindruckt. »Das alte Seil habe ich in kurze Stücke geschnitten und diese zu Schlingen zusammengeknüpft. Als Seilerster lege ich diese über Felszacken, versehe sie mit einem Karabiner, durch den ich das Sicherungsseil führe. So entstehen Sicherungspunkte.«

»Ist das ein spezieller Knoten, den du für die Schlingen verwendest?«

»Richtig, den Spierenstich musst du auch beherrschen.« Reto notierte sich den Namen des Knotens in ein Notizbüchlein und machte eine Skizze dazu. »Zuerst zeige ich dir, wie man sich anseilt.« Rolf nahm den Brust- und den Sitzteil des Klettergurts und zeigte Reto, wie er hineinschlüpfen musste. »Mit dieser Reepschnur verbinden wir jetzt die beiden Teile.« Er führte diese durch die rechte und linke Schlaufe des Brustgurts und verband die beiden Enden möglichst satt mit einem Führerknoten, nun war der Brustteil vorne geschlossen.

»Der Führerknoten ist ganz einfach«, beschrieb Reto das eben Gelernte, »du nimmst die beiden Enden der Reepschnur, machst mit ihnen einen Loop und steckst sie von der anderen Seite durch den Loop. Ist das richtig so?«

»Genau.«

Die beiden aus dem Führerknoten resultierenden losen Enden führte er nun durch die beiden Schlaufen des Sitzgurts und verband sie schließlich mit dem Spierenstich. Nachdem die beiden Teile des Klettergurts so verbunden waren, prüfte Reto seine Beweglichkeit. Etwas beengt, wie in einem Korsett, kam er sich schon vor.

»Das wird mit der Zeit noch bequemer, denn die Reepschnur dehnt sich etwas.« Nun nahm Rolf das Seil, und mit einem gesteckten Achterknoten bildete er eine Schleife um den zentralen Führerknoten, sodass der Klettergurt von Reto mit dem Seil verbunden war. »So, jetzt bist du angeseilt.«

»Super!«

»Das wirst du jetzt etwas üben, bevor wir weitermachen.« Rolf löste die Knoten und forderte Reto auf, sich selbstständig anzuseilen. Dies gelang ihm nicht auf Anhieb. Sowohl der Spierenstich wie auch der gesteckte Achter brauchten einige Übung, bis sie gelangen. Als er schließlich zum ersten Mal ganz ohne fremde Hilfe angeseilt dastand, war Reto mächtig stolz. »Gratuliere!«, kommentierte Rolf den Lernerfolg seines Kumpels zufrieden, »das wirst du in deinem Leben noch öfters brauchen.« Reto schaute den gesteckten Achter und den Spierenstich nochmals genau an und machte auch von diesen und vollständigkeitshalber auch vom Führerknoten je eine Skizze in sein Notizbüchlein. »Du machst schöne Zeichnungen«, bemerkte Rolf anerkennend und gab das weitere Programm bekannt: »Das war Lektion eins. Wir machen jetzt eine kleine Pause, danach gehen wir in den Steinbruch, und ich zeige dir, wie man sichert, Haken schlägt und abseilt.« Sie setzten sich an den Tisch und nahmen etwas Brot und Käse als Zwischenverpflegung zu sich. Nachdem Rolf das Material in seinen Rucksack gepackt hatte, machten sie sich auf den Weg in den Steinbruch. Zum Glück hatte es nur wenig geregnet, sodass die Felsen bereits wieder trocken waren.

Rolf erwies sich auch in den Lektionen zwei, drei und vier als umsichtiger Lehrer. »Die Haken schmiedet mir Markus aus Zweisimmen.«

Reto nahm einen Haken in die Hand und prüfte ihn: »Massive Arbeit«, äußerte er anerkennend. »Hier hat es einen kleinen Riss im Felsen, gerade groß genug, um den Haken hineinzuschlagen«, fuhr Rolf fort.

»Darf ich?«

»Nur zu.«

Reto setzte den Haken an, nahm den Hammer von Rolf und trieb ihn in den Felsen, bis ein metallisches Klingen ertönte. »Jetzt ist er fest verankert«, kommentierte Rolf und hängte einen Karabiner in die geschmiedete Öse des Hakens. »In größeren Rissen kannst du auch eine mit einem größeren Knoten versehene Schlinge hineinklemmen, das hält auch.« Reto übte auch diese Technik. Beim zweiten Besuch an diesem Ort fühlte er sich wesentlich wohler. Nun zeigte ihm Rolf, wie er das Seil um den Körper zu führen hatte, um mit genügend großer Reibung einen allfälligen Sturz des Seilersten aufzuhalten. Die nächste Lektion beinhaltete gleich das ganze bisher Gelernte: Rolf und Reto knoteten sich fachgerecht an die beiden Enden des Seils zu einer Seilschaft zusammen. »Du wirst mich jetzt von unten sichern, wenn ich hier die zehn Meter des Steinbruchs hochklettere. Danach steigst du mir nach, und ich sichere dich von oben. Damit die Sicherung überhaupt Sinn macht, musst du einen guten Stand haben, das heißt, selbst am Felsen gesichert sein. »Willst du tatsächlich hier hochsteigen, das sieht ziemlich steil und glatt aus?«, äußerte Reto leichte Bedenken. »Nur keine Angst, da hat es mehr Griffe und Tritte, als du denkst.« Er zeigte auf einige Stellen am Felsen. Mit einem Mastwurf hängte er Retos Seil in den Karabiner des eben geschlagenen Hakens.

»So, das hält.«

»Zeig mir den Knoten nochmals, das ging etwas schnell.«

Rolf löste Haken, Karabiner und Seil voneinander und zeigte ihm den Knoten ein zweites Mal. »Du machst mit dem Seil einen ersten Loop, dann gleich anschließend einen zweiten Loop, sodass das eine Seilende vor dem verbindenden Mittelstück und das andere dahinter weggeht. Dann verschränkst du beide Loops übers Kreuz ineinander und führst den Karabiner durch die Loops. Voilà!« Rolf hielt ihm den Knoten samt Karabiner hin.

»Wenn du den Karabiner nun in den Haken einhängst, hast du eine ausgezeichnete Standsicherung.«

Reto, welcher der Demonstration aufmerksam folgte, hielt das Gezeigte in einer weiteren Skizze fest: »Mastwurf hast du gesagt?«

»Richtig, nun wird es ernst.« Rolf ging direkt zum Felsen, Reto hängte den Karabiner in den Standhaken ein und legte das Seil zum Sichern so um seinen Körper, wie er es soeben gelernt hatte. Rolf kontrollierte und war zufrieden. Die Kletterpartie konnte beginnen. Rolf stieg die ersten drei Meter mit großer Leichtigkeit hoch. Hier war bereits ein Haken vorhanden, den er früher gesetzt hatte und jetzt benutzte. Reto beobachtete beeindruckt die geschmeidigen Bewegungen seines Kletterkumpels. Locker und mit großer Sicherheit kletterte Rolf auch die nächsten Meter hoch und klemmte die vorbereitete verknotete Schlinge etwa in sieben Metern Höhe in einen Riss. Das ging alles sehr schnell. Reto kam kaum nach mit Nachgeben des Seils. Auch die restlichen drei Meter nahm Rolf mit großer Routine und stand bereits oben an der Kante, wo er seinen Stand baute. In diesem Fall war es ein gut verwurzelter Baum. Um diesen legte er eine Schlinge und sicherte sich daran über seinen Gurt. »Jetzt kommst du nach. Das Material der Zwischensicherung nimmst du mit.« Reto löste den Knüppel am Standhaken und hängte den Karabiner an seinen Klettergurt, dann versuchte er, die gleichen Tritte und Griffe wie Rolf zu benutzen, was mindestens am Anfang gelang. Er spürte die unterstützende Wirkung des Seils, das ihm zusätzlich Sicherheit verlieh. Tritt für Tritt, Griff für Griff arbeitete er sich hoch. Was bei Rolf geschmeidig und selbstverständlich ausgesehen hatte, bedeutete für ihn beträchtliche körperliche Anstrengung, verbunden mit großer Konzentration. Reto war ganz bei sich. Erleichtert stellte er fest, dass es tatsächlich genug Tritte und Griffe gab. Als er oben bei Rolf anlangte, war er mächtig stolz auf die eben erbrachte Leistung. »Gratuliere, du hast das toll gemacht!«, streckte ihm Rolf die Hand entgegen. »Wenn der Seilzweite zum Stand kommt, sichert er sich als Erstes selber«, gab Rolf den weiteren Tarif durch. »Hast du mir eine Schlinge, dann mache ich es wie du.« Rolf gab ihm eine seiner Schlingen, die er über die eine Schulter und unter die andere Achsel hindurch gelegt trug, und ließ ihn gewähren. »Das ist übrigens der Ankerknoten«, kommentierte er, »den kennt jedes Kind.«

»Voilà, und jetzt?«

»Jetzt sind wir beide sicher angebunden und können das Seil lösen, das wir zum Abseilen benötigen.« Er öffnete den Achterknoten, der das Seil mit seinem Klettergurt verband, und fixierte es zur Sicherheit am Stand, Reto tat es ihm gleich. Dann legte er das Seil so um den Baum, dass beide Enden gleich lang links und rechts des Baumes über die Felswand zum Boden des Steinbruchs hinunter hingen. »Ich zeig dir jetzt, wie du das doppelte Seil um den Körper führen musst, damit du beim Abseilen die nötige Bremswirkung erzielst und sicher runterkommst.« Rolf stellte sich an die Kante mit dem Gesicht zur Felswand, nahm das Seil zwischen den Beinen hoch, führte es links um die Hüfte von hinten nach vorne, quer über die Brust hoch zur rechten Schulter, über diese nach hinten den Rücken hinunter und um die linke Hüfte wieder nach vorne. »Wenn du jetzt etwas Seil durchgleiten lässt und dich gleichzeitig mit dem ganzen Körper über die Felskante hinauslehnst, kannst du Schrittchen für Schrittchen den Felsen rückwärts hinunterlaufen. Das nennt man Dülfern.« Er löste seine Sicherungsschlinge und machte so die ersten drei Schrittchen, dann zog er sich wieder hoch und fixierte die Sicherungsschlinge erneut am Stand. »Jetzt bist du dran. Am Anfang braucht es etwas Überwindung, aber dann geht es ganz locker, du wirst sehen.« Reto machte sich vorsichtig ans Werk. Als er rückwärts an der Kante stand und sich hinauslehnte, fühlte es sich tatsächlich etwas mulmig an. Er nahm aber all seinen Mut zusammen und realisierte rasch, dass das Abseilen keine Hexerei war. Zunächst ganz langsam, dann mit steigender Geschwindigkeit ging er die Felswand runter und betrachtete sie dabei nochmals genau. Unten angekommen, fühlte er sich bereits wie ein alter Fuchs. Er gab das Seil frei, und Rolf war im Nu bei ihm. »Jetzt ziehen wir das Seil ab, und unsere erste Klettertour ist beendet.«

Am Abend nach dem Nachtessen bat Reto Rolf, ihm einen Teil des Materials zu überlassen, damit er die verschiedenen Knüppel üben konnte. Er zog sich in seine Kammer zurück und spielte gleich die ganze Seillänge von A bis Z nochmals im Trockenen durch. Die verschiedenen Knüppel kontrollierte er anhand seiner Skizzen. Danach war er glücklich, zufrieden und der Überzeugung, in seiner Karriere als Bergsteiger einen wichtigen Schritt weitergekommen zu sein.

Über Nacht war das bereits auf Samstag angekündigte schlechte Wetter eingetroffen. Als Reto am Sonntagmorgen zum Fenster hinausschaute, waren die umliegenden Berge ziemlich verhangen, und es regnete leicht. Er zog sich an, ging in den Aufenthaltsraum, machte sich einen Kaffee, aß ein Butterbrot mit Konfitüre und kehrte zurück in sein Zimmer, wo er sich mit Schreibpapier, Füllfeder und Schreibunterlage im Schneidersitz auf dem Bett niederließ, um Anna auf ihren Brief zu antworten. »Liebe Anna«, begann er und merkte gleich, dass er gar nicht so genau wusste, was er schreiben wollte. Schließlich war er nie ein großer Briefeschreiber gewesen. »Liebe Anna«, fing er von Neuem an. Dieses Mal kam ihm die Fortsetzung wie von selbst in den Sinn: »Nun bin ich bereits zwei Wochen in Boltigen, allerhöchste Zeit, dir ein Lebenszeichen zu geben. Ich habe hier eine tolle neue Arbeitsstelle gefunden, mit einem flotten Meister und dessen Frau, die es liebt, bei besonderen Anlässen alle Mitarbeiter mit einem leckeren Mittagessen zu verwöhnen. Stell dir nur vor, mein Arbeitskollege Rolf ist ein richtiger Kletterer. Er hat mir gestern alle wichtigen Knoten beigebracht und gezeigt, wie man sich in einer Seilschaft beim Klettern und Abseilen verhält. Demnächst machen wir uns auf den Weg über den Jaunpass, um in den Gastlosen deren Überschreitung zu wagen. Wegen des Drohbriefs würde ich mir übrigens keine zu großen Sorgen machen. Das war bestimmt eine einmalige Angelegenheit, die wir weiter nicht beachten müssen. Schließlich sind wir im Moment ja weit auseinander, sodass der Urheber dieser unseligen Zeilen sogar fälschlicherweise meinen könnte, sein Ziel erreicht zu haben. In Wirklichkeit bin ich dir aber in Gedanken sehr nahe. Auf jeden Fall hoffe ich, dich bald im Welschland besuchen zu können.« Als er diese letzte Zeile geschrieben hatte, verspürte Reto einen inneren Widerspruch, welcher davon resultierte, dass er sowohl Anna wie auch seine Freiheit liebte und diese Absichtserklärung womöglich etwas zu sehr nach Bindung tönte? Doch er ließ diesen Satz so stehen, schrieb den Brief ins Reine und schloss ihn »Mit ganz lieben Grüßen, Reto« ab. Dann schob er ihn in den Umschlag, versah diesen mit Annas Adresse und seiner neuen Adresse als Absender sowie einer Marke und brachte den Brief am Montag zur Post.

ANNA UND THERES 3

Als Anna diese Zeilen las, war sie einer Gewissheit, die sie in sich trug, bereits ziemlich nahe. Eigentlich sollte sie sich über den Brief von Reto freuen. Sie begriff auch nicht, warum sie das nicht wirklich tat. Eine Unruhe hatte sie ergriffen, die sie so an sich nicht kannte. Das ging bereits einige Tage so. Am Sonntag war sie mit ihrer Tante zum Baden an den Genfersee gefahren. Es war schönstes Wetter und das Wasser von angenehmer Temperatur. Doch Anna lag den halben Nachmittag nur auf dem Badetuch und schaffte es kaum ins Wasser. Die Tante versuchte wiederholt, sie zu motivieren. Kaum war sie im Wasser, zog es sie wieder ans Land. Dort versteckte sie sich lesend hinter einem Buch, was ihr nur schlecht gelang. Ihre Unpässlichkeit an diesem Tag war zwar unangenehm, auch für Theres, würde aber bestimmt am nächsten Tag verflogen sein, dachte sie. Dem war aber überhaupt nicht so. Bei der Arbeit im Laden hatte sie zwar Ablenkung und musste sich konzentrieren, doch ihre Energie war im Keller. Sie schlurfte mehr, als dass sie die Füße hob, durch den Laden und legte unzählige Pausen ein, die sie vor ihrer Tante so gut wie möglich zu verbergen suchte. Am Abend ging sie früh schlafen. Auf dem Bett liegend, las sie die letzte Zeile von Retos Brief. Ein Gedanke blitzte ihr durch den Kopf, der vieles erklären würde. Ihre Mens war seit Tagen überfällig. Konnte es das sein? Anna atmete tief durch. Gleichzeitig klopfte es an die Tür. Anna öffnete, im Gang stand ihre besorgte Tante. Anna fiel ihr um den Hals und begann hemmungslos zu weinen. Als sie sich etwas gefasst hatte, löste sie sich von ihrer Tante, und diese schaute sie fragend an: »Bist du etwa in anderen Umständen?«

»Ich fürchte, ja«, antwortete Anna mit leicht zittriger Stimme.

»Hab ich's mir doch gedacht, das ist ja wunderbar!«

»Ich weiß nicht«, gab Anna ihren inneren Zwiespalt preis.

»Na klar, weil es Probleme schafft und dein Leben massiv verändert.«

»Scheiße!«, entfuhr es Anna, »Entschuldigung.«

»Komm, wir setzen uns aufs Bett. Wie alt ist eigentlich Reto?«

»Bald 24.«

»Und du?« Anna überlegte, was diese nüchternen Zahlen wohl sonst noch zu bedeuten hatten. Theres gab ihr die Antwort: »Du bist minderjährig und dein Kind ist unehelich gezeugt.«

»Na und?«, entfuhr es Anna trotzig.

»Bei den geltenden Moralvorstellungen ist das ziemlich verwerflich.«

»Du meinst wir, das heißt Reto, könnte Schwierigkeiten bekommen.«

Theres nickte. »Das ist doch absurd!«

»Sicher bin ich mir nicht, aber wenn ihm einer bös will, kann er Reto bestimmt schaden.« Anna fühlte sich leer und erschlagen. Sie erinnerte sich an den Drohbrief und begann, die Brisanz der Situation erst recht zu erfassen. »Da ist noch etwas, was du nicht weißt«, sagte sie und erzählte die ganze Geschichte. »Dann müsst ihr erst recht vorsichtig sein«, erwiderte Theres besorgt und nahm Anna tröstend in den Arm. »Komm, wir machen uns einen Kaffee und überdenken die Situation.«

Sie gingen in die Küche und anschließend auf den Balkon. Die Abenddämmerung, welche die Umgebung allmählich zum Verschwinden brachte, kam Anna für einmal ziemlich abstrakt vor. In ihr stritten sich die Gefühle. Nachdem sie eine Weile lang stumm dagesessen waren, nahm Theres den Faden wieder auf. In ihrer direkten Art fragte sie Anna: »Weißt du bereits, ob du das Kind, falls sich die Vermutungen bestätigen, überhaupt haben möchtest?«

»Ist das eine Frage?«, erwiderte Anna reflexartig.

»Werdende Kinder kann man auch abtreiben, was strafbar ist, oder, wenn sie geboren sind, zur Adoption freigeben«, entgegnete Theres nüchtern mit ernster Miene. Doch für Anna war es wirklich keine Frage. »Als Erstes vereinbare ich morgen für dich einen Termin bei meiner Frauenärztin.« Anna nickte. »In den ersten drei Monaten hängt man eine Schwangerschaft ohnehin nicht an die große Glocke. Du hast also Zeit, um herauszufinden, wie du es deinen Eltern und Reto beibringen möchtest.«

»Meinen Eltern sage ich bestimmt nichts vor meinem 20. Geburtstag, sonst mischen die sich nur ein«, sagte Anna bestimmt.

»Und Reto?«

»Das ist eine gute Frage.« Anna nippte an ihrem Kaffee. »Eigentlich möchte ich ihn im Moment noch nicht damit belasten«, Anna zögerte und gab Theres die Möglichkeit zur Gegenfrage:

»Warum nicht? Früher oder später muss er es erfahren.«

»Er hat soeben seinen Job gewechselt und liebt seine Freiheit über alles.«

Na ja, dachte Theres und runzelte die sonst glatte Stirne. »Aber verheimlichen kannst du es ihm nicht.«

»Das wird nur schwer gehen. Soeben habe ich von ihm einen Brief erhalten. Er möchte mich bald besuchen kommen. Und mir geht es ja gleich.«

»Überstürzen würde ich auch das nicht und in aller Ruhe euer Wiedersehen angehen.« Anna nickte wieder. Sie war froh um die pragmatischen Worte ihrer Tante, die ihr Halt gaben. »Da ist noch diese Person«, fuhr Theres weiter, »die euch nachstellt und womöglich immer noch beobachtet«, sie überlegte einen Moment, »die darf am allerwenigsten von deiner Schwangerschaft erfahren. Aber da habe ich eine Idee«, ein verschmitztes Lächeln ging ihr übers Gesicht, »Wir werden unsere Berufskleidung im Laden so modifizieren, dass dein wachsendes Bäuchlein möglichst lange kaschiert bleibt.« Mit dem wachsenden Bäuchlein war das werdende Leben in ihrem Körper gemeint, das zu ihrem Kind werden sollte. Anna wurde es warm ums Herzen, Hoffnung begann in ihr zu keimen und gab ihr ein Stück Zuversicht zurück, die ihr bis anhin in ihrem Leben wie selbstverständlich eigen war. Die Erschütterung ebbte allmählich ab. »Das sieht vielleicht nicht so sexy aus, aber Jean und die Männerwelt werden es uns verzeihen.« Dass sie ihren verblichenen Gatten in diese Überlegung einbezog, hatte einen besonderen Grund: Er legte auch im Laden viel Wert darauf, eine möglichst adrett gekleidete Partnerin zu haben. Mindestens in den kommenden Monaten würde sie sich von diesem Anspruch emanzipieren. In der Zwischenzeit war es vollständig dunkel geworden. Die von der Tante angezündete Kerze flackerte in der nun kühlen Abendluft. Fledermäuse segelten mit ihrem bizarren Flug durch die Gegend auf der Jagd nach Insekten. Eine friedliche Stimmung breitete sich auf dem Balkon aus. Die ersten Pflöcke des Masterplans zur Bewältigung dieser überraschenden Situation hatten sie eingeschlagen. Theres verspürte Lust auf einen Schlummertrunk. »Jetzt genehmigen wir uns einen Schnaps und dann gehen wir schlafen.« Sie holte eine Flasche Grappa und füllte zwei Gläschen, eines aber nur halb für Anna: »Damit musst du künftig vorsichtig sein. Auf unser und euer Wohl!« Sie lächelte Anna verschmitzt zu. Anna erwiderte den Trinkspruch. Schlafen konnte sie danach allerdings noch lange nicht. Sie lag in ihrem Bett, dachte an Reto und mit ihm an den markanten Wendepunkt in ihrem Leben, als sie in der Voralp unterhalb der Siebenbrünnen im Heu vereinigt lagen. Auch ohne ärztlichen Befund war sie sich sicher, dass sie schwanger war. Das Welschland-Jahr würde einen ganz anderen Verlauf nehmen als geplant, und den Aufenthalt in England musste sie wohl vergessen. An die Reaktion ihrer Eltern wollte sie gar nicht denken, denn sie war so was von irrelevant. Schließlich gewann die Müdigkeit Oberhand, und Anna fiel in einen tiefen Schlaf.

Die Konsultation bei der Ärztin am Montag der folgenden Woche bestätigte lediglich, was ihr ohnehin bereits klar war. Danach ging sie an diesem Tag nicht mehr zur Arbeit, sondern direkt nach Hause. Dort sonnte sie sich im Liegestuhl im Garten. Sie zog das T-Shirt hoch und betrachtete ihren Bauch: War da bereits eine Änderung zu sehen, oder hatte das leckere Essen ihrer Tante Spuren hinterlassen? Anna war sich nicht sicher. Auf jeden Fall konnte die neue Arbeitskleidung noch etwas warten. Ihre Gemütslage hatte sich wieder stabilisiert, allerdings auf einem anderen Niveau. Ihr bisheriges Leben betrachtete sie als Vorbereitung auf die Zukunft, die nun begann. Kaum hatte sie Verantwortung für sich erlangt, waren daraus zwei Personen geworden. Die eine Person war zwar noch unscheinbar, würde allerdings schnell an Bedeutung gewinnen. Anna blickte über den See zu den Bergen. Der Vergleich ihres Lebens mit einer Bergwanderung drängte sich ihr auf: Sie befand sich jetzt wohl im Übergang vom flachen, allenfalls leicht gewellten Gelände zur steileren Flanke. Dort, wo sich die Schritte verlangsamen und in ein stetes Steigen übergehen. Der Gipfel war noch in weiter Ferne, aber die Richtung stimmte. Gerne wäre sie gerade jetzt mit Reto unterwegs, aber die Umstände ließen es nicht zu. Dies stimmte Anna etwas traurig. Wie würde es Reto wohl auffassen?

RETO UND ROLF 3

Etwa zur gleichen Zeit fixierte Reto den Firstbalken eines neu erstellten Chalets und blickte auf ein erfolgreiches Wochenende zurück. Am Samstag hatten Rolf und er den Kletterrucksack gepackt und waren mit dem Velo über den Jaunpass nach Abländschen auf der Ostseite der Gastlosen gefahren. Eigentlich war die Überschreitung dieser Kette von schroffen Kalktürmen, die etwas an die Dolomiten erinnerten, auf ein späteres Wochenende vorgesehen gewesen. Doch das Wetter war bereits die ganze Woche schön und stabil. Deshalb hatte Rolf Reto am Freitag beim Mittagessen angewiesen, sich bereitzuhalten, falls das gute Wetter auch übers Wochenende halten sollte. Am Samstag beim gemeinsamen Frühstück war beiden klar, dass sie die Gelegenheit beim Schopf packen wollten. Reto war ziemlich aufgeregt. Nach der Einführung im Steinbruch und seinen Trockenübungen in der Unterkunft ging es nun an eine richtige alpine Unternehmung. Zunächst war er ein klein wenig unsicher, ob er dies wagen durfte, doch Rolf beschwichtigte: »Die meisten Stellen sind nicht schwieriger als das, was du im Steinbruch geklettert bist. Über zahlreiche Partien des Grades gehen wir ohnehin gemeinsam am kurzen Seil und brauchen keine Stände einzurichten. Solche Partien bist du bestimmt schon 100-mal ohne Seil geklettert.« Auf der Fahrt von Boltigen hoch zum Jaunpass stellte sich seine innere Ruhe wieder ein. Etwa auf halber Höhe waren sämtliche Zweifel verflogen, und er empfand die geplante Unternehmung als goldrichtig. Nun spürte er eine große Vorfreude, die sich mit der rasanten Talfahrt nach Jaun zusätzlich steigerte. Kurz vor Jaun bogen sie links ins Tal nach Abländschen ab und folgten der Straße, die parallel zu den Gastlosen Richtung Mittelberg führte. Auf der Höhe von Abländschen ließen sie die Velos zurück und folgten zu Fuß dem Wanderweg hoch bis an den Fuß der Wandfluh, wo sie sich zur Vorbereitung auf die morgige Tour einklettern wollten. Reto hatte den Eindruck, dass Rolf hier oben jeden Stein kannte. Beim Einstieg, der durch einen roten Punkt am Felsen markiert war, aßen sie etwas vom Proviant, und Rolf meinte: »Hier werden wir drei nacheinander folgende Seillängen klettern. Die Stände sind relativ gut ausgerüstet, und dazwischen gibt es an den schwierigsten Stellen Haken.« Retos Blick versuchte, den Verlauf der Route durch das schroffe, fast senkrechte Gelände auszumachen. Dabei entdeckte er einen ersten Haken. Okay, dachte er, dort wird es langgehen. Einfach ist das aber nicht. Doch sein Vertrauen in seine eigenen Fähigkeiten und in seinen Führer war bereits so groß, dass er sich keine Sorgen machte. Er deponierte wie Rolf den Rucksack beim Einstieg und zog bereits routiniert den Klettergurt an. Rolf tat dasselbe, öffnete das Seil und gab ihm das eine Ende zum Anseilen und knüppelte sich am anderen an. Dann kontrollierte er die von Reto gemachten Knoten: Führerknoten, Spierenstich und Achterknoten. »Sehr gut, du machst das ausgezeichnet«, kommentierte er und machte sich gleich an den Einstieg. Reto schlang das Seil in gewohnter Manier um den Körper und fühlte sich dabei wie ein erfahrener Alpinist. Rolf stieg geschmeidig nach oben und kam zügig voran. Es musste auch hier mehr Tritte und Griffe geben, als Reto auf den ersten Blick erkennen konnte. Schon bald signalisierte ihm Rolf, dass er den Stand erreicht hatte und er nachsteigen konnte. Wie selbstverständlich löste Reto die ihm gestellten Kletteraufgaben der ersten Seillänge. Nur einmal musste er sich etwas überwinden: Er benutzte eine schmale Leiste mit dem rechten Fuß. Beim ersten Auftreten empfand er nur wenig Halt. Erst als er seinen Schwerpunkt in die richtige Lage verschoben hatte, hielt dieser Tritt problemlos. Als er zu Rolf an den Standplatz kam, sagte dieser mit einem leichten Grinsen im Gesicht: »Du musst dich jetzt nicht sichern, weil du die nächste Seillänge gleich voraussteigen wirst.« Reto schluckte einen kurzen Moment, klammerte seinen Blick an den Felsen und versuchte, die Fortsetzung der Route auszumachen. »Ist das dein Ernst, traust du mir das wirklich zu?«

»Die zweite Seillänge ist einiges einfacher als die erste. An einer Stelle, dort, wo du auf den Grat kommst, hat es einen Haken. Zudem gibt es einige Möglichkeiten, um mit Schlingen eine Zwischensicherung einzurichten, so, wie du es gelernt hast. Den Stand findest du oben auf einer Kanzel bei einem frisch geschlagenen Haken. Dort hängst du dich mit dem doppelten Mastwurf in den Karabiner ein, so, wie ich es hier auch gemacht habe.« Reto prägte sich die Anlage von Rolfs Standsicherung ein und murmelte zur Beruhigung der eigenen Psyche so etwas wie: »Hoffentlich habe ich auch den Segen von der Kanzel.«

»Was soll dieses Gemurmel, bist du etwa religiös?«

»Gott bewahre, aber Respekt habe ich schon.« Er machte sich auf den Weg, denn Widerspruch schien zwecklos. Konzentriert arbeitete er sich Tritt für Tritt nach oben und bemühte sich stets, über drei Kontaktpunkte mit dem Felsen verbunden zu sein. Nach zehn Metern erreichte er die Kante und wagte den Blick nach unten. So exponiert war er in seinem Leben noch nie gestanden. Ein falscher Tritt hätte fatale Folgen gehabt, aber das gab es für ihn nicht. Rolf hatte ihn und die zu erwartenden Schwierigkeiten dieser Route richtig eingeschätzt. Er hängte den Karabiner und das Seil ein und fühlte sich vollständig eins mit sich. Dann stieg er, um gleichbleibende Konzentration bemüht, dem Grat nach die restliche Seillänge nach oben. Auf der besagten Kanzel richtete er am Standhaken die Selbstsicherung ein und nahm Rolf am Seil nach.

»Und, wie war's? Du hast unterwegs bestimmt in die Hosen gemacht.«

»Genial, so ganz bei sich zu sein. Die Kanzel ist ja ein richtiger Balkon«, äußerte Reto seine Begeisterung.

»Zur Nachspeise gibt es in der dritten Seillänge noch zwei, drei knifflige Stellen, aber das wirst du schaffen.« Reto nahm diese Ankündigung bereits gelassen, ihn erschreckten Rolfs Überraschungen nicht mehr. Bei der ersten dieser heiklen Stellen benötigte er im Nachstieg zwei Anläufe, bis er die richtige Abfolge seiner Bewegungen fand. Die anderen beiden Stellen gelangen ihm auf Anhieb. Als er bei Rolf anlangte, war er über seine Leistung mächtig stolz. »Mache dich zuerst am Stand fest, dann können wir uns gratulieren«, wies ihn Rolf umsichtig an. Dann umarmten sich die beiden Freunde. Schließlich nahm Reto die Landschaft ins Visier. Zunächst suchte er die *Grubenberghütte* und entdeckte lediglich deren

Fahnenstange und den Dachfirst. Endlich glitt sein Blick Richtung Jaunpass, dessen Einschnitt zur Linken durch das Bäderhorn und zur Rechten durch den Hundsrück begrenzt wurde. Diesem folgte er nach Süden und entdeckte im Hintergrund den Wildstrubel und seine Nachbarn, die den Talabschluss an der Lenk bildeten. Schade, dass er sein Notizheft beim Rucksack gelassen hatte, sonst hätte er gleich die ganze Kette darin festgehalten. Darum prägte er sie sich gut ein und gedachte, dies nach der Rückkehr in der Hütte nachzuholen. »Wow, das wirkt alles sehr nahe und ist doch weit entfernt.« Ganz neue Perspektiven taten sich ihm auf. Rolf hatte in der Zwischenzeit das Seil am Stand zum Abseilen vorbereitet. »Die Abseilpiste führt hier in vier Etappen nach unten. Bei den Zwischenständen sind jeweils zwei bis drei Haken mit Schlingen verbunden. Hänge den Sicherungskarabiner in die zwei vertrauenswürdigsten Schlingen ein. Diese werden wir auch als Anker zum Abseilen benutzen.«

Reto schlang sich das Seil zum Dülfern um den Körper, löste seine Standsicherung und seilte sich bis zum ersten Zwischenstand ab, wo er die Anweisungen Rolfs befolgte. Zur Auswahl stand eine bunte Schar verschieden alter Schlingen. Nachdem er auch die Knoten geprüft hatte, entschied er sich für Rot und Gelb: Diese beiden Schlingen waren wohl erst vor kurzer Zeit eingehängt worden. Als er gesichert war, gab er das Seil für Rolf frei und beobachtete seine eleganten, fließenden Bewegungen beim Abseilen. Mal nahm er größere Rückwärtsschritte, mal trippelte er in kleinen Schritten den Fels hinunter und war im Nu bei ihm am Stand. Rolf hängte seine Sicherung ein, zog das Seil ab, fädelte das Seil durch die beiden ausgewählten Schlingen und ließ die Seilenden dann die Wand hinunterfallen. »Das Abziehen des Seils ist immer ein heikler Moment. Wenn man nicht gut aufpasst, verklemmt sich das Seil, und du hast ein Problem.« Dies geschah zum Glück auch bei den restlichen drei Etappen nicht, die sie in gleicher Manier und Reto mit zunehmender Übung erfolgreich absolvierten. Wieder am Ausgangspunkt angelangt, resümierte Rolf mit anerkennender Miene: »Jetzt sind wir definitiv gut gerüstet für unser morgentliches Abenteuer.«

»Das war eine tolle Sache«, pflichtete ihm Reto bei. Rolf nahm das Seil auf und verstaute es zusammen mit dem Klettermaterial im Rucksack. Dann nahmen sie den Rest des Weges zur *Grubenberghütte* unter die Füße, wo sie hungrig eintrafen und die einzigen zwei Mitbewohner begrüßten: Ein etwas älterer Mann und eine jüngere Frau, vielleicht ein Paar und wohl eher keine Bergsteiger, waren dabei, den Herd in der Küche einzufeuern. Für kurze Zeit waren die beiden etwas irritiert, vielleicht auch enttäuscht, dass sie nicht ganz alleine waren. Dann aber begrüßten sie Reto und Rolf ebenso freundlich: »Hallo, ich bin Marion, und das ist Georg.«

»Das trifft sich ja bestens«, sagte Rolf schmunzelnd, »wenn der Herd bereits heiß ist.«

»Bei euch gibt es bestimmt Teigwaren«, forderte die junge Frau die beiden heraus.

»Wieso, sehen wir so aus?«, erwiderte Reto ihren spöttischen Ton. Denn tatsächlich hatten sie Spaghetti an Tomatensoße vorgesehen. Das war gut zu transportieren, leicht und schnell zu kochen. »Dann können wir die Pasta in den gleichen Topf schmeißen«, nahm Georg, der die Situation richtig eingeschätzt hatte, den Ball auf und ergänzte: »Bei uns gibt es eine Fleischsoße.«

»Bei uns Tomatensoße«, vervollständigte Rolf das Menu. »Da hat es übrigens heißes Wasser für Tee oder Kaffee«, wies Marion auf den gefüllten Thermoskrug hin. Innert kürzester Zeit ergab sich eine gemütliche Stimmung in der Hütte. Bald kochte das Wasser. Georg gab die Teigwaren hinzu und kümmerte sich gleichzeitig um die Fleischsoße. Reto wärmte die Tomatensoße in einer Pfanne und schmeckte sie mit Salz, Pfeffer und Kräutern ab. Marion rüstete grünen Salat: »Davon könnt ihr euch auch bedienen.« Reto erwiderte: »Da hat es noch Rüebli von unserem Proviant, und draußen habe ich Schnittlauch gefunden. Der passt gut zum Salat, falls ihr das gerne habt.«

»Schön, das gibt einen richtig bunten Salat.« Reto gab ihr die Zutaten.

»Nehmt ihr ein Glas Rotwein?«, meldete sich Rolf, der endlich den Zapfenzieher gefunden hatte. »Das wird ja immer besser«, freute sich Georg, »natürlich, gerne, mir ein großes und ihr ein kleines Glas.«

»Na hallo«, widersprach Marion, »ich glaube, wir machen das besser umgekehrt.« Alle lachten, und Rolf deckte den Tisch mit vier gleich großen Gläsern. Das Essen war zubereitet, und sie setzten sich mit großem Appetit an den Tisch. Wenn man hungrig ist, schmeckt alles gut, sogar die Tomatensoße aus der Büchse, dachte Reto. Selbstverständlich degustierten sie gegenseitig ihre Soßen, und Marion kommentierte: »Ein richtig vielfältiges Menu!« Rolf ergänzte: »Sozusagen mit zwei Hauptspeisen.« Nachdem sämtliche Töpfe leer gegessen waren, hatte Georg sein Glas erst zur Hälfte und Marion bereits das zweite geleert. »Wer nimmt Kaffee? Es gibt allerdings nur löslichen.« Sie schaute fragend in die Runde. Die Reaktionen der drei Männer ließen zu wünschen übrig. »Wir haben auch Kuchen dabei.« Nun stieg das Interesse merklich an, und sie ließen sich von Marions Angebot überzeugen. »Kirsch und Schlagrahm müsst ihr euch allerdings denken.«

»Was habt ihr morgen vor?«, erkundigte sich Rolf bei Georg.

»Wir gehen zum Chalet du Soldat und weiter nach Jaun, und ihr?«

»Wir machen die Überschreitung der Gastlosen.«

»Das ist doch eine ziemlich schwierige Kletterei«, äußerte sich Marion erstaunt.

»Nicht wirklich. Aufpassen muss man allemal, aber es ist keine Hexerei.«

Sie unterhielten sich noch für kurze Zeit, denn es war bereits 21 Uhr, und am anderen Tag wollten Rolf und Reto zeitig aufstehen.

Kaum zeichnete sich über dem Hundsrück das erste Tageslicht ab, weckte Rolf Reto. Sie zogen sich leise an und stiegen die steile Treppe nach unten in den Aufenthaltsraum. Rolf machte Feuer, und Reto ging vor die Hütte. Kein Lüftchen wehte, die Hüttenfahne hing schlaff am Mast. Von weit her hörte er einen Hahn krähen, sonst war es vollkommen still. Die Konturen der Umgebung zeichneten sich erst undeutlich ab. Aus der Hütte drang warmes Licht nach draußen, und der Geruch von Kaffee lockte ihn wieder hinein. Er setzte sich zu Rolf an den Tisch, der an einem Butterbrot mit Konfitüre kaute.

»Wir haben Glück mit dem Wetter, das Barometer ist weiter gestiegen«, empfing ihn dieser.

»Hast du gut geschlafen?«

Rolf nickte: »Und du?«

»So gut, wie man in Hütten eben schläft.«

Beide langten kräftig zu und tranken mehrere Tassen Kaffee. Mit dem Rest des heißen Wassers setzte Reto Tee auf, den sie in ihre Feldflaschen abfüllten. Dann packten sie die Rucksäcke und machten sich auf den Weg. In der Zwischenzeit war es genügend hell geworden, sodass sie auf Stirnlampen verzichten konnten. Der Weg führte sie über kupiertes Gelände, über mehr oder weniger steile Bergmatten und schließlich steil nach oben zum Wolfsort, der den Übergang von der südöstlich zur nordwestlich orientierten Seite der Gastlosen markierte. Auf der anderen Seite ging es wiederum steil nach unten Richtung Chalet du Soldat und von dort auf einem schmalen Pfad hinauf zum Oberbergpass, einem weiteren Übergang ins Tal von Abländschen. Unweit davon befand sich der Einstieg zum Grat, den die beiden überschreiten wollten.

»Hier wären wir.« Rolf stellte den Rucksack hin und nahm das Kletterzeug heraus. Reto tat es ihm gleich. Gespannt schaute er zum ersten Turm, dem Eggturm, hoch. Sie seilten sich an, und in gewohnter Manier kletterte Rolf in den schwierigeren Partien als Seilerster und überließ Reto die einfacheren. Die Schwierigkeiten in den ersten beiden Seillängen waren moderat. In der dritten forderte eine Stelle Reto mächtig heraus: Vor sich hatte er an einer exponierten Stelle eine ziemlich steile Platte. Sein Nervenkostüm flatterte mächtig. Beim ersten Anlauf hatte er es noch nicht im Zaum, beim zweiten Anlauf gelang das Unterfangen. Er hatte in der Zwischenzeit ein gutes Empfinden entwickelt, wie er die Bergschuhe zu belasten hatte, damit ihm auch kleine Unebenheiten des Felsens Halt boten. An der besagten Stelle setzte er in gekauerter Stellung beide Schuhe nahe bei den Händen flach auf den Felsen und erzeugte so Reibung und damit genügend Halt. Als Reto nach vier Seillängen oben neben Rolf auf dem Eggturm stand, war er überglücklich. Er sicherte sich, und die beiden Freunde umarmten sich herzhaft. Dann wanderte sein Blick dem Grat entlang zu den nächsten Türmen, die es zu besteigen galt, schließlich auf der östlichen Seite ins Tal von Abländschen und wieder hoch über den Hundsrück zu den höchsten Gipfeln des Berner Oberlands. »Dort hinten sind Eiger, Mönch und Jungfrau zu sehen«, erklärte Rolf, »und das ist die Blüemlisalp.« Reto zückte sein Skizzenbuch, das er heute Morgen wohlweislich extra für den schnellen Gebrauch in die Deckeltasche seines Rucksacks gepackt hatte, und hielt die Bergkette mit geübtem Strich fest. »Zeig mal her.« Reto beendete den Strich und gab Rolf das Skizzenbuch. »Schön«, kommentierte dieser anerkennend, »und das in so kurzer Zeit! Da steckt viel Übung dahinter.«

»Den Skizzenblock habe ich fast immer dabei.«

»Wenn du genügend oft hier in den Gastlosen gewesen bist, kannst du einen Führer zum Gebiet herausgeben.«

Gemeinsam folgten sie nun am kurzen Seil dem Grat, der hier wenig Schwierigkeiten bot, zum nächsten Turm, dem Kleinen Daumen, der eher ein Türmchen war. Diesen und den Großen Daumen umstiegen sie Richtung Fuß der Katze, einem weiteren Turm. Dort löste Rolf die Schlingen, die er zur Seilverkürzung von der rechten

Schulter unter die linke Achsel geschlungen hatte. »Das ist eine Seillänge für dich«, sagte er und ließ Reto den Vortritt. Tatsächlich erwies sie sich als nur wenig schwer, und Reto gelangte locker über den Körper zum Kopf der Katze und richtete oben den Stand zwischen den beiden Ohren ein. Als ihn Rolf, kurz unterhalb des Standes stehend, fragte, wo er denn jetzt gerade sein würde, verstand Reto diese Frage nicht auf Anhieb. »Auf der Nase«, gab Rolf lachend zu verstehen, und Reto begriff, dass die Katze ihren Namen nicht umsonst bekommen hatte. Von Süden her betrachtet, sah sie wirklich wie eine Katze aus. Der Abstieg führte sie über einige kleinere Absätze und Grasbänder hinunter zur Scharte und von dort über zwei Seillängen hinauf zur Pyramide. Es war kurz vor, und sie gönnten sich eine Pause, aßen und tranken etwas und genossen das schöne Wetter und die spannende Aussicht. Reto rekapitulierte die Namen der höchsten Gipfel der Berner Alpen und ging jetzt mehr ins Detail. Mit Hilfe von Rolf identifizierte er weitere Gipfel: Balmhorn, Altels und Rinderhorn kamen dazu.

»Irgendwo müssten doch noch Lauteraarhorn und Schreckhorn sein.«

»Die werden von Eiger, Mönch und Jungfrau verdeckt.«

Neben dem genauen Ort bekamen diese Berge in Retos Vorstellung nun auch eine klare Gestalt. Beide Angaben nutzte er dazu, seine auf dem Eggturm begonnene Skizze zu verfeinern. Gegenüber Westen verlängerte er die Gebirgskette mit Wildhorn, Geltenhorn, Arbelistock und Les Diablerets. »Rechts von Les Diablerets ist im Hintergrund der Mont Blanc zu sehen, anschließend im Vordergrund Les Dents du Midi.«

Von der Pyramide stiegen sie hinunter zur Lücke und von dort über zwei mittelschwere Seillängen auf den ersten Marchzahn. »Interessante Namen haben sie für diese Berggipfel ausgedacht«, fand Reto und ergänzte: »Das tönt nach Raubtiergebiss.« Der weitere Weg führte sie am kurzen Seil zum Col de Grand Grenadier, der dem Namen nach an das Chalet du Soldat erinnerte, welches sie ganz am Anfang beim Zustieg passiert hatten. Von dort weiter zum höchsten Punkt der Tour, zur Gastlosenspitze, und schließlich zur Glattwandspitze. Meistens ging Reto voran. In diesem kombinierten, felsigen Gelände mit einzelnen kurzen Kletterpartien fühlte er sich pudelwohl. Von der Glattwandspitze hinunter zum Pass mit dem gleichen Namen übernahm Rolf wieder die Führung. Reto meisterte die abschließende Abseilpiste von zwei mal 20 Metern mit großer Selbstverständlichkeit. »Na Kumpel, das hast du super gemacht!«, gratulierte ihm Rolf zur gelungenen Überschreitung der Gastlosen. »Den Schwierigkeitsgrad hast du gut eingeschätzt, eine Hexerei war das wirklich nicht, aber landschaftlich unheimlich schön.« Vom Pass aus nahmen sie auf der Westseite am Fuß der Felsen einen Pfad, der sie zurück zum Oberbergpass führte. Von dort stiegen sie auf der Ostseite durch ein steiles Couloir nach Abländschen zu den Velos ab. Es war bereits 16 Uhr, die Beine etwas müde und der Durst groß. Zeit für eine weitere Pause, dieses Mal im Berghotel *Weißes Kreuz*. Sie bestellten einen Liter Süßmost, Bier wäre jetzt nicht das richtige Getränk gewesen, denn sie hatten noch den steilen Aufstieg zum Jaunpass vor sich. Dazu genehmigten sie sich einen Nussgipfel, der lecker schmeckte. Die Füllung konzentrierte sich nicht in einer einzigen Ausbuchtung innerhalb des Teiges, sondern war in mehreren Lagen im Teig eingerollt.

Nach einer halben Stunde drängte Rolf zum Aufbruch. Er habe am Abend noch etwas vor, sagte er, ging aber nicht darauf ein, was. Der Aufstieg mit dem Velo zum Jaunpass forderte die letzten Kräfte. Oben angekommen, gönnte sich Reto eine kurze Pause, während Rolf gleich weiterfuhr.

Als er gegen 20 Uhr in der Unterkunft anlangte, war Reto zwar todmüde, aber mit hellwachem Kopf. Rolf war nirgends zu entdecken. Reto nahm eine Dusche und wärmte sich Reste vom Freitag auf. Dazu rüstete er noch etwas Salat. Er aß mit großem Appetit. Zum Dessert bediente er sich vom Kuchen, den die Frau seines Chefs als Willkommensgruß hingestellt hatte. »Ich nehme an, eure Unternehmung war erfolgreich«, hatte sie auf einem Zettel notiert. Frau Zjörien war wirklich Gold wert. So gestärkt nahm er den Skizzenblock aus dem Rucksack und ergänzte die angefangenen Skizzen aus der Erinnerung. Schließlich beschriftete er die wichtigsten Gipfel und setzte folgende Zeilen auf einem Kärtchen dazu:

Liebe Anna, übers Wochenende war ich mit meinem Arbeitskollegen Rolf in den Gastlosen beim Klettern. Bei der Überschreitung ist auf der höchsten Zinne folgende Skizze entstanden. Für einmal ist der Wildstrubel aus ganz ungewohnter Perspektive zu sehen. Mir geht es gut und dir hoffentlich auch. Liebe Grüße

Reto

Als er diese Zeilen geschrieben hatte, kam ihm eine andere Idee: Eigentlich sollte ich diese Skizze Anna zum Geburtstag schenken, dachte er, und legte die Skizze beiseite. Nun erreichte die Müdigkeit seines Körpers auch den Kopf, und er legte sich schlafen. Am anderen Morgen bekundete er etliche Mühe beim Aufstehen. Er spürte die Strapazen des vergangenen Wochenendes. Den Wecker hörte er nicht auf Anhieb und nahm ihn erst wahr, als der Alarmton schriller wurde. Selbst nachdem er diesen unerbittlichen Gesellen per Knopfdruck auf stumm geschalten hatte, wälzte er sich noch ein paar Mal im Bett, was sonst nie vorkam, bis er sich endlich erhob. Dies ging auf Kosten des Frühstücks, das er hastig einnahm. Er wollte pünktlich zur Arbeit erscheinen. Nach diesen Anlaufschwierigkeiten fand er im Laufe des Morgens immer besser den Rhythmus. Das vergangene Wochenende war zwar anstrengend gewesen, hatte aber viel Energie freigesetzt und seinen Kopf gehörig durchlüftet. Beim Setzen des Firstbalkens war er wieder voll in seinem Element. Rolf hingegen war den ganzen Tag erstaunlich ruhig und wirkte fast ein wenig verschlossen. Seitdem sie sich auf dem Jaunpass getrennt hatten, musste etwas passiert sein, das den sonst heiteren Freund nachdenklich stimmte. Reto realisierte dies allerdings erst, als sie das Werkzeug auf der Baustelle ordneten, um anschließend in den Feierabend zu gehen. Dies war normalerweise ein sehr schöner Moment: Die Zufriedenheit über die geleistete Arbeit mischte sich mit der Freude auf den Feierabend und regte Rolf stets zu Späßchen an. Heute ging allerdings alles sehr nüchtern vonstatten. Eigenartig, was ist bloß mit meinem Kumpel los, fragte sich Reto; vielleicht sollte ich ihn darauf ansprechen. Doch Rolf kam ihm zuvor.

»Hast du noch Zeit für ein Bierchen, ich muss mit dir etwas besprechen?«

»Ist gut, möchte mich aber zuerst noch duschen.«

Als Reto ins Restaurant kam, saß Rolf abseits an einem Tisch und blätterte in einer Zeitung. Der Stammtisch war mit Handwerkern besetzt, die den Feierabend einläuteten. Reto setzte sich zu ihm und gab dem Wirt ein Zeichen, dass er gerne ein Bier hätte.

»Und, worum geht es?«

»Hans möchte uns sprechen«, kam Rolf direkt auf den Punkt.

»Aha«, erwiderte Reto lapidar.

»Du hast ja gemerkt, dass ich es gestern Abend plötzlich eilig hatte.« Reto nickte. »Ich musste ihn zu einem vereinbarten Zeitpunkt anrufen. Das hätte ich beinahe vergessen. Habe dann gerade noch rechtzeitig die Telefonkabine beim Bahnhof erreicht.«

»Weshalb will er uns sprechen?«

»So genau hat er es nicht gesagt, lediglich angedeutet. Es hat unter anderem auch mit dir zu tun, mehr weiß ich nicht.«

Reto war einigermaßen erstaunt: »Gibt es noch einen anderen Grund? Du warst heut so schweigsam bei der Arbeit.«

»Nein, nein. Nach solchen Bergfahrten bin ich am Montag oft etwas müde und muss zuerst die Motivation für die Arbeit wiederfinden.«

»Wann werden wir uns treffen?«

»Er schlägt Donnerstagabend bei Zjörien vor, um 20 Uhr.«

»Passt.«

»Dann werde ich Hans dies bestätigen.«

»Möchtet ihr etwas essen?«, meldete sich der Wirt mit zwei gefüllten Tellern in der Hand, die er sich anschickte, am Nachbartisch zu servieren. »Ich habe Schnitzel mit Pommes frites zum Spezialpreis von zehn Franken. Dazu gibt es erst noch einen kleinen Salat.«

»Das tönt gut.« Das Angebot überzeugte Reto, und er entschloss sich, für einmal im Restaurant zu essen. Rolf tat es ihm gleich. »War übrigens eine super Tour am Wochenende.«

»Die Gastlosen sind immer schön, besonders bei diesem Wetter.«

»Nochmals vielen Dank, dass du mich mitgenommen hast.«

»Ganz meinerseits, war schön zu sehen, wie schnell du dich an das neue Gelände und die Seiltechnik gewöhnt hast.«

»Ich nehme an, dass es in den Gastlosen noch schwierigere Routen gibt.«

»In den westlichen und östlichen Flanken werden laufend neue Routen eröffnet, die es in sich haben. Auch auf die Türme gibt es verschiedene Wege, die zum Teil auch für mich zu schwierig sind.« Der Wirt brachte zwei volle Teller und wünschte ihnen guten Appetit. Die meisten Handwerker hatten in der Zwischenzeit ihr Feierabendbier getrunken und waren nach Hause zu ihren Familien gegangen. Neben Reto und Rolf waren nur noch wenige Gäste anwesend. Es wurde angenehm ruhig in der Gaststätte. Der Wirt tischte die leergetrunkenen Gläser ab und stellte die Ordnung für die nächsten Gäste wieder her. Reto aß gemächlich seinen Teller leer und bestellte ein zweites Bier. Leicht beschwingt erkundigte er sich bei Rolf nach den nächsten gemeinsamen Kletterunternehmungen.

»Die Mittagsfluh gleich über Boltigen bietet eine interessante Route. Die ist allerdings schwieriger, auch steiler als das, was wir gestern geklettert sind. Aber durchaus im Bereich des Möglichen.« Reto, der bereits mutiger war, nickte zustimmend. »Das Stockhorn würde mich interessieren. Die Aussicht soll besonders schön sein.«

»Klettertechnisch bietet es nicht so viel, außer auf der Nordseite. Die Routen sind allerdings ziemlich schwer.«

»Also eher die Mittagsfluh.«

»Außer, du bist bei Sonnenaufgang auf dem Stockhorn. Dann ist die Aussicht wirklich super!« »Uns wird es also nicht langweilig.«

»Bestimmt nicht.«

RETO UND REGULA 3

Am Dienstag nach der Arbeit stand Frau Zjörien in der Wohnungstür, als er auf dem Weg in seine Mansarde die Treppe hochkam. »Kennst du eine Regula von der Iffigenalp? Sie hat heute Nachmittag angerufen.« Na klar, Reto nickte, er hatte seine Mutter gebeten, ihr die Telefonnummer von Zjöriens für den Fall der Fälle zu überlassen.

»Sie ist morgen in Thun unterwegs und wird am Abend auf der Rückfahrt im Bahnhof Boltigen nach dir Ausschau halten. Wenn du dort bist, würde sie gerne ein Bier mit dir trinken.«

»Hat sie sonst noch was gesagt?«

»Einen Gruß soll ich dir ausrichten.«

Reto bedankte sich und nahm erfreut und nachdenklich zugleich die Treppe in seine Mansarde hoch. Was hatte wohl dieser Anruf von Regula zu bedeuten? Bis jetzt war sie noch nie von sich aus auf ihn zugekommen. Er war stets die treibende Kraft, was auch damit zu tun hatte, dass er immer wusste, wo sie anzutreffen war. Mit seinem Wegzug aus der Lenk hatte sich aber die Situation geändert. Reto ließ sich auf sein Bett fallen und sinnierte weiter: Bestimmt ist etwas vorgefallen, kam er zum Schluss. Was das war, würde er morgen erfahren, denn ihm war sofort klar, dass er die Gelegenheit nutzen wollte, Regula wiederzusehen. Bereits ergriff ihn eine leichte Spannung in der Bauchgegend, und seine Vorfreude wuchs. Auf dem Rücken liegend, mit hinter dem Kopf gefalteten Händen, spürte er diesen angenehmen Empfindungen nach, bis er realisierte, dass sie mit ähnlichen Empfindungen einer anderen Person gegenüber in Konkurrenz standen. Es war noch nicht lange her, dass er einen ähnlichen Gemütszustand durchlebt hatte. Dieses Mal ging er bereits etwas gelassener damit um. Wer weiß, was die Zukunft bringt, dachte er.

Am anderen Tag erinnerte er sich erst gegen Mittag daran, dass er am Abend noch ein Abenteuer zu bestehen hatte. Dieselbe Vorfreude stellte sich ein. Beschwingt nahm er die Arbeit am Nachmittag in Angriff, und gut ging sie ihm von der Hand. Die Zeit verflog im Nu, und um 17 Uhr, etwas früher als sonst, machte er Feierabend. Rolf sagte er nichts von seinem Rendez-vous. Er duschte, zog frische Klamotten an, und fünf Minuten vor der Einfahrt des Zuges stand er auf dem Bahnsteig. Kaum war er dort, kam ihm eine Idee. Eigentlich hätte er auch zu Regula in den Zug steigen und das Bier in Zweisimmen trinken können; das wäre etwas anonymer gewesen. Doch der Gedanke kam etwas zu spät. Der Zug fuhr bereits ein, und Regula stieg lächelnd aus dem mittleren Waggon aus. Eigenartig, dachte Reto, im Gegensatz zu ihrem Auftreten im Restaurant wirkt sie hier auf dem Bahnsteig etwas unscheinbarer. Sie umarmten sich zur Begrüßung und tauschten Küsschen.

»Und, wie geht es dir?«

»Seid du weg bist, ist es etwas langweiliger an der Lenk«, erwiderte Regula und setzte ein leicht betrübtes Gesicht auf.

»So, so, bin ich die einzige Unterhaltung?«

»Das natürlich nicht, aber etwas fehlst du mir schon.«

In der Zwischenzeit war der Zug abgefahren und sie standen alleine auf dem Bahnsteig. »Ich bin dabei, mich hier einzuleben«, wich Reto aus, »später werde ich wohl wieder häufiger an der Lenk anzutreffen sein. Aber schön, dass du hier bist.«

»Zeigst du mir deinen Arbeitsort, deine Unterkunft?«

»Meistens arbeite ich auf irgendeiner Baustelle in der Umgebung, aber die Schreinerei ist gleich um die Ecke, und dort wohne ich auch.« Reto nahm ihr die Tasche ab, und sie hakte sich bei ihm unter. Sie bogen auf den Bahnhofplatz ein und gingen die wenigen Schritte hinüber zur Schreinerei.

»Willst du die Werkstatt sehen?«

»Gerne.«

Sie traten durch das offene Tor ein und begegneten Retos Chef. Reto stellte Regula als gute Freundin aus der Lenk vor. »Eine schöne Werkstatt haben Sie«, äußerte Regula anerkennend. »Oben unter dem Dach bewohne ich eine Mansarde, die ist ganz nett.« Reto ging mit Regula auf den Vorplatz und wies auf das Fenster seines Zimmers.

»Gehen wir in den *Sternen*, das ist meine Stammbeiz.«

»Bekommt man da auch etwas zu essen? Ich habe einen Riesenhunger.«

Schon wieder in der Beiz essen, dachte Reto: »Das Übliche, was es in jeder anderen Beiz auch gibt. Oder möchtest du lieber ins *Hotel Simmental*? Das würde etwas näher liegen.« Sie entschieden sich für den *Sternen*. Reto holte sein Velo und für Regula das Werkstattvelo. In der Wirtsstube setzten sie sich an den Tisch, den Reto normalerweise auch benutzte. Die Feierabend-Biertrinker waren bereits gegangen. Reto bestellte für sich einen Wurstsalat und Regula Schnitzel mit Pommes frites. Während dem Essen tasteten sie gegenseitig ihre Lebenswelten ab, ohne sich allzu nahe zu kommen. Reto begann sich bereits zu langweilen und fragte sich, ob das alles war, was Regula zu ihm geführt hatte. Als die Teller abgetischt waren und der Wirt Kaffee brachte, kam Regula endlich zur Sache. Diese war ziemlich deftig. »Wie viele Freundinnen hast du eigentlich?«

Reto meinte, nicht richtig zu hören und fragte nach: »Wie meinst du das?«

»Jetzt spielt er auch noch den Unschuldigen!«

»Ich weiß wirklich nicht, von was du sprichst. Seitdem ich aus der Lenk weg bin, habe ich mit keiner einzigen Frau abgemacht. Und an der Lenk warst du die Letzte, mit der ich mich getroffen habe.« Er verschwieg geflissentlich die Treffen mit Anna, auf welche Regula womöglich anspielte; von diesen durfte ohnehin niemand etwas wissen, Regula schon gar nicht.

»Dann erklär mir bitte folgendes: Neulich waren der Betschard und der Bühlen bei uns im Restaurant und steckten die Köpfe mit meiner Chefin zusammen. Weil es Abend war und sie allein waren, sprachen sie, ohne Rücksicht auf andere Gäste nehmen zu müssen, ziemlich laut über die künftige Autobahn, die sie unbedingt im Tal haben wollten.«

»Sind die öfters bei euch?«

»Ziemlich häufig. Die Chefin tut allerdings nur so, als wäre sie ihrer Meinung.«

»Interessant!«

»Als die beiden Männer kurz austraten, steckte die Chefin mir eine Liste zu und bat mich, einige Notizen zu machen.«

»Was stand darauf?« Reto war hellhörig geworden.

»Das möchtest du gerne wissen.« Regula war nicht bereit, ihren Trumpf so einfach aus der Hand zu geben.

»Komm schon«, drängte Reto sie, erzielte aber nicht die erhoffte Wirkung. Lediglich ein süffisantes Lächeln ging über ihr Gesicht und zwang Reto nachzulegen: »Du bist wirklich meine beste Freundin.« Dabei wurde er nicht einmal rot im Gesicht, denn die Beziehung zu Anna war schließlich anderer Natur. Ob er sich damit etwas vormachte oder nicht, war für den Moment einerlei. Auf jeden Fall erzielte diese Aussage ihre erhoffte Wirkung. Regula rückte ihren Stuhl näher an seine Seite. In konspirativem Ton teilte sie Reto mit, was es mit der Liste auf sich hatte. Offenbar waren darin verschiedene Personen des Widerstands gegen die Autobahn aufgeführt und wie man sie in der Öffentlichkeit diffamieren wollte. »Bei dir heißt es zum Beispiel sehr schmeichelhaft, dass du ein Schürzenjäger seist, der von einem fremden Bett ins andere fallen und der Tochter des Gemeindepräsidenten nachsteigen würde.«

Reto verschlug es für einen kurzen Moment die Sprache. Doch er wusste sich schnell zu fassen: »Glaubst du das wirklich?«, ging er zum Gegenangriff über.

»Natürlich nicht, aber im Kern ist bestimmt etwas Wahres an der Sache.«

»Das wäre?«

»Dass du ein ziemlich windiger Hund bist.« Indem sie das sagte, verwandelte sich Regulas anfänglich noch strenge Miene in ein lockendes Lächeln. Reto nippte an seiner bereits leeren Kaffeetasse, um etwas Zeit zu gewinnen, und fügte schließlich erklärend an, dass er eben seine Freiheit doch allzu sehr liebe und sich deshalb nicht so einfach binden lasse. Damit löste er sich aus seinem Schreck und merkte zugleich, dass er noch mehr erfahren wollte.

»Wer ist sonst noch auf dieser Liste erwähnt?«

»Das erzähl ich dir ein anderes Mal.«

Luder, dachte Reto, sie will mich an sich binden: »Und jetzt?«

Regula schaute zur Uhr und stockte einen Moment: »Mist, jetzt habe ich soeben den letzten Zug verpasst, wie dumm von mir.«

Luder, dachte Reto bereits zum zweiten Mal. Aber genau das gefiel ihm an Regula: Sie war stets für eine Überraschung gut. »Du kannst gerne bei mir übernachten. Für solche Fälle gibt es eine Reservematratze, die ich in mein Zimmer legen kann.« Kaum hatte Reto dieses Angebot gemacht, hellte sich Regulas Miene vollständig auf und sie war wieder ganz die Alte. Sie zahlten und machten sich auf den Heimweg mit viel Schabernack im Gemüt. An einer der wenigen Straßenlaternen im Dorf provozierte Regula: »Wetten, dass du diesen Laternenpfahl nicht hochklettern kannst.« Reto war gleich bei der Sache: »Um was wetten wir?«, und gab die Antwort gleich selber, »zwei Namen aus der Liste.« Regula war einverstanden. »Und wenn es mir noch gelingt, auf die Laterne ein Gesicht zu malen, gibt es weitere zwei Namen. Du hast doch Lippenstift dabei?« Regula nickte und gab ihm siegesgewiss den Lippenstift. Das Unterfangen zeigte sich Reto doch etwas schwieriger, als er gedacht hatte. Sein Stolz und die in Aussicht gestellte Belohnung spornten ihn aber genügend an. Mit letzter Kraft zeichnete er ein Smile auf die Laterne und ließ sich grinsend zu Regula hinunter. Als Erstes wollte er die vier Namen wissen. Regula zog die Liste aus ihrer Manteltasche, gab vier Namen preis und steckte den Zettel wieder zurück. Das war unvorsichtig von ihr, denn er wusste nun, wo er suchen musste.

In seiner Unterkunft richteten sie das zusätzliche Lager ein. Reto gab Regula eines seiner Hemden als Nachthemd, und sie ging sich in der Toilette umziehen. Schnell warf Reto einen Blick auf die ganze Liste. Alle wichtigen Personen waren vermerkt. Zu mehr kam er nicht. Gerade noch rechtzeitig, bevor Regula wieder bei ihm im Zimmer stand, steckte er den Zettel zurück. Das Hemd kleidete sie ungemein aufreizend. Reto musste seine Lust mächtig in Zaun halten. Am anderen Morgen, nach kurzer Nachtruhe war er um einige Informationen reicher. Er kannte sämtliche Namen der Liste und den Unfug, den die Verfasser zusammengetragen hatten. Dieser würde jeweils leicht zu entkräften sein. Auch Regula war zufrieden. Auf dem Bahnsteig versprachen sie sich, regelmäßig Kontakt zu halten. Dann verabschiedete sich Regula auf die gewohnte Weise, und Reto begab sich direkt zur Arbeit.

RETO 8

Rolf, dem der Damenbesuch seines Kollegen nicht entgangen war, begrüßte ihn mit einem süffisanten Lächeln, auf das Reto natürlich nicht einging, denn er wollte die Geschichte mit Regula nicht an die große Glocke hängen. Im Laufe des Tages bekam er die intensiv verlebte Zeit und die Strapazen der vergangenen Nacht zu spüren. Seine Handgriffe und Gänge verlangsamten sich spürbar und forderten die Geduld von Rolf heraus: »Was ist eigentlich mit dir los? Man könnte meinen, du hast Blei in den Knochen.«

»Die Nacht war etwas zu kurz, und das Wochenende habe ich auch noch in den Beinen. Ich werde wohl heute Abend etwas früher zu Bett gehen.«

»Vergiss unsere heutige Sitzung nicht.«

»Auch das noch«, stöhnte Reto vernehmbar, »ich hoffe, sie wird nicht allzu lange dauern.«

»22 Uhr wird es bestimmt.«

»Na denn halt.«

Rolf klopfte seinem Freund kameradschaftlich auf die Schultern und reduzierte sein Arbeitstempo, um ihn zu schonen. Stress bei der Arbeit auf dem Bau war gefährlich, und das wollte er nicht riskieren. Reto war froh um diese Rücksichtnahme, und seine eben noch schlechte Stimmung verbesserte sich zusehends. Gegen Feierabend freute er sich bereits wieder auf die abendliche Sitzung und auf das Wiedersehen mit Hans. Schließlich wusste er seinen Kollegen wichtige Neuigkeiten zu berichten.

Um 20 Uhr eröffnete Hans die Sitzung: Alle waren gespannt, was er ihnen Wichtiges mitzuteilen hatte. Hans begann beinahe feierlich: »Liebe Kollegen, der Widerstand gegen die geplante Straße ist in eine äußerst ernste Phase getreten. Die Befürworter merken allmählich, dass ihnen die Felle davonschwimmen, und sind zu allen Mitteln bereit, um doch noch an ihr Ziel zu gelangen. Sie basteln gegenwärtig an einer Hetzkampagne, in der sie uns, die Repräsentanten des Widerstands, mit allen möglichen und unmöglichen Mitteln zu diffamieren versuchen.« Innerlich lächelnd und voll Stolz, dass er dies bereits selber herausgefunden hatte, bestätigte Reto: »Du meinst diese ominöse Liste, von der habe ich bereits einiges erfahren.«

»Genau diese Liste meine ich. Von wem hast du davon erfahren?«

»Regula, die Serviertochter von der Iffigenalp, war gestern Abend hier und hat sie erwähnt. Der Betschard und der Bühlen treffen sich dort nämlich regelmäßig zu ihren konspirativen Sitzungen.« Während er dies sagte, zwinkerte er Rolf kurz zu. Dieser bestätigte den kurzen Blickkontakt mit einem feinen Lächeln. So hieß also Retos Freundin. »Ihr müsst wissen«, nahm Hans den Faden wieder auf, »dass die Wirtin der Iffigenalp sozusagen als Undercover-Agentin die gegnerische Seite für uns ausspioniert. Von ihr habe ich das auch erfahren.« Nun waren bezüglich dieser Liste alle auf dem gleichen Wissensstand, und Hans rückte mit einer noch viel brisanteren Information heraus, für die er eigentlich die heutige Sitzung so kurzfristig anberaumt hatte: »Weit bedeutender als das Vorhandensein der Liste ist allerdings die Tatsache, dass eine erste Diffamierungskampagne unmittelbar bevorsteht. Diese müssen wir unbedingt ins Leere laufen lassen.« Hans schaute einen Moment in die Runde, um die Reaktionen seiner Kollegen zu prüfen. Alle nickten. »Ja, mein lieber Reto, sie haben es offensichtlich auf dich abgesehen und wollen dir allerlei Frauengeschichten anhängen«, fuhr Hans fort, »du sollst sogar ein Verhältnis mit der minderjährigen Tochter des Lenker Gemeindepräsidenten haben, was natürlich nicht offen gesagt wird, sondern nur hinter vorgehaltener Hand.«

»Das ist ja unerhört«, kommentierte Klaus, und Rolf schüttelte nur den Kopf. Reto fühlte sich einmal mehr in einer Beziehung gefangen, die nicht sein durfte und die er auch nicht bestätigen oder dementieren konnte. »Was schlägst du vor?«, wollte nun Rolf wissen. Hans räusperte sich: »Ich weiß, es mag für eine Geschichte, die erstunken und erlogen ist, etwas hart tönen, aber es wäre das Beste, wenn Reto für drei bis vier Monate aus dem Tal verschwinden würde, bis der Spuk vorbei ist.« Alle schauten Reto an. Dieser wusste nicht, was er erwidern wollte. Einerseits würde das, was Hans von ihm verlangte, bestimmt seine Wirkung entfalten, andererseits hatte er sich erst gerade in Boltigen eingelebt und wollte nicht schon wieder weg. Auch Rolf konnte diesem Vorschlag nicht viel abgewinnen, denn er hatte bereits ein gutes Dutzend Klettertouren im Sinn, die er mit Reto unternehmen wollte. »Ich habe die Geschichte mit Klaus bereits vorbesprochen. Sein Cousin hat in der Region Bern ein Baugeschäft und arbeitet beim Neubau des Berner Bahnhofs mit, dort können sie geschickte Allrounder wie Reto gut gebrauchen.«

Immerhin wäre für den Lebensunterhalt gesorgt, dachte Reto, und zum Tal wollte er ohnehin hinaus. Den fragenden Blicken entgegnete er, dass er es sich überlegen würde. »Selbstverständlich bist du frei in deiner Entscheidung, aber diese muss schnell erfolgen«, schloss Hans das erste und einzige Traktandum der Sitzung. »Jetzt müsst ich aber noch von der Nusstorte kosten, die Rösli extra für uns gebacken hat«, leitete Klaus zum gemütlichen Teil über. Die Gläser wurden abgeräumt und durch Kaffeetassen ersetzt. Reto wäre am liebsten gleich davongeschlichen. Er fühlte sich unendlich müde und überfordert, diese von ihm verlangte Entscheidung zu treffen. Gleichzeitig wollte er nicht unhöflich sein. Der Verzicht auf eine solche Köstlichkeit käme wohl einer Majestätsbeleidigung gleich, und so ließ er den zweiten Teil des Abends mit wenig Begeisterung über sich ergehen. Rolf spürte, dass es seinem Freund nicht besonders gut ging, und versuchte, ihm Mut zu machen: »Falls du das Tal tatsächlich verlassen solltest, werden wir trotzdem von Zeit zu Zeit eine Klettertour unternehmen. Von Bern ins Oberland ist es keine Weltreise, und wir treffen uns dort, wo das Bergabenteuer lockt.«

»Das werden wir bestimmt tun. Nun gehe ich aber definitiv schlafen.« Er aß den Rest seines Kuchenstücks, verabschiedete sich von den anderen und begab sich in seine Mansarde.

Nach einer unruhigen Nacht wartete am folgenden Morgen der nächste Schreck eingeklemmt auf dem Gepäckträger seines Velos: »Dir werden deine Frauengeschichten bestimmt noch leidtun«, hieß es da auf dem Zettel in krakeliger Schrift. Frauen*geschichten*, ging es ihm wütend durch den Kopf, wusste dieser scheiß Typ auch über seine Beziehung zu Regula Bescheid? Die Sache wurde ihm unheimlich. Normalerweise lösten wiederholte Drohungen bei Reto Widerstand aus; nach dem gestrigen Abend fehlte ihm allerdings jeglicher Mut dazu. Schwankte er bis anhin in seiner Entscheidung, ob er das Tal verlassen sollte oder nicht, so war ihm nun sonnenklar, dass es nur diesen Weg gab. Nun war auch offensichtlich, dass sein Widersacher zu den Befürwortern der geplanten Straße gehörte. Allerdings war diesem offenbar nicht bewusst, dass er sich mit seiner Eifersucht, die ihn bestimmt zusätzlich antrieb, ein Eigentor schoss. Wie dumm Menschen in ihrem Wahn doch sein können. Reto steckt den Zettel in den Hosensack, ging auf direktem Weg zu Klaus und eröffnete ihm seinen Entschluss: »Ich verlasse zwar ungern Boltigen und deinen Betrieb, sehe aber die Notwendigkeit dieses Opfers für die gemeinsame Sache ein. Sobald der Spuk vorbei sein wird, werde ich gerne wieder zurückkommen.« Auch Klaus war nicht glücklich über den Wegzug von Reto, hatte er ihn doch als zuverlässigen, umsichtigen Mitarbeiter kennengelernt: »Ich habe mit meinem Cousin abgemacht, dass er mir im Austausch für dich einen seiner Saisoniers schicken wird. Wenn diese Kampagne ausgestanden ist, bist du selbstverständlich wieder herzlich willkommen.« In der Zwischenzeit war Rolf dazugekommen: »Du hast dich also entschieden.« Reto nickte. Die drei Männer schauten sich nachdenklich an; keinem war bei der Sache wirklich wohl. »Du kannst bereits nächsten Montag in Bern beginnen«, nahm Klaus Zjörien den Faden wieder auf. Das ging aber ziemlich schnell, dachte Reto und spürte bereits Wehmut in sich. »Dann müssen wir am Wochenende unbedingt aufs Stockhorn«, brachte Rolf wenigstens Aussicht auf eine gute Bergtour ins Spiel, »bei guter Sicht wirst du einen Teil des Mittellandes sehen.« Bei diesem Gedanken hellte sich Retos Miene etwas auf, und er signalisierte seinem Freund Zustimmung. Dann machten sich die drei Männer an den vorläufig letzten gemeinsamen Arbeitstag.

ANNA 4

Anna erlebte am Genfersee eine ruhige Zeit. Die Schwangerschaft zeichnete sich an ihrem Körper erst leicht ab. Neben der Arbeit unternahm sie nur wenig, und wenn sie sich im Laden nicht wohl fühlte, zog sie sich zurück und durfte mit dem Verständnis ihrer Tante rechnen. Die Badeausflüge am Wochenende verlegte die Tante an Orte, wo es weniger Leute hatte und keine, die sie kannten. Vergangenen Montagmorgen fuhren sie zu einer Schneiderin nach Vevey, die ihre Maße aufnahm. »Die gewählten Farben und der moderne Schnitt kaschieren mindestens vier Monate Schwangerschaft«, meinte diese. Nach dem Maßnehmen gingen sie in einer Konditorei einen Kaffee trinken, und Anna freute sich: »Mit anderen Worten, bis zu meinem 20. Geburtstag wird im Laden niemand merken, dass ich schwanger bin«, rechnete sie ihrer Tante vor. »Hast du es Reto bereits gesagt?«, erkundigte sich Theres, die sich ein wenig als Retos Anwältin verstand. »Nein«, erwiderte Anna verdutzt und nippte an der Tasse. An ihn hatte sie in den vergangenen Wochen nur wenig gedacht. Als sie den fragenden Blick ihrer Tante bemerkte, schob sie schnell nach: »Spätestens an meinem Geburtstag wird er es erfahren. Dann werde ich ihn bestimmt einladen.« Mit dieser Absichtserklärung gab sich Theres halbwegs zufrieden und insistierte nicht weiter. Auf dem Rückweg zum Parkplatz spähten sie nach einer Boutique für Babykleider, wurden aber nicht fündig.

Nach dem Abendessen genoss Anna den lauschigen Sommerabend im Liegestuhl im Garten. Von der Bibliothek in Vevey hatte sie verschiedene Bücher zu den Themen *Schwangerschaft*, *Eltern werden* und *Kleinkinder* ausgeliehen. Mit dem Diktionär arbeitete sie sich an der Lektüre weiter, die bereits ordentlich gelang. Immer wieder spürte sie in sich hinein, um ja keine Regung des werdenden Kindes zu verpassen. Ein Gedanke ließ sie allerdings nicht in Ruhe und unterbrach die Lektüre. Ihre Antwort auf die Frage ihrer Tante in der Konfiserie schien ihr symptomatisch zu sein. Trifft das Sprichwort »Aus den Augen, aus dem Sinn« auch auf unsere Beziehung zu? Konsequent weitergedacht, wäre ich auf dem besten Weg zur alleinerziehenden Mutter. Anna empfand sich zwar als modern eingestellt, forderte die Gleichberechtigung von Mann und Frau; die Familie war ihr trotzdem wichtig. Gleich alle Konventionen über Bord werfen, ging nicht. Vielleicht sollte ich Reto einen weiteren Brief schreiben? Aber was schreiben, wenn das Naheliegende nicht erwähnt werden darf? Sollte sie bis zu ihrem Geburtstag warten, wie sie es in der Konditorei so locker gesagt hatte? Wenn nichts zwischen uns passiert, geht es Reto womöglich ganz ähnlich, und wir sind auf dem besten Weg, uns auseinanderzuleben. Anna versuchte, diese Gedanken, die ihr nichts brachten, loszulassen und spürte in sich hinein. Immerhin ist das Kind Frucht unserer Beziehung, die trotz schwieriger Umstände ein Jahr lang gehalten hat, was nicht selbstverständlich ist. Zweifel waren zwar möglich, aber nicht angebracht. Diese Folgerung brachte Anna wieder ins Lot und bestärkte sie darin, auf dem richtigen Weg zu sein. Bis zu ihrem Geburtstag waren es noch sieben Wochen, eigentlich eine überblickbare Zeit. Sie steckte ihre anfänglichen Zweifel weg und begann, sich zu freuen. Über diese Vorfreude wollte sie Reto berichten. Sie holte Briefpapier und Schreibzeug und formulierte folgenden Brief:

Lieber Reto!

Nun bin ich bald zwei Monate im Welschland und lerne ganz ordentlich Französisch. Manchmal denke ich sogar bereits in französischen Vokabeln an dich. Es gibt hier unendlich viel zu entdecken. Jeder Tag beschert mir eine neue Überraschung, und die Zeit vergeht im Flug. Eigentlich würde ich dich gerne bei mir haben und freue mich riesig auf deinen ersten Besuch. Aber ich glaube, es ist gut so, wenn wir noch etwas damit warten. Denn ich könnte dich ja unmöglich vor meiner Tante geheim halten, und was dann passieren würde, kann ich wirklich nicht einschätzen. Dazu musst du wissen, dass meine Tante erstens ziemlich religiös und zweitens ihrer Schwester gegenüber sehr loyal gesinnt ist. Wir werden deshalb wohl bis zu meinem 20. Geburtstag warten müssen, und jetzt kommt die gute Nachricht: Das ist bereits in sieben Wochen. So schnell vergeht die Zeit! Ich hoffe deshalb sehr, dass es dir ebenso gut geht wie mir, und dass du so lange warten magst. Auf jeden Fall ist meine Vorfreude riesig. Mit innigen Küssen und ganz lieben Grüßen

Anna

Diese Notlüge mit der Tante fand Anna ziemlich elegant formuliert und machte sie stolz. Dabei spürte sie, wie sich eine große Last von ihren Schultern löste. Sie sah der kommenden Zeit gelassen entgegen.

RETO UND ROLF 4

Retos kurzfristiger Aufbruch das Tal hinunter nach Bern hatte zur Folge, dass dieser Brief erst nach etlichen Umwegen zu ihm fand. Am Samstagnachmittag machten sich Rolf und Reto auf den Weg zum Stockhorn. Eigentlich hätten sie die unlängst eingeweihte Luftseilbahn benutzen können, doch dazu war ihnen nicht zumute. Nicht aus der Luft, sondern im direkten Kontakt am Boden genossen sie die üppig sprießende Natur. In stetem Tempo, Schritt für Schritt, stiegen sie den steilen Weg hoch, gelangten zum Hinterstockensee, wo sie sich ein Bad gönnten, und erreichten schließlich die Oberstockenalp. Rolf kannte den Senn, bei dem sie zu übernachten gedachten. Er war ein kräftig gebauter, leicht untersetzter Typ, den nichts aus der Ruhe brachte. Als sie bei der Hütte anlangten, saß er auf der Bank bei der Eingangstür und schmauchte sein Pfeiflein. »Was, ihr wollt bei mir übernachten und womöglich noch etwas in den Bauch bekommen«, zwinkerte er ihnen zu.

»Genauso ist es«, erwiderte Rolf mit lachenden Augen: »Das ist übrigens mein Freund Reto, dem ich morgen früh den Sonnenaufgang auf dem Stockhorn zeigen werde.«

»Freut mich, dich kennenzulernen».

»Du hast jede Menge Käse, bestimmt auch Kartoffeln oder Brot und eine gute Flasche Wein. Damit kann man ganz gute Mahlzeiten bereiten«, gab Rolf gleich die Bestellung auf.

»Dann weiß ich, was ich zu tun habe, und du kennst ja das Massenlager, wo ihr eure Knochen zur Erholung während der Nacht auslegen könnt. Es ist genügend Platz vorhanden.« Der Senn stand auf und verschwand Richtung Küche. Rolf und Reto gingen ums Haus, betraten das Massenlager und wählten sich ihre Matratzen aus. Nur zwei waren bereits belegt. Sie deponierten ihre Rucksäcke, kehrten zurück auf die Bank, machten es sich gemütlich und betrachteten die Umgebung. Die Sonne beschien nur noch die Gipfelpartien der umliegenden höheren Berge. Friedliches Gebimmel der Kuhglocken läutete die Abendruhe auf der Alp ein. Reto fühlte sich eins mit dieser schönen Umgebung. »Das ist lediglich das Vorspiel zum Sonnenaufgang«, meinte Rolf. »Wir haben Glück, das Wetter und die Sicht dürften gut sein.«

Am anderen Morgen standen sie um 4.30 Uhr auf. Rolf hatte extra seinen Reisewecker eingepackt, um den richtigen Moment nicht zu verpassen. Draußen war es noch stockfinster. Sie zogen sich im Licht der Stirnlampen schnell an und machten sich auf den Aufstieg. Das Frühstück beabsichtigten sie erst nach der Rückkehr in die Hütte einzunehmen. Für unterwegs nahmen sie etwas von den Dörrfrüchten mit. Ihr Tempo war zunächst eher langsam, denn sie mussten trotz Stirnlampe gut aufpassen, den Weg nicht zu verfehlen oder zu stolpern. Als das Tageslicht genügend hell war, machten sie die Lampen aus und stiegen nun schneller den steilen Weg hoch. Bald zeichnete sich schräg über ihnen der Gipfel des Stockhorns mit der Seilbahnbergstation ab. Ihr Seil führte kaum sichtbar ins noch dunkle Tal hinab. Bis heute die erste Kabine oben ankam, vergingen mindestens noch drei Stunden. Der Himmel war wolkenlos. Sie sprachen nur wenig und freuten sich auf das bevorstehende Ereignis. Nach einer langen Traverse in östlicher Richtung erreichten sie einen kleinen Sattel und schwenkten gegen Westen in kürzer werdende Kehren. Schon bald erreichten sie den letzten Wegabschnitt, der steil zur Bergstation hochführte. Sie schien wie an den Gipfel angeklebt. Gegen Osten zeichnete sich die Kette der höchsten Gipfel der Berner Alpen deutlich ab, gefolgt von den zentral- und ostalpinen Gipfeln. »Dort ist unverkennbar der Titlis und in gleicher Richtung, etwas im Hintergrund, der Tödi«, erklärte Rolf, als Reto in einer der letzten Kehren kurz stehen blieb. Sie gingen die restlichen Schritte vorbei an der Bergstation auf den Gipfel und setzten sich zum Gipfelkreuz. Die Zeit hatten sie gut bemessen, um vor dem ersten Sonnenstrahl dort oben zu sein. Ein leichtes Lüftchen umfing sie. Nach einigen Minuten, die sie stumm dasaßen, kündigte sich die Sonne zwischen zwei Bergspitzen der östlichen Alpenkette an, bestrich zunächst die höheren Gipfel der Berner Alpen und fand schließlich den Weg zu ihnen auf das Stockhorn. Es war ein feierlicher Moment, als sich ihre ersten Strahlen in den glänzenden Augen von Rolf und Reto spiegelten. Allmählich erhellte das Sonnenlicht auch die tiefer liegenden Talflanken und drang bis in den hügeligen Randabschnitt des Berner Mittellandes vor. Reto folgte ihr mit aufmerksamem Blick. Neben glänzenden Kirchturmspitzen gewahrte er in etlicher Distanz die Silhouette einer größeren Siedlung: Das musste Bern sein. Nun entdeckte er den Lauf der Aare, die, vom Thunersee herkommend, seine Vermutung bestätigte. Eine leichte Erregung ergriff ihn beim Gedanken, dass er im Herzen dieser Stadt bereits morgen eine neue Arbeit beim Bau des

Bahnhofs aufnehmen würde. Er entsann sich des Abends auf der Iffigenalp, wo er im Beisein von Regula den Entschluss gefasst hatte, sein Glück talauswärts zu suchen. Auf der anschließenden Bergtour auf das Laufbodehore hatte er das Stockhorn im Norden ausgemacht. Nun stand er bereits auf ihm. Dass sein Aufbruch so schnell vonstattengehen würde, hatte er damals in keiner Weise vermutet. Die durchaus gemischten Gefühle, die er in diesem Moment verspürte, waren nicht etwa diffuse Ängste vor der Fremde, sondern eher den Umständen geschuldet, die seinen Entschluss, das Tal nun definitiv zu verlassen, forciert hatten. Nun wandte er sich gegen Süden und suchte die Wildstrubel-Kette, die nur teilweise zu sehen war, auch den Gastlosen ging es ähnlich. Zusammen mit dem Stockhorn waren diese Gebirgsketten wichtige Fixpunkte, an denen er sich orientieren konnte. Es gelang ihm auch, die höchsten Berge des Berner Oberlands, die er von Rolf auf den Gastlosen erklärt bekommen hatte, nun aus der Perspektive des Stockhorns zu benennen. Seine Kenntnis von Gipfeln erweiterte sich zusehends und erfüllte ihn mit Stolz. Schließlich drehte er sich zum Mittelland: »Nicht wahr, dort ist Bern zu erkennen?«

Rolf nickte: »Eigentlich gar nicht so weit«, meinte er.

»Zum Glück ist dem so: Ich muss dringend noch einige Berge besteigen«, gab Reto zur Antwort, »am besten mit dir.«

»Kein Problem«, erwiderte dieser, »übrigens, Gratulation!«

Die beiden Freunde umarmten sich. Dann packte Reto die Dörrfrüchte aus und sie aßen davon. Der Tag war nun voll angebrochen, und sie machten sich auf den

Abstieg zur *Stockenhütte*, wo sie das Frühstück erwartete. Beschwingten Schrittes ging es bergab. Auf der Bank vor der Hütte saß wieder der Senn, als hätte er nichts anderes zu tun. Seine Kühe hatte er offensichtlich bereits versorgt. »Und, war's schön?«

»Herrlich, du wohnst an einem schönen Ort«, erwiderte Reto und spähte in die Hütte zum Zeichen, dass es Zeit für das Morgenessen war.

»Drin hat es frisches Brot, Käse, Butter, Konfitüre. Der Kaffee ist im Thermos. Nehmt, so viel ihr wollt.«

Das ließen sich die beiden nicht zweimal sagen. Schon das Brot für sich war bereits ein Gedicht. Frisch aus dem Holzofen mundete es zusammen mit Butter, Käse oder Konfitüre ausgezeichnet.

Der Senn gesellte sich zu ihnen: »Was macht euer Kampf gegen die Autobahn?«

»Noch ist nichts entschieden, aber wir sind zuversichtlich, dass wir am Ende erfolgreich sein werden«, gab Rolf zur Antwort.

»Mir könnte es ja egal sein, denn ich bin zu weit weg, um davon betroffen zu sein. Dass die Befürworter das schöne Simmental verschandeln wollen, geht mir aber nicht in den Kopf.«

»Mit dieser Ansicht bist du zum Glück nicht allein, und allmählich scheint sie sich bei einer Mehrheit der Bevölkerung durchzusetzen«, bekräftigte Reto seine Hoffnung.

»Ich habe gehört, dass ihr zum Äußersten bereit seid.«

»Wie meinst du das?«, wollte Rolf wissen.

»Unlängst war der Jodlerklub hier oben, da habe ich etwas von militanten Aktionen aufgeschnappt, die ihr am Planen seid.«

Reto fühlte sich an die Sprengstoffübungen im Steinbruch erinnert, doch Rolf beschwichtigte: »Wir werden das mit politischen Mitteln lösen. Wie war übrigens die Stimmung, der Tenor bezüglich dieser unseligen Straße im Jodlerklub?«

»So, wie ich es einschätze, gibt es bei diesen eher konservativen Leuten genügend Sympathie für euer Anliegen.«

»Siehst du.«

Nun war das Thema abgeschlossen und der Magen gefüllt. Obwohl er am liebsten hier oben geblieben wäre, drängte Reto zum Aufbruch, denn er musste in Boltigen noch seine Siebensachen packen, um am Montag den ersten Zug ins Unterland zu nehmen. Beim Abstieg hing er seinen Gedanken nach, und Rolf ließ ihn gewähren. Er dachte abwechselnd an Anna und Regula. Dabei fragte er sich, welche Auswirkungen sein Wegzug wohl auf diese Beziehungen haben würde. Bei Anna, von der er seit einiger Zeit nichts mehr gehört hatte, spielte es wohl keine Rolle, ob er in Boltigen oder Bern war. Sehr wahrscheinlich gelangte er von Bern aus sogar schneller an den Genfersee. Bei Regula war die Sache anders. Sein vor Kurzem gegebenes Versprechen, Kontakt zu halten, war infrage gestellt. Er beschloss, ihr die Situation in einem Brief zu erklären, sobald er dafür Zeit fand. Auch Anna wollte er schreiben, was aber weniger dringend war. Unten im Tal angekommen, hatte er die für ihn momentan wichtigsten Fragen für sich geklärt und klopfte Rolf frohen Mutes auf die Schultern: »Das war eine gute Idee, hier hochzusteigen.«

»Siehst du, das Leben hält trotz widriger Umstände schöne Momente bereit. Das wird bestimmt nicht unsere letzte Tour gewesen sein. Und wenn die Straßensache ausgestanden ist, kommst du einfach zurück nach Boltigen.«

»Abgemacht.«

Auf der Heimfahrt mit der Bahn kamen Reto Gedanken zum Bergsteigen. Damit war für ihn immer eine Erweiterung des Horizonts verbunden, nicht nur im eigentlichen, sondern auch im übertragenen Sinn. Indem er in die Höhe stieg, ließ er die engen Verhältnisse im Talboden zurück. Eng konnte es hier sowohl in räumlicher wie auch in geistiger Hinsicht sein. Beim Bergsteigen öffnete sich sein Geist und vermittelte ihm neue Erkenntnisse, die gut und gerne auch gängigen Ansichten widersprechen konnten. Nirgendwo fühlte er sich so frei. Wie wird es denn in der Stadt sein?, fragte er sich vorsichtig, wo die den Horizont begrenzende Wirkung der Topografie viel geringer war.

In Boltigen packte er seine Siebensachen zusammen, wischte das Zimmer und stellte alles wieder an seinen Platz, wie er es vor einigen Wochen angetroffen hatte. Dann ging er zu Zjöriens hinunter, wo er und Rolf zum Nachtessen erwartet wurden. Als alle am Tisch versammelt waren, hob Meister Zjörien sein Glas zum Trinkspruch: »Eigentlich möchten wir dich gar nicht verabschieden und tun dies nur aus höherer Notwendigkeit und in der Gewissheit, dass du wiederkommen wirst. Auf deine Gesundheit und unser Wiedersehen.« Die anderen wiederholten den Spruch, den Reto auf »eure Gesundheit« abwandelte. Dann stießen sie die Gläser an und ließen es sich schmecken. Als die Gesellschaft bereits bei der Nachspeise angelangt war, holte Rolf noch ein kleines Präsent für seinen Freund hervor. Er übergab ihm einen Haken und einen Karabiner als Zeichen der Verbundenheit und für viele sichere gemeinsame Bergtouren. »Jetzt muss er wenigstens nicht mehr das ganze Material selber tragen«, ergänzte Zjörien schnippisch. Reto war gerührt und bedankte sich herzlich bei seinem Freund und bei den Zjöriens. »Ihr seid wirklich lieb zu mir.« Er hob sein Glas ein zweites Mal: »Auf ein baldiges Wiedersehen und die Verhinderung des Straßenprojekts.«

»Richtig, dies hätten wir beinahe vergessen«, stimmten ihm Rolf und die Zjöriens zu. Abschluss und Höhepunkt des Essens war wie immer Rösli Zjöriens Kuchen, den sie zur Feier des Tages gebacken hatte. Dann löste sich die Gesellschaft auf, und Rolf und Reto begaben sich nach oben, wo Reto eine letzte Nacht in seiner Mansarde verbrachte. Am anderen Morgen verabschiedete er sich nach dem Morgenessen von Rolf, seinem Meister und seiner Frau am Bahnhof. »Grüße meinen Cousin«, gab ihm Zjörien auf. »Ja, das mache ich gerne«, erwiderte Reto und bestieg den Zug. In Spiez stieg er um und fuhr über Thun nach Bern. Auch heute war das Wetter schön. Über dem Thunersee ragte majestätisch die Blüemlisalp in den blauen Himmel. Gegen 10.30 Uhr erreichte er Bern. Rolf hatte ihm beim Abschied dringend geraten, bei der Einfahrt in den Bahnhof ja den Blick auf die Berner Alpenkette nicht zu verpassen. Reto bot sich ein tolles Spektakel: Die Brücke über die Aare im Vordergrund, die Silhouette der Stadt mit dem Münster im Mittel- und Eiger, Mönch und Jungfrau im Hintergrund. Einen besseren Empfang hätte sich Reto weiß Gott nicht vorstellen können. Die Einfahrt in den Bahnhof Bern vermittelte ihm auch einen ersten Eindruck seiner kommenden

Arbeit, er war eine einzige Baustelle. Während der Neubau vorangetrieben wurde, musste auch der Eisenbahnbetrieb aufrechterhalten bleiben. Eine Herausforderung, die nicht einfach zu meistern war. Doch darum kümmerte er sich heute noch nicht, sondern begab sich in die Altstadt und ließ sich von der monumentalen Größe des Bundeshauses überraschen. Hier wird also über die Zukunft des Landes entschieden, dachte er, und sein Blick stieg ehrfürchtig hinauf zur Kuppel. Dann schüttelte er schnell den Kopf, und ein Schaudern durchfuhr seinen Körper beim Gedanken, dass die Entscheide, die hinter den starken Mauern im National-, Stände- und Bundesrat gefällt wurden, nicht immer nur die besten waren. Er bog nach rechts und fand die kleine Standseilbahn, die ihm Rolf beschrieben hatte. Entgegen seinen Gepflogenheiten benutzte er sie sogar und fühlte sich dabei ziemlich weltmännisch. Geradeso gut hätte er nämlich die parallel verlaufende steile Straße benutzen können. Unten angekommen ging er direkt ins *Marzili.* Das warme Sommerwetter lockte viele Bernerinnen und Berner ins Schwimmbad oder direkt zum Schwimmen in der Aare. Im Umkleidebereich mit seinen vielen hölzernen Kästchen deponierte er seinen Rucksack und zog sich die Badehose an. Dann überquerte er die große Rasenfläche, die ziemlich bevölkert war, bis hin zur Aare und folgte ihrem Lauf flussaufwärts bis zum Schönausteg. Er netzte sich kurz an, tauchte in das kühle Nass und ließ sich von dem hier schnell dahinfließenden Fluss bis zur letzten Ausstiegsstelle am Ende des *Marzilis* treiben. Herrlich erfrischt stieg er aus dem Wasser und legte sich in die Sonne. Mindestens eine halbe Stunde döste er vor sich hin, bis sein Magen zu knurren begann. Am Kiosk erstand er sich eine Portion Pommes frites mit Salat und setzte sich an einen der Tische. Zum Dessert gab es eine Glace und einen Kaffee. Eigentlich hätte er Lust gehabt, ein zweites Mal die Aare hinunter zu schwimmen, erinnerte sich aber an eine unerledigte Aufgabe. Am Kiosk kaufte er sich zwei Postkarten, holte aus dem Rucksack einen Schreibstift und setzte sich an einen schattigen Ort zum Schreiben. Zunächst schrieb er an Regula, dass sein Weg ihn nach Bern verschlagen habe, dass es ihm gut gehe und dass er hoffe, bald wieder den Weg an die Lenk zu finden, um sie dort zu treffen. Dann schrieb er die zweite Karte mit analogem Inhalt an Anna. Schreiben war nicht sein Ding, doch dieses Mal war er ziemlich effizient. Reto klopfte sich in Gedanken auf die eigene Schulter. Punkt 17 Uhr erwartete ihn Zjöriens Cousin im Baustellenbüro.

ANNA UND THERES 4

Anna überflog diese wenigen Worte auf der simplen Karte aus Bern und war enttäuscht. Sie hatte eine ganz andere Reaktion auf ihren Brief erwartet. Die Tante, die ihr die Karte brachte, sah es ihr an und fragte, ob etwas nicht gut sei.

»Jetzt habe ich ihm doch in meinem letzten Brief meinen 20. Geburtstag angekündigt, ihn eingeladen, und was erhalte ich? Eine alltägliche Karte mit ein paar dürftigen Worten, die mir sagen, dass er nun in Bern ist, mehr nicht.«

»Das ist tatsächlich ein sonderbares Verhalten. Bist du sicher, dass er deinen Brief auch erhalten hat?«

»Wie sollte ich? Es wäre natürlich denkbar, dass mein Brief erst nach seiner Abreise aus Boltigen dort eingetroffen ist.«

»Das wird sich sicher klären«, beschwichtigte Theres.

»Ich habe nicht einmal seine neue Adresse«, konstatierte Anna sichtlich genervt. Müde von der Arbeit geriet ihr die Sache mit der Karte eindeutig in den falschen Hals.

»Ich mache uns jetzt ein gutes Nachtessen, und dann sieht die Welt wieder anders aus. Komm, hilf mir beim Rüsten.« Diese Strategie war das beste Mittel, um gegen eine schlechte Stimmung anzugehen. Anna bewunderte sie für ihre Energie: Nach einem langen Arbeitstag in der Küche zu stehen und ein schmackhaftes Essen zuzubereiten, war nicht selbstverständlich. Bei der Arbeit in der

Küche löste sich ein guter Teil ihrer negativen Gefühle von ihr. Als sie bei Tisch saßen, vom Risotto kosteten und einen guten Wein tranken, war die Welt beinahe wieder in Ordnung. »Etwas mehr Mühe hätte er sich geben können«, meinte Anna, und Theres empfahl ihr, als sie merkte, dass die Geschichte noch nicht ganz gegessen war, etwas mehr Geduld zu haben: »Sobald Reto deinen Brief gelesen hat, wird er sich melden«, befand sie abschließend. Dies beruhigte Anna. Ihre Geduld wurde allerdings ziemlich strapaziert: Ihr Brief war tatsächlich erst nach Retos Abreise in Boltigen angekommen und dort liegengeblieben. Rösli Zjörien leitete ihn schließlich an die Firmenadresse nach Bern weiter, wo er ein zweites Mal liegen blieb. Als Reto den Brief endlich öffnete, waren sage und schreibe drei Wochen vergangen. Diese lange Zeit ohne Nachricht brachte Anna der Verzweiflung nahe. Am liebsten wäre sie nach Bern gefahren, um der Sache nachzugehen, getraute sich aber wegen der Schwangerschaft nicht.

RETO 9

Reto war nicht nur glücklich über die frohe Nachricht. Die Ankündigung des Geburtstags wirkte auf ihn wie eine Schlinge, die ihn einfangen und binden wollte. Er fühlte sich einmal mehr seiner Freiheit beraubt. Auch seine Empfindungen Anna gegenüber hatten, seitdem sie im Welschland war, nachgelassen. Zu guter Letzt gab es noch ein Projekt, das seine Aufmerksamkeit je länger je mehr fesselte. Kaum hatte er in Bern mit der Arbeit begonnen, stellte er fest, dass sie ihn nicht wirklich befriedigte. Seine Aufgabe bestand darin, Schalungselemente zu fertigen und anzubringen, die zum Betonieren von Wänden und Decken des neuen Bahnhofs benötigt wurden. Eine Arbeit, die er zwar problemlos meisterte, die aber auch ziemlich monoton war. Er sehnte sich bald nach der Arbeit in Boltigen zurück. Lange werde ich es in Bern nicht aushalten, war er sich schnell bewusst. Zurück nach Boltigen war im Moment aber nicht möglich. In dieser unbefriedigenden Situation erfuhr er über einen spanischen Arbeitskollegen von einem schwedischen im Holzbau tätigen Konzern, der zahlreiche Zimmerleute für ein Großprojekt suchte. Pedro schwärmte von den lukrativen Arbeitsbedingungen und von der Gastfreundschaft im Norden, die mit dem in der Schweiz geltenden Saisonierstatut nicht zu vergleichen waren, und machte ihn mit dem Agenten des Konzerns bekannt. Reto begann, sich ernsthaft mit dieser Möglichkeit zu befassen. Wenn ich schon das Tal verlasse, kann ich auch gleich ganz weggehen, stellte er lapidar fest und war darüber erstaunt, wie wenig es ihn in der Schweiz hielt. Damit ist erst noch eine enorme Horizonterweiterung verbunden, sagte er sich. Diese reizte ihn je länger je mehr. Er erinnerte sich an die oft vertretene Ansicht, dass man reisen müsse, solang man jung und unabhängig war. Reto kaufte sich Bücher über Schweden, informierte sich über einen Sprachkurs bei der *Migros-Klubschule* und war bereits nach kurzer Zeit ziemlich entschlossen, den vom Agenten offerierten Halbjahresvertrag zu unterzeichnen. Den definitiven Entscheid wollte er nach einem Besuch an der Lenk fällen, wo er seine Mutter und Regula besuchen wollte. Auf der Rückreise gedachte er, bei Rolf und den Zjöriens vorbeizuschauen und ihre Meinung zu seinem Vorhaben einzuholen. Dieser Besuch an der Lenk war auf das übernächste Wochenende angesagt. Danach musste er sich schnell entscheiden, um die Kündigungsfrist beim jetzigen Arbeitgeber und den gewünschten Stellenantrittstermin beim neuen einzuhalten. Der Brief von Anna setzte ihn nun von einer anderen Seite unter Druck. Nachdem er ihn zum ersten Mal gelesen hatte, legte er ihn vorerst beiseite. Er hatte keine Ahnung, wie er darauf reagieren sollte. Irgendwie kam der Brief einige Wochen zu spät. Erlebnisse von großer emotionaler Tragweite hatten ihn verändert. Er war eindeutig nicht mehr jener Reto, der die Lenk vor einiger Zeit verlassen hatte. Bei Anna hatten sich in der gleichen Zeitspanne offenbar keine wesentlichen Änderungen in ihrem Empfinden ihm gegenüber ergeben. Als er den Brief nach drei Tagen wieder hervornahm, spürte er seine Zerrissenheit noch intensiver.

Ausgerechnet jetzt, wo sein Projekt im Norden, so wie er es nannte, spruchreif wurde und nur noch nach seiner Unterschrift verlangte, kam diese Sache mit Anna wieder hoch. Natürlich wäre es denkbar gewesen, sich mit Anna zu liieren und trotzdem die Arbeit in Schweden anzunehmen, schließlich war sie auch noch über ein halbes Jahr im Welschland gebunden. Aber da war noch seine Beziehung zu Regula, die er ebenfalls mochte. Hin- und hergerissen wusste er nicht, was er tun sollte. Da er aber antworten musste, und dies möglichst bald, rang er sich zu einem kurzen Schreiben durch: Darin drückte er seine Freude auf das bevorstehende Ereignis aus und dass er gerne ihrer Einladung folgen werde. Gleichzeitig deutete er weitere mögliche Veränderungen in seinem Arbeitsleben an. In seiner Wortwahl achtete er sehr darauf, alles offen zu lassen. Er wollte damit auch Zeit gewinnen. Dem Wochenende an der Lenk kam nun noch größere Bedeutung zu. Es ging jetzt nicht mehr nur um die künftige Arbeit, sondern wie er sein Verhältnis zu Anna beziehungsweise Regula gestalten wollte. Reto spürte entscheidende Veränderungen.

Als Reto den Brief bei der Post aufgegeben hatte, flanierte er Richtung Bundeshausplatz, um in einer Konfiserie einen Kaffee zu trinken. Er hatte jeweils am Mittwochnachmittag einen freien Halbtag als Kompensation für die Arbeit am Samstag. Vor dem Eingang zum Bundeshaus war reger Betrieb. Es war Herbstsession, und die Ratsherren und wenigen -damen kehrten vom Mittagessen zurück. Die meisten kamen zu Fuß, einige wenige wurden mit schwarzen Limousinen chauffiert. Was für eine Welt, dachte Reto und beobachtete die vornehm schwarz gekleideten Damen und Herren. Einzelne von ihnen verweilten in Grüppchen vor dem Eingang lebhaft diskutierend, bis sie schließlich den Weg hinein fanden. In der Schweiz National- oder gar Ständerat zu werden, stand de facto nur einer ganz schmalen Schicht von gut situierten Menschen offen. Zu dieser Schicht gehörte Reto definitiv nicht. Selbst Hans, der es immerhin ins Berner Kantonsparlament geschafft hatte, wäre in diesen nationalen Gremien eine absolute Randfigur. Wie repräsentativ waren eigentlich diese politischen Gremien für die Schweizer Bevölkerung? Wer konnte es sich überhaupt leisten, im Schweizer Milizsystem auf höchster Ebene Politik zu betreiben? Zunächst brauchte er einen langen Schnauf, um von den kommunalen über die kantonalen politischen Instanzen den Weg ins Bundeshaus zu finden. Zwar würde einige Jahre später einmal ein gewiefter Werbefachmann behaupten, er könne aus jedem Kartoffelsack einen Bundesrat machen. Doch dem war natürlich nicht so. Wer ins Bundeshaus wollte, hatte sicher keine Arbeiterhosen und schweren Schuhe an wie Reto, selbst wenn er der Sozialdemokratischen Fraktion angehörte. Und was bedeutet das für die Demokratie in der Schweiz, wenn nur wenige Bürger in die höchsten Ämter wählbar waren? Solche Fragen und Überlegungen gingen Reto in letzter Zeit häufiger durch den Kopf. Vor allem, seit er den Standesunterschied zwischen der Familie von Anna und der eigenen schmerzhaft zu spüren bekam. Letztendlich würden auch diese beiden Räte über den Bau der Autobahn durchs Simmental entscheiden. Reto schüttelte es bei diesem Gedanken. Sein Vertrauen in die hohe Politik war nicht gerade groß, und er wandte den Blick ab vom Bundeshaus Richtung Berner Altstadt. Was wollte er hier überhaupt? Richtig, einen Kaffee trinken und sich einen Nussgipfel leisten. Schließlich hatte er endlich diesen Brief geschrieben und war froh, damit zwischen Anna und sich klare Verhältnisse und mehr Distanz geschaffen zu haben. Gemütlich schlenderte er über den Platz, sah den Tauben zu und beobachtete die Touristen, wie sie bemüht waren, sich und das Bundeshaus möglichst gut ins gleiche Bild zu setzen. Auch Retos Dienste als Fotograf wurden von einem japanischen Pärchen in Anspruch genommen. Dabei realisierte er, dass er von der Bundeshauptstadt noch gar nicht viel mitbekommen hatte. Das emsige Treiben auf dem Platz gefiel ihm. Eigentlich schade, die Zelte bereits wieder abzubrechen und weiterzuziehen. Reto kam sich ein wenig als Nomade vor. Dazu passte, dass sein ganzes Hab und Gut in einem Koffer Platz hatte. Warum auch nicht, sesshaft kann ich auch später werden, vielleicht sogar eine Familie gründen. Zum ersten Mal erwog er diesen Schritt ernsthaft in Gedanken. Er erschrak prompt darüber. Eines nach dem anderen, beschwichtigte er sein Alter Ego, das mit seinem Drang nach Unabhängigkeit diesem Ansinnen gegenüber ziemlich skeptisch eingestellt war. Da hatte sich bei ihm noch nicht viel verändert. Dank des milden Herbstwetters hatten viele Restaurants und Cafés noch draußen gestuhlt. Reto langte nun bei jener Konfiserie an, die ihm sein Chef empfohlen hatte. Er setzte sich an einen freien Tisch und winkte der Bedienung. Der Kellner brachte ihm den Kaffee und einen Nussgipfel, der allerdings merklich kleiner war als jene an der Lenk. Na ja, dachte er, die Berner Innenstadt ist ein teures Pflaster. In Schweden wird das Leben bestimmt günstiger sein. Vielleicht spare ich sogar etwas. Schon wieder ein tugendhafter, bürgerlicher Gedanke. Was ist mit mir los? Nach Plan lief in seinem Leben bis jetzt wenig, und wenn es trotzdem ansatzweise vorkam, schmiedeten Dritte, die Gesellschaft, die Eltern mit ihren Erwartungen Pläne für ihn. Aber diese fremden Pläne scheiterten bis jetzt. Ein Paradebeispiel dafür war die Rekrutenschule, die er nach wenigen Wochen mit dem Gütesiegel »untauglich« verließ. Im Gleichschritt marschieren, ging natürlich überhaupt nicht und verkam regelmäßig zur Clown-Nummer. In dieser Rolle gelang es ihm, die ganze Truppe aus dem Rhythmus zu bringen. Die einen nervten sich grausam, die anderen ließen es über sich ergehen, und die dritten fanden es lustig und ahmten ihn nach. Der Leutnant war der Verzweiflung nahe, denn Nachexerzieren war nicht nur für Rekruten uninteressant, sondern auch für ihn und seine Karriere.

RETO UND FREDY 1

Den Kaffee trank er Schluck für Schluck und nahm jeweils ein wenig vom kleinen, aber feinen Nussgipfel dazu. Die Portiönchen teilte er so ein, dass es bis zum letzten Schluck reichte. Denn Kaffee oder Nussgipfel für sich alleine fand er wesentlich weniger lecker als zusammen. Die Strahlen der milden Herbstsonne schienen noch knapp über die angrenzenden Dächer und wärmten ihn. Reto fühlte sich vollends wohl. Bei solchen Momenten des Genusses neigte er gerne dazu, Rückblick auf das Erlebte respektive Ausblick auf die Zukunft zu halten. Er dachte an Anna, Regula, seine Mutter, und wie alle bald weit weg sein würden. Wer weiß, vielleicht fängt jetzt ein ganz neues Leben an. Möglicherweise bleibe ich ganz im Norden hängen. Was dann? Dass ihm das Leben plötzlich ganz offenstand, gefiel ihm. Bis jetzt wichtige Dinge traten auf einmal in den Hintergrund. In Schweden gibt es keine hohen Berge, die ich besteigen muss, auch diese unnötige Autobahn durchs Simmental nicht. Dieser Anflug von Gleichgültigkeit erschreckte ihn dann doch ein wenig. Hans und meinen Freunden in Boltigen gegenüber darf ich das auf keinen Fall erwähnen. Schnell richtete er sich auf seinem Stuhl auf, in den er etwas versunken war, und nahm einen weiteren Schluck Kaffee, begleitet von einem Bissen Nussgipfel. Dabei hörte er eine bekannte Stimme seinen Namen rufen. Wer war das bloß? Er drehte sich um und sah Fredy in der Eingangstür der Konfiserie stehen.

»Was machst du denn hier?«, kam dieser auf ihn zu, und Reto dachte, das bisherige Leben will mich offenbar noch nicht gleich gehen lassen.

»Sieht man das nicht? Kaffee trinken.«

»Warum ausgerechnet in Bern?«

»Ich habe das enge Tal verlassen.« Bei diesem Gedanken erinnerte sich Reto an die ungeklärten Umstände, die ihn genötigt hatten, das Tal zu verlassen. Er musterte Fredy mit kritischem Blick. Falls dieser der Urheber der unseligen Briefe war, wie er es einmal vermutet hatte, hätte sich Fredy vorhin nicht so überrascht gezeigt, ging es ihm durch den Sinn. »Und du, was machst du?«

»Ich verfolge die Geschäfte des Nationalrats auf der Besuchertribüne. Muss mich politisch weiterbilden.«

»Und, spannende Debatten?«

»Na ja, der Nationalrat kommt mir wie ein großer Hühnerstall vor, alle gackern, und keiner hört dem Redner zu, der sowieso nur für die Presse spricht.«

»Hühnerstall?«, stutzte Reto, »aber da hat es doch nur lauter Hähne.«

»Stimmt, du hast recht, aber so ist es mir vorgekommen.«

»Nimm doch Platz.«

»Danke, aber ich muss gleich weiter. Wenn ich zu spät komme, lassen sie mich nicht mehr hinein.« Fredy schaute zum Bundeshaus. »Willst du das Tal wirklich verlassen?«

»Fürs Erste gehe ich ein halbes Jahr nach Schweden, dann sehen wir weiter«, erwiderte Reto wie selbstverständlich.

»Das sind Neuigkeiten, aber jetzt muss ich wirklich gehen. Wünsche dir alles Gute, hat mich gefreut, dich zu sehen, und melde dich, wenn du wieder einmal an der Lenk bist.« Fredy schüttelte ihm bereits die Hand und Reto wünschte ihm eine interessante Debatte: »Bis irgendwann.« Vielleicht weiß er doch etwas und tut nur so, als hätte er keine Ahnung, nahm Reto seine Vermutungen wieder auf und sah, wie Fredy im Bundeshaus verschwand. Im Zweifel für den Angeklagten, dachte er und realisierte, dass dies für ihn gar nicht mehr relevant war. Vielleicht darf ich dem Briefeschreiber sogar noch dankbar sein, dass er mich aus dem Tal hinaus auf diesen Weg befördert hat. Nun war er beim letzten Schluck und Bissen angelangt und bereute bereits das nahe Ende des Genusses. Auch die Sonne hatte sich hinter die Dächer gesenkt. Reto beglich die Rechnung, stand auf und flanierte noch ein wenig durch die Berner Innenstadt. Schließlich begab er sich zu den Holzbaracken am Rande der Gleisanlage, die bald nicht mehr seine Unterkunft waren. Obwohl er noch beabsichtigte, seine Mutter, Regula und seine Freunde in Boltigen zu konsultieren, war er seiner Sache mit Schweden ziemlich sicher.

ANNA 5

Seit ihrem letzten Brief an Reto waren fünf Wochen vergangen. Anna bewegte sich im Wechselbad der Gefühle auf den 20. Geburtstag zu. Ihre Eltern, wie konnte es anders sein, hätten gerne das Fest mit ihr zusammen an der Lenk gefeiert. Als dieses Ansinnen am Telefon zur Sprache kam, lehnte Anna es kategorisch ab. »Nein, das ist mein Fest, das ich in aller Bescheidenheit mit Theres und einigen neu gewonnenen Freunden am Genfersee feiern werde«, gab sie ihrer Mutter unmissverständlich zu verstehen. »Wenn ich an Weihnachten für ein paar Tage nach Hause komme, können wir gerne ein kleines Fest nachholen, aber bitte ohne Vaters Politfreunde und ihre Familien.« So deutlich und bestimmt hatte sie ihren Eltern gegenüber den Tarif noch nie durchgegeben. Sie freute sich unheimlich, der Kinder- und Jugendzeit und damit der Bevormundung durch ihre Eltern zu entrinnen. Diese zunehmende Autonomie sorgte für die Wellenkuppen in ihrem Gefühlsleben, und die vorhandenen und gewünschten, aber nicht eintreffenden Lebenszeichen von Reto stürzten sie in die dazwischen liegenden Täler. Niemals hätte sie gedacht, dass ihr Liebesleben ihr so schnell und so viel Sorge bereiten würde. Die aufkeimende Mutterfreude konkurrierte mit der Sorge, mit dem Kind allein gelassen zu werden. Wenn es ihr ganz schlecht ging, verfluchte sie die Wertvorstellungen ihrer Eltern, die ihr dieses Versteckspiel in der Liebesbeziehung zu Reto nötig machten. Wirklich trübe Gedanken hatte sie aber selten. Die Freude am werdenden Kind und die Hoffnung, dass auch Reto diese bald mit ihr teilen würde, gaben ihr jeweils neuen Mut.

ANNA UND THERES 5

Mit Theres stellte sie das Menu für das Geburtstagsfest zusammen. »Rotkabis und Salat sind im Laden im Angebot und die Zutaten für die Spätzle zu Hause vorrätig«, rekapitulierte Theres, »und Rehpfeffer und karamellisierte Maroni bestelle ich beim Metzger.«

»Mir läuft das Wasser bereits im Mund zusammen, wenn ich dich nur höre«, erwiderte Anna. »Das Rotkraut machen wir nach deinem Rezept, das wird bestimmt gut.« Sie saßen in der warmen, gemütlichen Stube und hatten lange Einkaufslisten vor sich. Draußen war trübes Wetter. Ein böiger Wind sorgte für Regen, der in Intervallen gegen die große Fensterfront prasselte. »Das ist typisches Westwindwetter, so wie wir es zu dieser Jahreszeit am Genfersee oft haben.« Theres zündete eine Kerze an. »Hast du Neuigkeiten von Reto?«

»Er hat sich über die Einladung gefreut.«

»Und?«, wollte die Tante noch etwas mehr in Erfahrung bringen.

»Viel mehr sagt er nicht, außer, dass er sich beruflich womöglich weiter verändern wird, was immer das heißen mag.«

Theres sah es Anna an, dass ihr diese vagen Absichtserklärungen zu schaffen machten, und legte die Hand ermutigend auf ihre. »Mach dir keine Sorgen, das wird gut kommen. Reto wir sich bestimmt über den Nachwuchs freuen, da bin ich mir ganz sicher.« Gleichzeitig fragte sie sich, woher sie eigentlich diese Zuversicht nahm, denn Reto kannte sie nur von Annas Schilderungen.

»Ja, das glaube ich auch, trotzdem bin ich unsicher, denn er ist sehr freiheitsliebend.«

»Gut«, Theres ordnete die Listen und versorgte sie in einem Plastikmäppchen, »das hätten wir. Ich mache uns einen Kaffee, danach gehe ich noch an die frische Luft. Kommst du mit?«

»Gerne, das ist genau das Richtige für den Moment.«

Den Kaffee tranken sie ziemlich schweigsam. Anna dachte an Reto, das Kind und den nahenden Geburtstag. Theres wollte sie dabei nicht stören. Der Spaziergang führte sie auf Schleichwegen in einem großen Bogen ums Dorf. Wind und Regen hatten zum Glück, noch bevor sie das Haus verließen, nachgelassen. Vom See war nicht viel zu sehen und rein gar nichts vom anderen Ufer. »Wo sind wir eigentlich?« Obwohl sich Anna bereits gut in der Gegend auskannte, hatte sie die Orientierung verloren, als sie zu einem ihr unbekannten Brunnen am Wegrand kamen. »Jetzt sind wir auf der anderen Seite des Dorfes. Hier kehren wir um.« Der Rückweg führte sie durch das Dorf, wo sie in der *Couronne* einkehrten. Der Wirt, der die Gewohnheiten von Theres wirklich gut kannte, kam gleich mit zwei Gläsern und einem edlen Weißwein an den Tisch. »Das Übliche?« Theres nickte, und der Wirt präsentierte die Weinflasche: »Ausgezeichneter Jahrgang.« Theres nickte erneut, und der Wirt öffnete die Flasche und schenkte den Wein ein. Wobei ihm Anna signalisierte, dass sie höchstens ein halbes Glas trinken wollte. Theres kostete den edlen Tropfen und bemerkte anerkennend: »Blumiges Bouquet, schmeckt mir ausgezeichnet.« Der Wirt füllte elegant beide Gläser, und die beiden Frauen stießen miteinander an: »Auf ein gelungenes Geburtstagsfest und die Zukunft!«

»Auf uns!« Auch Anna mundete der Wein sichtlich.

»Hast du dir weitere Gedanken gemacht, wie du es deinen Eltern beibringen willst?«, kam Theres auf ein heikles Thema zu sprechen, was ihr aber nötig und für den Augenblick günstig erschien. Anna hatte sich offensichtlich bereits eine Vorgangsweise überlegt: »Die Geschichte mit dem Kindesvater, der nach einmaliger Liebesnacht über alle Berge verschwindet, ist zwar gut, hat aber einen entscheidenden Nachteil: Das Versteckspiel von Reto und mir geht weiter. Diesen Zustand habe ich aber definitiv satt.«

»Das verstehe ich.« Ernüchterung über die einst gewählte Strategie machte sich breit. Nach einigen Sekunden oder waren es Minuten des Schweigens, nahm Theres den Faden wieder auf: »Hast du noch eine andere Idee?«

»Ich werde mit Reto, sofern er überhaupt einverstanden ist« – schon wieder dieser Zweifel – »ganz einfach vorbeigehen und sagen, wie es ist.« Anna füllte die inzwischen leeren Gläser nach. Eine leichte Nervosität war ihr anzumerken. Die Tante prüfte das Gesagte und machte dann den Vorschlag: »Dann begleite ich euch.« Sie sagte dies sehr bestimmt, so bestimmt, dass keine Widerrede möglich war. Anna war es danach auch nicht zumute, ganz im Gegenteil, ihr fiel ein Stein vom Herzen. Mit dem Support von Theres würde es ihren Eltern sicher einfacher fallen, ihre bürgerlichen Tugenden, die nur allzu oft dem Schein und nicht dem Sein verpflichtet waren, über den Haufen zu werfen, und genau dies war nötig. Ihre

Miene hellte sich blitzartig auf. »Vielen Dank, das ist ein tolles Angebot, das ich gerne annehme.«

»Schließlich will ich meiner Schwester und deinem Vater auch meine Rolle in der Geschichte erklären und was ich von der Sache halte«, schob Theres nach und füllte sich das Glas ein weiteres Mal. Die Flasche war in der Zwischenzeit ziemlich leer, und die anfänglich nachdenkliche Stimmung wich der Zuversicht.

»Darf es sonst noch etwas sein?«, ließ sich der Wirt vernehmen, der zu ihnen an den Tisch getreten war.

»Selber kochen oder sich verwöhnen lassen?«, formulierte Theres ihre Gedanken in Worte und zu Anna gewandt: »Wie wäre es mit einer Käseschnitte, darauf hätte ich gerade Lust.«

Anna nickte: »Gute Idee.«

»Natur oder mit Schinken und Spiegelei?«

»Für mich natur.«

»Für mich ebenfalls.«

Der Wirt brachte Tischset, Servietten und Besteck und ging anschließend in die Küche. »Schließlich haben wir uns das verdient«, ergänzte die Tante. »Kommst du morgen zur Arbeit in den Laden?« Seitdem sich die Schwangerschaft bei Anna deutlich abzeichnete, hatte es sich Theres zur Gewohnheit gemacht, mindestens am Sonntagabend danach zu fragen. Anna sollte sich auf keinen Fall genötigt fühlen, bei der Arbeit zu erscheinen. Auch dieses Mal erwiderte Anna in einer Selbstverständlichkeit: »Kein Problem.« In Wirklichkeit stritten sich in ihr zwei widersprüchliche Gefühle. Einerseits konnte sie den Geburtstag kaum noch erwarten. Dass die Zeit mit Arbeit schneller verging als ohne, war ihr im noch kurzen

Arbeitsleben bereits aufgefallen. Andererseits neigte sie dazu, die besondere Stimmung, die ihr die Schwangerschaft verschaffte, zu genießen, und dies ging nun einfach besser zu Hause beim Nichtstun, sinnierend im Liegestuhl oder auf dem Sofa. Annas Antwort war eher reflexartig und doch pragmatisch. Denn sie versuchte, den Zeitpunkt, wo sie auf Grund der veränderten Umstände den Anforderungen ihrer Arbeit nicht mehr nachkommen konnte, so lang wie möglich hinauszuzögern.

»Achtung, heiß!« Der Wirt servierte die beiden Käseschnitten, die er im Backofen in Emailformen erhitzt hatte. Er erkundigte sich, ob es noch einer zweiten Flasche Wein bedürfe und wünschte ihnen guten Appetit. Theres schaute fragend zu Anna, und ihr wurde erst jetzt bewusst, dass sie für eine schwangere Frau bereits einige Tropfen zu viel intus hatte. Sie schüttelte den Kopf, und Theres ließ es bei der einen Flasche bewenden. Die Käseschnitten verzehrten sie in aller Ruhe beinahe andächtig. Das Wichtigste war gesagt, und Anna spürte eine leichte, aber angenehme Müdigkeit in sich. Zum Abschluss offerierte ihnen der Wirt, der nicht nur ein guter Koch war, sondern auch wusste, wie man seine Kundschaft pflegte, einen Espresso und brachte die Rechnung. Theres hatte allerdings das Haus ohne Portemonnaie verlassen, was ihr ziemlich peinlich war. »Kein Problem, du kannst deine Schulden morgen begleichen oder heute zum Abwasch in der Küche bleiben.«

»Weder noch«, griff Anna resolut ins Geschehen ein, »heute bist du eingeladen.« Theres versuchte zu opponieren, merkte aber schnell, dass es Anna ernst damit war. Anna bezahlte nicht nur die Rechnung, sondern gab auch ein gutes Trinkgeld. Als sie daheim anlangten, war es ziemlich spät. Anna verzog sich in ihr Zimmer, um noch vor dem Schlafengehen etwas zu lesen. Ihr fielen aber bald die Augen zu. Sie legte das Buch beiseite, erledigte die Toilette und rekapitulierte wie immer, im Bett sitzend, die Ereignisse des Tages. Dabei blieb ihr Blick an der Panoramaskizze hängen, die ihr Reto geschenkt hatte. Sie nahm sie von der Wand und verfolgte die gezeichnete Horizontlinie, welche die Walliser Berggipfel beschrieben, von Osten nach Westen. Die Skizze, die sie in den vergangenen Wochen kaum noch beachtet hatte, entfaltete von Neuem eine faszinierende Wirkung. Anna fühlte sich an das Ufer des Flueseeli versetzt, wo sie die Skizze von Reto erhalten hatte. Ihn spürte sie so nahe wie lange nicht mehr. Sie drückte das Leporello an ihr Herz und küsste es anschließend innig. Den Kuss sandte sie in Gedanken an Reto. Danach hängte sie die Panoramaskizze wieder sorgfältig an den angestammten Platz. Zufrieden darüber, und weil ihr nun klar war, wie sie sich gegenüber ihren Eltern verhalten wollte, schlief sie ein.

ANNA 6

Am Montagmorgen war der Laden offiziell nicht geöffnet. Nur bei dringendem Bedarf durften Kunden trotzdem anklopfen und bekamen das gewünschte Produkt. So gingen Eier häufig übers Wochenende aus, oder fehlende Zwiebeln machten dies nötig. Am Wochenstart standen Aufgaben an, die unter der Woche nur schwierig zu erledigen waren: Inventar erstellen, den Boden und die Theke putzen, Gestelle auffüllen und neu ordnen, Bestellungen aufgeben, Verpackungsmaterial sortieren und entsorgen et cetera. Schließlich sollte der Laden Woche für Woche in neuem Glanz erstrahlen. Demgegenüber war ein unordentlicher oder gar schmutziger Laden bestimmt keine gute Reklame. Anna war im Laden in der Zwischenzeit eine echte Hilfe. Sie wusste, wo welche Produkte im Laden und angrenzenden Lager ihren Platz hatten. Auch mit den meisten Lieferanten war sie bekannt und in der Lage, selbstständig Bestellungen aufzugeben. Trotz ihres wachsenden Bauches bewegte sie sich immer noch genügend flink zwischen den Regalen und beim Ordnen der Produkte.

»Haben wir noch Mayonnaise im Lager oder müssen wir bestellen?«

»Wir haben noch zwei Kartons davon.« Die Tante zu fragen, die einen ausgezeichneten Überblick über das Sortiment und dessen Bestand besaß, ersetzte oft den Gang ins Lager. An diesem Montag lief alles wie am

Schnürchen. Der Laden war bis zur Mittagspause frisch poliert und geordnet für die Kundschaft am Nachmittag bereit. Theres und Anna begaben sich für einen kleinen Imbiss in die *Couronne*. Viele Handwerker saßen bereits zu Tisch, und es herrschte ein reger Betrieb. Einige der Anwesenden gehörten auch zu ihren Kunden. Etliche davon kannte Anna und grüßte sie unkompliziert und freundlich beim Vornamen. Dieses Lokal und überhaupt das ganze Dorf waren ihr in der kurzen Zeit ihrer Anwesenheit gut vertraut geworden. Sie fühlte sich bereits heimisch. Sie setzten sich an ihren Stammtisch, der auch ohne offizielle Reservation für sie frei geblieben war. Theres bestellte sich einen Wurstsalat mit Pommes, und Anna nahm einen großen gemischten Salat. Danach gab es den obligaten Espresso, und Punkt 14 Uhr öffneten sie den Laden für ihre Kundschaft. Alles verlief in bester Ordnung, doch dann kam dieser junge Mann in den Laden. Er war regelmäßiger Kunde und gehörte wohl zu einem runden halben Dutzend Verehrer, die Anna den Hof machten. Alle behandelte Anna mit der gleichen Freundlichkeit, und keinem machte sie schöne Augen. Für sie wäre es ein Leichtes gewesen, aber ihr Herz war bereits vergeben. Dieser junge Mann verhielt sich heute ziemlich seltsam. Bereits beim Eintreten schaute er sie komisch an. Dann strich er an den Regalen entlang, suchte nach allerlei Dingen, nahm Produkte heraus und stellte sie wieder hinein, ohne etwas zu finden. Seine Augen waren offensichtlich bemüht, Anna in seinem Blickfeld zu behalten. Anna fühlte sich ständig beobachtet, versuchte sich aber äußerlich nichts anmerken zu lassen. In Gedanken arbeitete sie intensiv an der Klärung dieses seltsamen Rätsels.

War dies ein unangekündigter Besuch des Lebensmittelinspektorats? Genau wie ein Kontrolleur, der seine Nase in die unmöglichsten Dinge streckte, verhielt sich dieser Mann, nur war er viel zu jung dafür. Vielleicht war er einfach in sie verliebt, wollte in ihrer Nähe sein und womöglich einen Blick von ihr erhaschen. Er tat dies aber auf eine ziemlich sonderbare und unangenehme Weise. Dieses komische Gebaren lenkte Anna dermaßen von der Arbeit ab, dass sie einer Kundin sogar falsch abgezähltes Retourgeld erstattete, was diese zum Glück bemerkte und Anna unendlich peinlich war. Als der junge Mann endlich mit einem Liter Milch an die Kasse kam, verlangte er ein Pfund Weißbrot, obwohl dieses bereits ausverkauft war. Ob es denn auch Halbweißbrot sein könne, wollte sie von ihm wissen. Mit tadelndem Blick und unwirscher Manier erwiderte er: »Wenn ich Weißbrot sage, dann meine ich es auch so.« Hoppla, dachte Anna, welche Laus ist denn dir über die Leber gekrochen? Sie war froh, als er endlich gegangen war. Danach war ihr komisch zumute. Eine der ihr bereits bekannten Gefühlsschwankungen bahnte sich an. Sie fühlte sich nun auch von der übrigen Kundschaft beobachtet. Was war nur los? Spielten ihr die Hormone einen Streich, oder hatte sich die Kundschaft aus irgendeiner komischen Laune heraus plötzlich so verändert, dass sie nur noch Gespenster sah? Anna konnte sich keinen Reim darauf machen. Ihre Arbeit verrichtete sie nur noch mechanisch. Sie sprach auch nicht mit Theres beim Nachtessen darüber und verzog sich bald in ihr Zimmer. Zum Lesen fehlte ihr jetzt die Energie. Sie setzte sich lediglich aufs Bett und versuchte es wenigstens mit dem Tagesrückblick. Dieser Stimmungswandel, den sie heute erlebt hatte, machte ihr zu schaffen. Warum hatte sie dieser junge Mann so aus der Fassung gebracht? Plötzlich beschlich sie eine Vermutung: Hatte er womöglich ihre Schwangerschaft bemerkt oder sich vielmehr von ihr vergewissern wollen? Seine Enttäuschung darüber hätte wohl das unfreundliche Verhalten an der Kasse erklärt. Sie hatte sich ja nicht nur von ihm, sondern auch von anderen Kunden beobachtet gefühlt. Womöglich ging im Dorf bereits das Gerücht herum. Anna wurde es mulmig zumute. Ähnliche Gefühle hatten in ihr die beiden Drohbriefe ausgelöst. Innerlich zitternd suchte sie mit ihrem Blick Halt bei Retos Skizzen. Nicht umsonst, denn die Faszination der Zeichnung wirkte auch heute. Allmählich beruhigte sie sich und atmete tief durch. Und wenn ich einfach nur Gespenster sehe? Sicher nicht oder doch, sagte sie sich und kam zum Schluss, dass der Spuk so oder so am Geburtstagsfest sein Ende nehmen würde. Die Betrachtung der Skizze hatte sie nicht nur beruhigt, sondern ihr auch neues Vertrauen in die Beziehung zu Reto eingeflößt. So gewappnet widerstehe ich allen scheelen Blicken, die aus irgendwelchen moralischen, religiösen oder vielleicht auch nur egoistischen Gründen, wie bei diesem jungen Spanner, etwas dagegen haben, dass sich in meinem Bauch ein uneheliches Kind entwickelt. Dieser Gedanke machte Anna augenblicklich stark. Nein, sie war keine Konformistin, die lediglich ihr Fähnchen in den Wind hielt. Das konnten andere machen oder sie würden es besser sein lassen. Sie hatte eine eigene Meinung und stand zu ihren Werten. Solche oder ähnliche Gedanken hatte sie sich bereits über die Beziehung zu Reto gemacht. Diese wurden nun zusätzlich bestärkt.

Nun hatte sie plötzlich wieder Energie und Lust, doch noch etwas zu lesen. Es wurde ein ganzes Kapitel, bevor sie sich schlafen legte.

ANNA UND THERES 6

Der Rest der Woche verlief in gewohnter Manier und war getragen von einer leichten, warmen Stimmung als Begleitmusik für Annas Gedanken an die kommenden Ereignisse. Am Freitagabend gegen 21 Uhr läutete das Telefon zu ungewohnter Zeit. Anna, die gerade in der Stube war, nahm den Anruf entgegen. Am anderen Ende der Leitung vernahm sie ihre völlig aufgelöst wirkende Mutter. Den Tränen wesentlich näher als einer klaren Aussprache, berichtete sie stockend davon, dass der Vater in den Bergen verschollen sei und man mit dem Schlimmsten rechnen müsse. Mehr konnte Anna der Mutter nicht entlocken, die gegen Ende des Gesprächs nur noch weinte. Die Botschaft war auch so klar: Komm bitte nach Hause, wir brauchen deine Unterstützung.

Diese Botschaft traf Anna so heftig, dass sie die Sorge um den vermissten Vater für kurze Zeit in den Hintergrund stellte. Zitternd legte sie den Hörer in die Gabel. All die schönen Pläne, die sie gehegt hatte, wurden auf einen Schlag brutal über den Haufen geworfen. Ihre Vorfreude erhielt einen mächtigen Dämpfer. Nun saß sie auf dem Sofa und bemühte sich um klare Gedanken. Der Schock saß tief. Was soll das?, haderte sie mit dem Umstand, dass ihre familiären Verhältnisse sie wieder einmal eingeholt hatten, und dies im völlig falschen Moment. Theres, die das Gespräch mitbekommen hatte, setzte sich zu ihr und nahm sie beruhigend in den Arm: »Es wird sich noch alles zum Guten wenden. Schau nach vorne, du wirst bestimmt das Beste daraus machen.« Doch Anna war in ihrer Ichbezogenheit noch lange nicht soweit, sie dachte fieberhaft an den Plan, ihre Eltern erst nach dem Geburtstag vor vollendete Tatsachen zu stellen, und was davon noch zu retten war. Erst jetzt merkte sie, dass diese Geschichte für ihren Vater womöglich gar nicht mehr von Bedeutung war, weil er … Fassungslos schlug sie beide Hände vor das Gesicht und weinte die ganze Tragweite dieses Gedankens in sie hinein. Die Tante hielt ihren Arm tröstend um ihre Schultern und ließ Anna bei sich anlehnen. »Ich muss zurück an die Lenk, meine Mutter braucht mich«, stammelte sie nun etwas gefasster.

»Mach das, ich begleite dich.«

»Aber der Laden?«

»Kein Problem, ich rufe Celine an, sie hat bestimmt Zeit.« Theres ging zum Telefon und vereinbarte mit ihrer Aushilfe, dass sie den Laden um 10 Uhr übernehmen würde. »Das erste Problem ist gelöst«, meinte sie, »der Käfer freut sich bestimmt, endlich an die Lenk zu kommen.«

»Vielen Dank.« Anna war gerührt und wischte sich die Tränen aus dem Gesicht. »Jetzt rufe ich noch meine Schwester an und kündige uns auf den frühen Nachmittag an.«

»Ist es nicht etwas spät zum Telefonieren?«

»Deine Mutter schläft bestimmt noch nicht, schon gar nicht unter diesen Umständen.« Als auch das erledigt war, setzte sie sich wieder zu Anna auf das Sofa.

»Hoffentlich ist Vater nichts Schlimmes passiert.«

»Bestimmt hat er bei diesem schlechten Wetter irgendwo einen Unterschlupf gefunden. Deine Mutter hat gesagt, dass er gestern hochgestiegen sei, um in einer Hütte zu übernachten. Heute wollte er um 12 Uhr zu Hause sein.«

»Weißt du, Vater ist in den Bergen manchmal ziemlich unvorsichtig ...«

»Solang wir nichts anderes wissen, müssen wir davon ausgehen, dass er wieder heil zurückkommen wird.« Dieser Versuch der Tante, Annas Sorgen zu zerstreuen, tönte aber nicht sehr überzeugend, denn seit dem Tod von Jean wusste sie, dass der Wunsch nach Unversehrtheit sich nicht immer erfüllte.

»Und was erzähle ich meiner Mutter, wenn sie meinen Bauch bemerkt?«

»Dasselbe, was du ihr nach dem Geburtstag über deine Schwangerschaft sagen würdest.« Aus der Ruhe ließ sich die Tante deswegen nicht bringen und ergänzte: »Außerdem bin ich dabei.« »Am liebsten würde ich in Grund und Boden versinken«, gab Anna ihrer Verzweiflung Ausdruck. Sie versank zwar nicht im Boden, wurde aber für einen Augenblick ganz still. Theres nutzte diesen Moment und dachte intensiv nach. Ihr war bewusst, dass die bisherigen Vorschläge nicht genügten. »Wenn wir an der Lenk sind, wartest du im Käfer, und ich begrüße als Erstes deine Mutter und bereite sie auf die geänderten Umstände vor.« Anna seufzte tief und blickte ihrer Tante, die aufrecht neben ihr saß, schräg nach oben ins Gesicht: »Du bist so lieb.« Theres lächelte: »Lass uns schlafen gehen, morgen ist ein anstrengender Tag. Wir müssen rechtzeitig im Laden sein und alle Vorkehrungen treffen, damit Celine ihn gut übernehmen kann.«

RETO UND FREDY 2

Als Reto am selben Freitagnachmittag den Zug in Bern bestieg, nieselte es bereits. In Spiez stieg er in die *Montreux Oberland Bahn* nach Zweisimmen um. Von den berühmten Gipfeln des Berner Oberlands, die über dem Thuner- und Brienzersee residierten, war nichts zu sehen. Die Wolken hingen tief, und der Regen hatte zugenommen. Gegen den frühen Abend hatte der Wetterbericht im Radio eine leichte Aufhellung angesagt. Von dem war nichts zu sehen. Vielmehr schien sich die Wolkenunterseite mit zunehmender Fahrt ins Simmental hinein nach unten gegen den Talboden hin zu verlagern. In Zweisimmen war Retos Hoffnung auf einen positiven Südeinfluss, der das Wetter an der Lenk oft bestimmte, definitiv erloschen. Es regnete eher noch stärker. Als er an der Lenk ausstieg, mutete die Stimmung gespenstisch an. Obwohl es erst 15.30 Uhr war, war es kurz vor dem Eindunkeln. Die wenigen Fahrzeuge auf dem Bahnhofplatz hatten Licht. Noch weniger Leute schienen sich draußen aufzuhalten. Er zog den Reißverschluss seiner Regenjacke hoch, stellte den Kragen auf und schob die Mütze in die Stirn, dann ging er vom Bahnhof zur Dorfkreuzung und wich, so gut wie möglich, den vielen Pfützen aus. Er überquerte die Simme, die bereits ziemlich viel Wasser führte. Vor dem Restaurant *Anker* wäre er beinahe von einem vorbeifahrenden Jeep vollgespritzt worden. Der Fahrer hielt kurz darauf an und kurbelte die

Scheibe beim Beifahrersitz herunter. »Komm, steig ein«, hörte er die Stimme des Fahrers, die ihm bekannt vorkam: Es war Fredy. »Seit wann bist du mit einem Jeep unterwegs? Das passt doch gar nicht zu dir als Juristen.« »Ich muss auf die Iffigenalp, da brauche ich Antrieb auf allen vier Rädern, sonst komme ich nicht hoch.«

»Du bist vielleicht ein Scherzkeks, ausgerechnet bei diesem Wetter.«

»Mir ist überhaupt nicht zum Spaßen zumute.« Tatsächlich, Fredy sah nicht gerade glücklich aus. Sein sonst sorgfältig gescheiteltes Haar war wild zerzaust. Ringe unter den Augen unterstrichen seinen müden Blick. Und überhaupt wirkte er nervös und angespannt. »Was ist denn los?« Fredy war in der Zwischenzeit langsam angefahren, bremste auf der Höhe der Kirche wieder ab und fuhr an den Randstein, als könnte er nicht zugleich sprechen und den Wagen lenken. »Mein Vater ist seit gestern im Rawilgebiet verschollen.«

»Wirklich!« Fredy beherrschte sich sichtlich und war den Tränen nahe, »und du willst ihn suchen gehen?«

»Ich war soeben beim Rettungschef. Er möchte keine Leute losschicken, weil es zu gefährlich ist.« »Das kann ich verstehen.«

»Aber jemand muss doch Vater helfen.« Fredy war außer sich. Er stützte seinen Kopf auf das Steuerrad und hielt dieses verkrampft in den Händen.

»Weißt du denn überhaupt, wo du suchen musst?«

Fredy richtete sich auf und drehte den Kopf zu Reto: »Sein Wagen steht auf der Iffigenalp. Regula, die Serviertochter, du kennst sie ja, hat in der Nacht am Berg ein Licht gesehen.« Als Reto Regulas Namen vernahm, durchflutete ihn ein warmes Gefühl. »Fredy«, erwiderte er bestimmt, »fahr mich zu meiner Mutter. Wir trinken einen Kaffee und besprechen die Lage. Vielleicht kann ich dir helfen.« Fredy war froh, nach der Absage des Rettungschefs wieder einen Hoffnungsschimmer zu sehen. Er setzte den Wagen in Bewegung und entspannte sich sichtlich. »Vielen Dank, ich bin froh, dich getroffen zu haben.« Langsam fuhr Fredy wieder an und steuerte den Jeep durch das verregnete Dorf dem Hof von Retos Mutter zu. Beide sprachen kein Wort.

Auf dem Hof war Retos Mutter bereits mit der Zubereitung des Nachtessens beschäftigt. Seit dem Auszug nach Boltigen und Bern hatten die beiden sich nicht mehr gesehen. Das Nachtessen musste deshalb etwas Besonderes sein. Nachdem sie sich kurz, aber herzlich mit einer Umarmung begrüßt hatten, nahm die Mutter auch Fredy wahr, der sich im Hintergrund gehalten hatte. »Aha, der Sohn des Gemeindepräsidenten, was verschafft uns die Ehre?«, begrüßte sie Fredy. »Wir haben eine dringende Besprechung«

»So, so.«

»Mein Vater wird vermisst, er sollte heute Mittag von einer Bergtour zurückkehren.«

»Hoffentlich ist ihm nichts passiert. Dann lass ich euch mal.«

»Kannst du Kaffee aufsetzen?« Reto und Fredy setzten sich an den Küchentisch, und die Mutter zog sich an den Herd zurück.

»Erzähl mir die Geschichte nochmals in aller Ruhe, und dann schauen wir, wie wir deinen Vater am besten finden können.«

»Wenn mein Vater unter der Woche in die Berge geht, dann muss er bestimmt Dampf ablassen«, begann Fredy, »gestern gegen Mittag war er auf jeden Fall ziemlich wütend, der Vater von Peter Betschard war bei ihm im Arbeitszimmer, und man hörte Vater durch das ganze Haus schimpfen. Ich vermute, dass es mit Anna zu tun hatte, denn ihren Namen hörte ich ihn mindestens zweimal laut und deutlich nennen.«

»Eigenartig.« Reto wurde hellhörig.

»Das kannst du ja nicht wissen«, fuhr Fredy fort, »die Autobahnbefürworter haben eine Verleumdungskampagne losgetreten, bei der sie allen Gegnern irgendetwas Negatives andichten. Auch dein Name wird erwähnt.«

»So, so.«

»Man sagt, du seist ein Schürzenjäger.«

»So ein Witz, ausgerechnet jetzt werde ich so etwas bezichtigt, wo ich bald ein Vierteljahr im Unterland lebe. Ich wüsste nicht, welche Lenker Schürze ich dort jagen sollte.«

»Um das Straßenprojekt zu retten, ist ihnen alles recht.«

Die Mutter stellte die dampfende Kaffeekanne auf den Tisch und reichte ihnen Tassen. »Nimmst du Zucker oder Milch in den Kaffee?«, fragte sie Fredy.

»Danke, ich nehme ihn schwarz.«

»Euch macht es hoffentlich nichts aus, wenn ich in der Küche weiterarbeite.«

Fredy sah Reto an und erwiderte: »Für mich kein Problem, da gibt es keine Geheimnisse zu verraten.« Und Reto ergänzte: »Mach nur.«

»Auf jeden Fall ging Vater um Mittag ausgerüstet für die Berge von daheim weg. Mutter hat er gesagt, dass er

Richtung *Wildstrubelhütte* gehe und heute gegen Mittag zurück sein wolle. Um 14 Uhr hat Mutter auf der Iffigenalp angerufen und sich erkundigt, ob sein Wagen noch da stünde. Dabei berichtete ihr Regula vom Licht am Berg, das sie in der vergangenen Nach gesehen hätte.« Einen Moment lang wurde es still. Nicht Reto oder Fredy, sondern die Mutter, die an den Tisch getreten war, ergriff das nächste Wort. Sie hatte offensichtlich alles genau mitbekommen.

»Du meinst, das Licht stammte von deinem Vater.«

»Ja, es ist zu befürchten, dass es ein Notsignal meines Vaters war.«

»Dann müsst ihr so schnell wie möglich hoch, um ihm zu helfen.« Nun hatte sich auch Reto gefasst. »Das ist schon klar. Wir müssen es aber so anstellen, dass wir ihn bei diesem Sauwetter auch finden und uns nicht noch selbst in Gefahr bringen.«

»Du kommst also mit?«, stürzte sich Fredy auf Retos Worte, als hätte er nur darauf gewartet. »Moment«, Reto erhob die Arme beschwörend, »ich habe einen Plan.«

»Komm, sag schon.«

»Gleich, aber bitte unterbrich mich nicht dauernd.«

Die Mutter hatte sich nun auch an den Tisch gesetzt, und Reto erklärte seinen Plan. Er wollte am Abend hoch zur Iffigenalp fahren und sich von Regula erklären lassen, wo sie das Licht gesehen hatte, um dann, sobald der Sturm nachließ hochzusteigen. »Solang es so stürmt«, Reto stand auf und ging zum Fenster, »bringen wir uns höchstens selber in Gefahr.« Draußen regnete und windete es unablässig. »Wichtig ist, dass wir mit Funkgeräten eine Verbindung zur Iffigenalp herstellen können, um, sobald wir deinen

Vater gefunden haben, die nötige Unterstützung anzufordern.« Reto schaute prüfend zu Fredy.

»Der Rettungschef hat bestimmt welche und sonst die Skischule«, erwiderte dieser.

»Frage sie auch nach Sanitäts- und Rettungsmaterial.« Fredy nickte ein weiteres Mal. »Dann schlage ich vor, dass du jetzt diese Hilfsmittel organisierst und dich bergtüchtig machst. Mutter bereitet das Nachtessen zu, damit wir für eine anstrengende Nacht gut gestärkt sind. Ich werde uns bei Regula anmelden, Proviant einpacken und ebenfalls meine Ausrüstung zurechtlegen.«

»Lasst euch ruhig Zeit«, knüpfte die Mutter an diese Überlegungen an, »ich brauche noch eine gute Stunde für die Vorbereitung.«

Fredy atmete tief durch und stand auf. Reto tat es ihm gleich, trat zu ihm hin und klopfte ihm aufmunternd auf die Schultern: »Es wird schon gut, bis nachher.«

Als Fredy gegangen war, standen sich Mutter und Sohn einen Moment gegenüber. »Gut, dass du Fredy hilfst. Ich hoffe einfach, dass er oder sein Vater nichts mit diesen Gerüchten zu tun haben, das ganze Dorf spricht davon.«

»Fredy wohl kaum. Sein Vater vielleicht?«

»Man bringt dich in Verbindung mit Anna, seiner Tochter. Dieses Gerücht hätte er sicher nicht selbst in die Welt gesetzt.«

»Da hast du allerdings recht«, war Reto erstaunt über die klaren Schlussfolgerungen seiner Mutter. »Wie auch immer, ich hoffe, wir werden Fredys Vater rechtzeitig finden und wohlbehalten zurückbringen.« Nun ging er zum Telefon und rief Regula an. Obwohl er seinen Besuch vor rund zwei Wochen angekündigt hatte, war sie erstaunt, dass er bereits angekommen war, und freute sich, unterließ es aber nicht, ihn in gewohnter Manier auf die Schippe zu nehmen: »Was, du wagst es noch, an die Lenk zu kommen. Wenn du wüsstest, was hier alles über dich gesagt wird.« Schon wieder, dachte Reto und antwortete: »Dir muss ich ja nichts erklären, du weißt am besten selber, was dahintersteckt.« Dann weihte Reto sie in den Rettungsplan ein, und Regula wurde augenblicklich ernst. Als er geendet hatte, erwiderte sie: »Kommt nur hoch. Selbstverständlich unterstütze ich euch nach Möglichkeit.«

»Wir essen jetzt noch das Nachtessen, Mutter hat extra für mich gekocht, gegen 19 Uhr sind wir bei dir.« Reto legte den Hörer auf und ging in sein Zimmer hoch. Er setzte sich auf das Bett und versuchte, etwas Ordnung in seine Gedanken zu bringen. Hatte er alles gut bedacht? Solang dieses Unwetter tobte, war es wenig aussichtsreich hochzusteigen, da hatte der Rettungschef bestimmt recht gehabt. Wichtig war, dass Regula ihnen möglichst genau beschrieb, wo sie das Licht gesehen hatte. Sobald der Sturm nachließ, gedachte er, Richtung Rawilpass hochzusteigen, um bei beginnender Morgendämmerung mit der Suche zu beginnen. Bereits in der Nacht zu suchen, ist wohl wenig Erfolg versprechend und je nach Gebiet gefährlich, dachte er, aber dies müssen wir situativ entscheiden. Zum Glück hatte er seine Bergausrüstung dabei. Sie benötigte er ohnehin, um den geplanten Besuch auf der Iffigenalp mit einer Bergtour zu verbinden. Nun kommt, wie so oft, alles etwas anders, sinnierte er. Wie geht es wohl Anna?, machte er sich Sorgen. Wenn sie wüsste, dass ich diese Nacht nach ihrem

Vater suchen muss, ging es ihm durch den Kopf. Stimmt, nächstes Wochenende ist das Geburtstagsfest, und dann bin ich bald in Schweden. Wie wird wohl das Wiedersehen sein? Was wird sie zu meinen Plänen sagen? Ziemlich genau vier Monate waren seit ihrem letzten Treffen vergangen. Welche Spuren wird die Zeit dazwischen an ihrer Beziehung hinterlassen haben. Mindestens er selber hatte sich in dieser Zeit verändert. Schließlich war da noch Regula. Reto spürte eine beträchtliche Spannung in sich. Etwas viel aufs Mal, dachte er.

Draußen regnete es unablässig. Die Küchenuhr schlug die volle Stunde und holte Reto aus seiner Gedankenwelt zurück. Den Wetterbericht nach den Nachrichten um 18 Uhr musste er unbedingt hören. Er ging zurück in die Küche und stellte das Radio gerade rechtzeitig ein. Der Ansager sprach von einer Beruhigung der Großwetterlage. Auf der Rückseite der Kaltfront baute sich in der Nacht auf Samstag ein Zwischenhoch auf. Immerhin so viel, dachte Reto, das tönt ja nicht schlecht.

»Du kannst den Tisch decken. In einer Viertelstunde bin ich soweit.«

»Mache ich gleich, wenn ich den Rucksack fertig gepackt habe. Kannst du noch heißes Wasser für den Thermos aufsetzen?« Reto ging nach oben und machte den Rucksack bereit. In einem Plastiksack gut verschlossen packte er auch Ersatzkleider ein. Die Taschenlampe mit Ersatzbatterien holte er aus dem Besenschrank und nahm sie ebenso mit wie ein zehn Meter langes sowie zwei kürzere Hanfseile und den Karabiner, den ihm Rolf geschenkt und der bereits seinen festen Platz in der Deckeltasche seines Rucksacks hatte. Nun fehlte nur noch der Proviant. Reto ging wieder zurück in die Küche und deckte zunächst den Tisch. »Jetzt brauche ich nur noch Proviant«, sagte er zu seiner Mutter. »In der Vorratskammer hat es Brot, Rübchen und Äpfel; im Kühlschrank Käse. Du kannst von allem nehmen, es hat genug.« Reto füllte den Proviantsack und versorgte ihn im Rucksack. Nun war er startklar. Seine Mutter hatte in der Zwischenzeit die Töpfe auf den Tisch gestellt. Es fehlte nur noch Fredy. Keine zwei Minuten später klopfte es an der Tür, und Fredy trat ein.

»Bist du bereit?«

Fredy nickte.

»Setzt euch an den Tisch, ich bin gleich soweit.« Die Mutter gab Reto den gefüllten Thermos und begann, die Gemüsesuppe zu schöpfen. Sie war würzig im Geschmack. »Schmeckt ausgezeichnet, vielen Dank für das Nachtessen, leider habe ich nicht so großen Appetit«, meinte Fredy, welcher mit sorgenvollem Blick am Tisch saß.

»Du solltest dich aber stärken«, erwiderte die Mutter.

»Hast du die Funkgeräte?«

»Habe ich, ebenfalls eine Camping-Gaslampe mit Ersatzkartuschen.«

»Sehr gut, ich habe uns noch Proviant eingepackt und einen Thermos mit heißem Wasser, ebenso Ersatzkleider für alle Fälle.«

»Das Wetter soll besser werden.«

»Habe ich auch gehört«, erwiderte Reto.

Nach der Suppe gab es Salat und schließlich Älplermakronen mit Apfelmus. »Wie geht es deiner Mutter«, wollte Retos Mutter wissen, als der letzte Gang auf den Tellern verteilt war, »schaut jemand zu ihr?«

»Eine gute Freundin ist bei ihr, und sie setzt sich heute Abend mit ihrer Schwester am Genfersee in Verbindung. Dort weilt auch Anna, meine Schwester.«

»Wenn ich ihr behilflich sein kann, mache ich das gerne.«

»Ruf sie einfach an, ihr kennt euch ja von der Schule, wie sie mir vorhin gesagt hat. Sie lässt dich grüßen.«

»Danke, werde ich machen.«

Als Reto Annas Namen hörte, wurde ihm unerwartet warm ums Herz. Gut denkbar war, dass Anna unter diesen Umständen nach Hause kommen würde und sie sich begegneten. Wie würde er sich, wie würde sie sich verhalten? Reto verzichtete darauf, dies auszuloten, denn er musste sich auf die näher liegende Mission konzentrieren. Er aß beinahe meditativ seine Älplermakronen und ließ all diese Eventualitäten links liegen. Als sein Teller leer war, schaute er in die Runde. Mutter und Fredy saßen auch bereits vor leeren Tellern. »So, jetzt legen wir los«, sagte er bestimmt. Er stand auf, umarmte seine Mutter, zog sich die Bergschuhe an, nahm den Rucksack und ging nach draußen zum Jeep. Fredy verabschiedete sich ebenfalls von der Mutter, die sie zur Tür begleitete und dem wegfahrenden Jeep nachwinkte. Schweigend fuhren sie Richtung Pöschenried und weiter zum Parkplatz, wo die Einbahnstrecke begann. Von hier aus durfte die Bergfahrt ab der halben Stunde für jeweils eine Viertelstunde gestartet werden. Zufällig, darauf hatten sie nicht geachtet, kamen sie zur rechten Zeit am Parkplatz an und konnten gleich weiterfahren. Bei diesem scheußlichen Wetter kommt uns auch so niemand entgegen, dachte Reto. Der Iffigenfall toste mächtig ins Tal hinunter. So viel Wasser hatte er lange nicht mehr geführt. Auch auf der Fahrbahn lief viel Wasser hinunter. An den regelmäßig schräg angeordneten Abflussrinnen überlief das Wasser, wo sie durch Blätter und Erde verstopft waren. Fredy fuhr mit großer Konzentration und erstaunlich gelassen die steile Straße hoch. Offenbar hat er sich beruhigt und sein Nervenkostüm wieder gut im Griff, stellte Reto erleichtert fest. Bei der Rettungsaktion werden wir noch genügend gefordert sein. Abrupt bremste Fredy den Jeep ab, mitten auf der Fahrbahn lag ein großer Steinbrocken. »Shit, das wäre wirklich nicht nötig«, fluchte er. Beide stiegen aus, und es gelang ihnen mit vereinten Kräften, den Brocken an den Rand zu schieben. »Hoffentlich gibt es keine weiteren Überraschungen dieser Art«, ließ Reto verlauten. Sie stiegen wieder ein und fuhren den Rest der Strecke zur Iffigenalp hoch. Der Talboden der Alp mutete gespenstisch an. Da und dort bildeten sich Bodennebelfetzen, die zusammen mit den großen hier vorkommenden Felsblöcken bizarre Silhouetten bildeten. Auf der rechten Seite tauchte die Talstation der Militärseilbahn auf und verschwand gleich wieder. Je nachdem, wo wir Fredys Vater finden werden, könnte sie bei der Bergung eine Rolle spielen, ging es Reto durch den Kopf. Erst jetzt, wo sie keine 50 Meter von dem Berggasthaus entfernt waren, konnten sie die Lichter der Gaststube ausmachen. Fredy parkierte den Jeep direkt vor dem Eingang zur Gaststube. Andere Gäste waren keine mehr da. Am unteren Ende stand einsam der Wagen von Fredys Vater. Sie traten in die Stube ein, die nur noch zur Hälfte beleuchtet war. An einem der Tische saß die Wirtin und machte Kassensturz. »Späte Gäste, aha, ihr seid das. Regula kommt gleich, sie wartet bereits ungeduldig. Nehmt Platz, was darf ich euch bringen?«

»Mir kannst du einen Kaffee bringen.«

»Mir auch.«

»Mit oder ohne?«

Fredy und Reto schauten sich an und waren sich auch hier einig: »Mit.«

RETO, FREDY UND REGULA 1

Die Wirtin ging in die Küche, und wenig später erschien Regula mit einem Tablett mit drei Kaffee fertig darauf. Da die Chefin in der Küche war, umarmte sie die beiden gebührend zum Empfang. Interessant, dachte Reto, die Regula scheint Fredy mindestens so gut zu kennen wie mich. Der ist bestimmt der größere Schürzenjäger als ich, fügte er noch in Gedanken hinzu. Sie setzten sich und kosteten von dem köstlichen Gebräu.

»Das Allerwichtigste ist«, begann Reto, »dass du uns genau zeigen kannst, wo du das Licht gesehen hast.«

»Das werde ich dir nachher draußen ziemlich exakt beschreiben«, erwiderte Regula. »wir haben gestern Abend eine geschlossene Gesellschaft gehabt, die ziemlich lang geblieben ist. Als ich endlich mit dem Aufräumen fertig gewesen bin, bin ich noch kurz an die frische Luft gegangen, um zu sehen, ob ich das Licht deines Vaters irgendwo entdecke.«

»Du hast gewusst, dass er dort oben ist?«

»Klar, hat er mir ja beim Weggehen gesagt.« Das tönt etwas anders als das, was ich bis jetzt erfahren habe, stutzte Reto. »Tatsächlich habe ich etwas vor der Talstation am Hang oben einen Lichtkegel entdeckt. Er musste von einer ziemlich starken Lampe sein.«

»Das ist gut möglich: Vater hat ein Unding von einer Stablampe, die er überall mitnimmt«, bestätigte Fredy.

»Ich bin dann die Straße hinunter gegangen, um zu sehen, von wo das Licht herkommt«, fuhr Regula fort, »für kurze Zeit habe ich die Lichtquelle oben am Grat zum Laufbodehore entdeckt.« Reto war froh, von Regula eine so genaue Beschreibung zu bekommen. Nun kam die Wirtin an den Tisch. »Du bist doch einer vom Widerstand gegen die Autobahn?« Reto nickte. »Gratuliere, die Befürworter sind gerade dabei, den letzten Kredit in der Bevölkerung zu verspielen.«

»Das freut mich zu hören, wieso meinst du?«

»Diese Schmierenkampagne ist unter jedem Hund.«

»Da sind wir uns wohl alle einig«, outete sich auch Fredy, »nicht wahr, Regula.«

»Was soll das? Für mich war das schon immer klar«, quittierte sie Fredys Bemerkung mit einem spöttischen Blick. Und Reto fragte sich, ob die beiden womöglich ein Geschleif miteinander hatten. Sie tranken den Kaffee aus und verließen die warme Stube.

PETER 2

Peter war nahe am Boden, aber noch nicht zerstört. Er hatte nur noch eine Hoffnung, deren Eintretenswahrscheinlichkeit allerdings eher gering war. Dabei sah alles so gut aus. Endlich wähnte er, freie Bahn zu haben: Von Fredy hatte er erfahren, dass Reto, sein ärgster Widersacher, auf dem Weg nach Schweden war. Dieser Hurensohn war nun definitiv aus dem Tal. Die beiden Drohbriefe und die Diffamierungskampagne hatten offenbar ihre Wirkung gezeitigt. Nicht nur das: Sein Prestige und der dadurch gewonnene Einfluss bei den Befürwortern der Autobahn war stetig im Steigen begriffen. Schon bald würde er seinen ungeliebten Vater in den Schatten stellen. Und bei den nächsten Wahlen, wer weiß … Fast zeitgleich kam von seinem welschen Kollegen, der ihm von der Rekrutenschule her noch einen Gefallen schuldig war, die Nachricht, dass Anna offenbar schwanger war. Peter war zunächst konsterniert, fasste sich aber schnell und begann, eins und eins zusammenzuzählen: Warum hat mir Fredy wohl nichts von dieser Schwangerschaft erzählt? Er hätte es eigentlich wissen müssen! Und folgerte: Diese Schwangerschaft darf es mindestens an der Lenk nicht geben, denn Anna ist erstens noch nicht volljährig, und zweitens stimmt mit dem Vater des Kindes etwas nicht. Für Peter war Reto der logische Vater. Womöglich war er von Annas Familie gezwungen worden, die Schweiz zu verlassen. Das würde bestens passen;

mindestens das Problem des nicht standesgemäßen Vaters wäre so gelöst, aber ein entsprechender Vater auch noch nicht gefunden, folgerte er. Und hier konnte, wollte er Hand bieten. Dies gab er seinem Vater zu verstehen, und dieser ging direkt zu Annas Vater. Nach diesem Treffen standen die Zeichen günstig, dass sein Plan in Erfüllung gehen sollte. Als Bestandteil des Deals hatte sein Vater gleich noch Annas Vater für die Unterstützung des Autobahnbaus gewinnen können.

Genau dasselbe wollte Peter heute bei Fredy erreichen, als er gegen Abend gut gelaunt bei ihm vorbeischaute. Dort traf er aber lediglich die verzweifelte Mutter, die ihn über die soeben angelaufene Rettungsaktion ins Bild setzte. Als sie Retos Beteiligung erwähnte, sank Peters Stimmung urplötzlich tief in den Keller. Immerhin gelang es ihm noch, die Mutter zu bitten, ihn auf dem Laufenden zu halten, bevor er sich schnell verabschiedete. Am liebsten wäre er gleich hoch zur Iffigenalp gefahren, um sich zu vergewissern, ob dies auch wirklich den Tatsachen entsprach, aber mit seinem Jeep waren ausgerechnet Fredy und dieser Hurensohn unterwegs. Als er wieder bei sich zu Hause angelangt und etwas gefasster war, versuchte er, als Nächstes Regula zu kontaktieren. Sie wusste bestimmt Bescheid, war aber unabkömmlich im Service beschäftigt. Nun musste er sich in Geduld üben. Wie kann ich diese Situation noch zu meinen Gunsten drehen?, fragte er sich wiederholt und fand keine passende Antwort, bis er zum Schluss kam, dass er nur dann eine Chance hätte, wenn diese Rettungsaktion scheitern würde. Es wäre dann bestimmt ein Leichtes, Reto dafür verantwortlich zu machen. Bedeutete dies aber nicht in letzter Konsequenz, dass auch Menschen dabei Schaden nehmen könnten, zum Beispiel Fredys Vater oder gar Fredy selber? Nun erschrak Peter zum ersten Mal heftig über sich selbst. Durfte er das wirklich wollen? Verzweiflung bemächtigte sich seiner und riss ihn in seiner Gefühlswelt hin und her. Für Peter begann ein Läuterungsprozess, der bis in die frühen Morgenstunden andauerte und ihn schweißgebadet in seinem Bett liegen ließ.

RETO FREDY UND REGULA 2

Tatsächlich hatte es aufgehört zu regnen. Regula ging mit ihnen Richtung Talstation, etwa 150 Meter danach blieb sie stehen. »Genau von hier aus habe ich das Licht am Grat gesehen.«

»Bist du dir ganz sicher?«, wollte Reto wissen.

»Ich habe mir den Pfosten des Zauns gemerkt, der hat eine leichte, aber auffällige Krümmung.« »Mist, der Grat ist gar nicht zu sehen«, ließ sich Fredy genervt verlauten. »Und wo war der Lichtkegel am Hang zu sehen?«

Regula überlegte einen kurzen Augenblick: »Der Stamm dieser Tanne dort oben war bestimmt gut beleuchtet.«

»Sehr gut.« Reto holte die Karte und den Kompass hervor und bestimmte zunächst den genauen Standort. Da er von der Talstation her vorsorglich die Schritte gezählt hatte, gelang dies ziemlich genau. Nun peilte er mit dem Kompass die Tanne an und übertrug die Richtung auf die Karte. Die Gegenrichtung kreuzte den Grat des Laufbodehores irgendwo zwischen dem letzten Turm und dem Gipfel. »Super«, entfuhr es Reto, »Regula, du bist Gold wert. Dank deinen präzisen Angaben ist ziemlich klar, wo Fredys Vater zu suchen ist.« Er zeigte den beiden die Karte. »In der Gipfelregion haben schon oft Berggänger biwakiert und zum Schutz vor der Witterung Steinmäuerchen errichtet. Ich nehme an, dein Vater hat diese letzte Nacht benutzt.« Erleichterung machte sich breit.

»Dann wollen wir gleich loslegen«, drängte Fredy zum Aufbruch.

»Bevor wir gehen, musst du Regula noch das Funkgerät erklären.« Sie gingen zurück in die Wirtsstube. Fredy holte die Geräte und machte sich an die Instruktion. Als Regula die Bedienung verstanden hatte, mischte sich Reto wieder ein: »Wir benötigen mindestens drei Stunden, bis wir am Grat oben sind. Das heißt, wir versuchen von uns aus, einen ersten Funkkontakt in dreieinhalb Stunden herzustellen. Dieser wird auf diese Distanz am ehesten gelingen, wenn wir in Sichtkontakt sind«, meinte er und folgerte: »Gehe also am besten etwas schlafen und komme«, er schaute auf die Uhr, »auf 0.30 Uhr so weit die Straße hinunter, bis du den oberen Teil des Grats siehst.«

»Und wenn der Funkkontakt nicht funktioniert?«

»Dann geben wir mit der Lampe das SOS-Signal durch: dreimal kurz, dreimal lang, dreimal kurz. Wir werden das jede Minute wiederholen, bis du uns das gleiche Signal quittierst. Hast du eine Taschenlampe?« Regula nickte. »Sobald wir Fredys Vater gefunden haben, geben wir wieder das gleiche Signal, und du quittierst uns.« Regula nickte wiederum. »Dann informierst du den Rettungschef und sagst ihm, wir brauchen seine Hilfe.«

»Die Geräte sollten eigentlich zuverlässig sein«, ergänzte Fredy, »hat mir wenigstens der Rettungschef versichert.« Nachdem sich Fredy bis jetzt erstaunlich ruhig verhalten hatte, wurde er nun sehr geschäftig. Er konnte es kaum erwarten aufzubrechen. Er holte aus dem Jeep sämtliches Material und stopfte es ziemlich ungeordnet in den Rucksack. Reto hingegen versuchte, kühlen Kopf zu bewahren: »Pass auf, dass du nichts vergisst und den Rucksack noch tragen kannst«, mahnte er ihn. Als sie ihre Sachen beieinander hatten, verabschiedeten sie sich von Regula, so wie sie sich begrüßt hatten.

»Passt gut auf euch auf. Ich bin Punkt 0.30 Uhr am vereinbarten Punkt.« Sie winkte ihnen noch lange nach und ging dann ins Haus.

Fredy und Reto marschierten in zügigem Schritt den Säumerweg zum Rawil hoch. Er war gut ausgebaut und verfügte über die richtige Steilheit, die es ihnen erlaubte, schnell an Höhe zu gewinnen. Sie sprachen nur wenig. Zunächst ging es steile Weiden und Waldpartien hoch, die sich auf Geröllhalden am Fuße des die Iffigenalp begrenzenden Felsriegels gebildet hatten. Dann schlängelte sich der Weg entlang von Bändern und über Abstufungen hoch, bis er oberhalb des Felsriegels wieder durch steile Bergmatten querte und zum Rawilpass hochführte. Ohne Bergerfahrung und -kenntnisse vermutete man auch hier keinen Weg. Beim Wandern in der Nacht entwickelt sich ein ganz anderes Zeitgefühl, stellte Reto fest, als sie die *Blattihütte* passierten. Er hatte den Eindruck, wesentlich schneller unterwegs zu sein als bei der vergangenen Tour vor rund drei Monaten. Eigenartig kam es ihm vor, dass der Vater von Fredy ausgerechnet auf jener Tour unterwegs war, die auch er gemacht hatte, womöglich in einer ähnlichen Gemütsverfassung. Auch er musste damals Dampf ablassen, etwas verarbeiten, das unter anderem auch mit Anna zu tun hatte. Alle diese Parallelen kamen Reto fast ein wenig unheimlich vor. Was ging wohl im Vater von Anna und Fredy vor? Im Gegensatz zu ihm neigte er dazu, wie Anna selbst bemerkt hatte, sich in den Bergen zu überschätzen. Er selber hingegen ging keine unnötigen Risiken ein. Während seiner damaligen Tour hatte er sich entschlossen, sein Glück talauswärts zu suchen. Dieser Entschluss war folgerichtig gewesen, und er bereute ihn keinen Moment. Reto hatte den Eindruck, dass sich ein Kreis schloss. Er war zuversichtlich, dass sie den Vater lebend fanden. »Man könne meinen, du bist hier oben zu Hause«, meldete sich Fredy zu Wort, als Reto, ohne den Wegweiser oder die Karte zu beachten, in den Weg zur *Wildstrubelhütte* einbog. Reto lachte: »In den Bergen bin ich tatsächlich daheim, und den Weg aufs Laufbodehore habe ich – Schicksal oder Fügung – vor drei Monaten zum letzten Mal begangen. Das wird uns sicher helfen.« Ihr Tempo wurde jetzt etwas langsamer, da der Weg nicht mehr so gut ausgebaut war. Seit sie unterwegs waren, arbeitete Retos Hirn unablässig an der Frage, wie sie die Suche am besten gestalten sollten, damit sie am schnellsten zum Ziel führte. Er merkte, dass ihm dieses konzentrierte Denken wesentlich leichter beim Gehen als beim Sitzen fiel. Einen Fixpunkt kannten sie, er war oben am Grat, zwischen dem letzten Turm und dem Gipfel, von wo das Licht gekommen war. Dort mussten sie ziemlich schnell mit der Suche beginnen. Vielleicht war er noch dort, oder Spuren wiesen in die eine oder andere Richtung. Diesen Punkt erreichen sie über den Grat, wie er beim letzten Mal, oder indem sie ihn umgingen. Die zweite dieser beiden Varianten war eindeutig schneller. Die erste hatte allerdings den Vorteil, dass sie sowohl den Grat als auch den Umgehungspfad relativ gut überblicken konnten. Falls sie den Vater beim Fixpunkt nicht fanden, wäre bereits klar, wo sie weitersuchen mussten. Sich zu trennen, er über den Grat und Fredy außen rum, kam nicht infrage, denn er kannte Fredy zu wenig, um einschätzen zu können, wie dieser sich in den Bergen bei Nacht zurechtfand. Reto entschied sich dafür, gemeinsam den Grat zu umgehen. Sein Bauchgefühl sagte ihm, dass es sehr wohl auf die Zeit ankam.

ANNA 7

Anna war nach den beruhigenden Worten der Tante zwar gut eingeschlafen, schreckte aber gegen 1 Uhr aus dem Schlaf auf. Sie hatte von einem Besuch in einem Spital geträumt, das sich als Labyrinth entpuppte, bei dem sie trotz Stockwerk- und Zimmerangabe weder die zu besuchende Person noch zurück zum Ausgang fand. Dafür begegneten ihr unzählige Pflegepersonen und Ärzte/-, die sie regelmäßig in eine andere Richtung wiesen, bis sie sich nur noch im Kreis drehte. Schweißgebadet lag sie nun im Bett und versuchte, ihren Traum zu deuten. Hatte er vielleicht mit der kommenden Geburt zu tun oder mit dem Verschwinden ihres Vaters? Anna seufzte tief. Das Unterbewusstsein fütterte das Hirn mit sämtlichen ungeklärten Fragen ihrer Existenz. Sie machte sich Sorgen um ihren Vater und beschimpfte ihn gleichzeitig als Patriarchen, der viel zu viel Macht in ihrer Familie ausübte und sie nicht loslassen wollte. Sie beklagte sich über die Zerrissenheit in ihrer Familie, die mit Sicherheit Folge des konservativen Weltbildes ihrer Eltern war, die sich jeglicher Öffnung in Richtung moderner Formen des Zusammenlebens verweigerten. Und ihre Mutter, warum stand sie nur so wenig für sich ein? Ihre Beziehung zu Reto war ihr auch nicht geheuer, sie musste sich allerdings eingestehen, dass sie daran nicht ganz unschuldig war. Sie fluchte leise vor sich hin, was sie sonst nie tat. Erst, als sie den ganzen Frust mindestens 50-mal in ihrem Kopf auf der Suche nach einer Lösung hin und her geschoben hatte, gestand sie sich ein, dass all die Schuldzuweisungen nichts brachten. Es ist, wie es ist, hörte sie die Stimme ihrer Tante sagen und fügte in Gedanken hinzu: Ich mache das Beste draus. Schlagartig machten die vorhin omnipräsenten Gedanken einer inneren Ruhe Platz, und Anna schlief friedlich weiter.

RETO UND FREDY 3

Reto und Fredy waren am Fuß der Geröllhalde angelangt, die sich zum Tierbergsattel hochzog, wo der Grat begann. Das Wetter hatte sich in den vergangenen zwei Stunden zusehends gebessert. Das angekündigte Zwischenhoch war nicht mehr Prognose und frommer Wunsch zugleich, sondern Tatsache. Bereits waren einzelne Sterne durch die aufgebrochene Wolkendecke zu sehen, auch der Mond ließ sich für kurze Momente blicken. Es war absolut still. Kein Lüftchen ging. Außer den Schatten der Wolken schien sich nichts zu bewegen. Auch Reto und Fredy gönnten sich eine kurze Pause. Sie setzten sich auf einen Stein, tranken etwas aus der Feldflasche und teilten sich einen Apfel. Reto merkte, dass Fredy wieder ziemlich angespannt war. Kein Wunder, dachte er. »Gibt es irgendetwas, eine Gewohnheit deines Vaters, die wir in Betracht ziehen sollten?«, fragte er ihn und fühlte sich ein klein wenig als Detektiv. Fredy überlegte einen Moment: »Mein Vater versuchte, in den Bergen stets für alle Fälle gewappnet zu sein. Er nahm alles Mögliche mit. Sein Rucksack war immer ziemlich schwer. Eine Pelerine war auch beim schönsten Wetter im Rucksack.«

»Dann hat er sicher auch genügend Verpflegung dabei.« Fredy nickte. »Das ist doch eine gute Nachricht«, erwiderte Reto erfreut und bewirkte bei Fredy immerhin ein kurzes Lächeln. Sie schnallten die Rucksäcke auf und begannen den Aufstieg zum Sattel; zunächst gemächlich, noch den Gedanken an das soeben Gesagte nachhängend, dann wieder in zügigem Schritt. Kaum waren sie gestartet, so kam es Reto wenigstens vor, befanden sie sich mitten im Hang und erreichten bereits wenig später den Sattel, wo sich der Blick Richtung Gletscherhore, Wildstrubel und Ammertehore auftat. Fredy schaute etwas unschlüssig Richtung Laufbodehore. »Wir werden den Grat nicht überschreiten, sondern rechts auf einem Pfad umgehen. So sind wir schneller beim Gipfel.« Fredy schien erleichtert. Beim Weitergehen verlangsamte Reto das Tempo, um den Umgehungspfad nicht zu verpassen. Diesen hatte er noch nie begangen, sondern lediglich vom Grat aus verfolgt. Nach zwei Fehlversuchen war er beim dritten Mal sicher, auf dem Pfad zu sein. Die Bergflanke, die sie nun begingen, war ziemlich steil und verlangte erhöhte Konzentration, zumal der Pfad nach dem vielen Regen auch noch glitschig war.

Reto ging betont vorsichtig. Fredy folgte ihm dicht auf den Fersen. Ihn drängte es, so schnell wie möglich auf den Gipfel zu kommen. »Pass gut auf, das Gelände hier ist heikel. Lieber etwas langsamer, aber sicher oben ankommen.« Fredy murrte etwas, das Reto nicht verstand. Der Umgehungsweg führte jeweils zu den Scharten zwischen den einzelnen Türmen. Die Spannung steigerte sich von Scharte zu Scharte. Würden sie den Vater dort antreffen, wo sie ihn vermuteten? Reto hatte die benötigte Zeit gut eingeschätzt. Spätestens in einer dreiviertel Stunde langten sie in der Gipfelregion an. Dann erwartete auch Regula unten im Tal ihren Funkspruch. Eigenartig, dachte Reto, gestern war Regula irgendwie anders. An was hat das wohl gelegen? Vielleicht, weil

Fredy zugegen war, oder an der Mission, die sie heute Nacht zu erfüllen hatten. Reto verfolgte diesen Gedanken nicht weiter, denn eben diese Mission trat in ihre entscheidende Phase und verlangte volle Aufmerksamkeit. In der Zwischenzeit waren sie in der letzten Scharte angelangt. Den Rest des Weges zum Gipfel kannte er bereits. In etwa einer Viertelstunde wussten sie, woran sie waren. Mit der zunehmenden Spannung beschleunigte sich auch Retos Schritt wieder. Nun waren sie bereits auf Höhe des Überhangs, wo seine vollständige Überschreitung des Grades beim letzten Mal gescheitert und er zur Scharte umgekehrt war. Er zeigte sich schräg über ihnen und war zum Greifen nahe. Von hier aus wirkte er weniger abweisend. Reto verließ den Umgehungsweg, um näher an den Fuß des Überhangs zu gelangen. Vielleicht war Fredys Vater hier abgestürzt. Er wies Fredy an, auf dem Weg zu bleiben: »Wir treffen uns oben am Grat.« Vorsichtig setzte er Tritt für Tritt den steilen, feuchten Hang hinauf. Als er oben angelangt war, realisierte er, dass der Überhang ziemlich zerklüftet, gestuft und womöglich begehbar war. Im Trockenen unter dem Dach deutete Kot von Gämsen daraufhin, dass sie diesen geschützten Ort als Lager benutzten. Mit der Taschenlampe leuchtete er den zerklüfteten Felsen aus, in der Hoffnung, eine passierbare Route zu erkennen. Sein Blick blieb an den Brennnesselstauden hängen, die am Fuße der Felsen dank des nährstoffreichen Bodens üppig gediehen. Irgendetwas schien hier durchzuschimmern. Er schob die Stauden vorsichtig mit dem Fuß beiseite. Ein Jägerhut kam zum Vorschein. War dieser von Fredys Vater? Reto untersuchte den Hut nach weiteren Spuren, fand aber keinen Hinweis auf seinen Besitzer. Dafür entdeckte er etwas weiter rechts eine Stelle, wo die Brennnesselstauden umgeknickt waren. Hier ist er womöglich hinuntergekommen, folgerte Reto. Nun wollte er Fredy nicht weiter warten lassen, auch war es Zeit für den Funkspruch. Er folgte dem Grat zum vereinbarten Treffpunkt. Fredy war bereits dabei, das Funkgerät betriebsbereit zu machen. Er spähte Richtung Iffigenalp, konnte aber nichts erkennen, denn die Wolken hingen noch zu sehr im Tal.

»Könnte der von deinem Vater sein?« Reto reichte ihm den Hut.

Fredy musterte ihn. »Wäre möglich. Er hat verschiedene Hüte, und ein Jägerhut ist bestimmt dabei.«

»Unten am Überhang sind an einer Stelle die Brennnesseln eingedrückt, unweit davon fand ich den Hut.«

»Dann müsste Vater hier irgendwo zu …« Fredy stockte, denn er realisierte, dass es nun wirklich ernst wurde und es keine Garantie gab, dass er seinen Vater unversehrt finden würde. Reto klopfte ihm aufmunternd auf die Schultern. »Lass uns noch 100 Meter weiter gehen, dort haben wir sicher Funkkontakt mit der Iffigenalp.« Punkt 1.30 Uhr schaltete Fredy das Funkgerät auf Senden. »Fredy an Regula, bitte melden.« Sie hörten zunächst lediglich ein Rauschen, dann ein Knacken, von Regulas Antwort war hingegen nichts zu vernehmen. »Scheiße, das funktioniert nicht!« Er kontrollierte die Anzeige und schaltete das Funkgerät wieder aus und nochmals ein und wiederholte den Aufruf zum Funkkontakt an Regula. Kein Mensch wusste wieso, aber dieses Mal war Regulas Stimme schwach zu hören. Fredy atmete auf und gab Reto das Funkgerät, und dieser erklärte ihr die Situation.

»Dann warte ich auf euren nächsten Funkkontakt.«

»Geh jetzt Richtung Restaurant, um zu sehen, ob die Verbindung auch dort hin reicht.« Tatsächlich, sie war eher noch besser. »Mach es dir gemütlich und trink einen Espresso für uns.« Sie vereinbarten, sich regelmäßig zu kontaktieren. »Ich drücke euch beide Daumen, viel Glück!« Reto schaltete das Funkgerät wieder aus und schlug Fredy vor: »Wir markieren diese Stelle gut sichtbar mit einem Steinmännchen, von hier aus haben wir sicher Funkkontakt.« Fredy holte seine Gaslampe aus dem Rucksack und zündete die Flamme an. Reto schichtete einige Steine gut sichtbar aufeinander. Möglichst systematisch suchten sie nun den hier ziemlich flachen Gipfelbereich ab und fanden bald den ersten Biwakplatz: Er bestand aus einem nicht mehr sehr ausgeprägten, u-förmigen Mäuerchen aus Gesteinsbrocken. Darin entdeckten sie die rostigen Überreste einer Konservendose, die Fredy zunächst für einen Blindgänger hielt. Wie lange lag die wohl bereits hier? »Bestimmt waren da Ravioli drin. Auf dem Gaskocher zubereitet, mit etwas geriebenem Käse versehen, ist das ein erstklassiges Menu, wenn du Hunger hast«, meinte Fredy lakonisch. Hier deutete nichts auf den Vater hin, und sie gingen weiter. Beim nächsten Biwakplatz war das Mäuerchen etwas höher, bot auch so nur wenig Schutz. Hier fanden sie eine stark durchfeuchtete, leere Schachtel Streichkäse.

»Kommt das auf dem Speisezettel deines Vaters vor?«

»Könnte sein.« Sie suchten weiter. »Wo steckt er nur«, ließ Fredy seiner Ungeduld freien Lauf, als sie den nächsten Biwakplatz bereits ziemlich nahe des Gipfels erfolglos kontrolliert hatten.

REGULA 1

Nachdem Reto und Fredy sich auf den Weg gemacht hatten, ging Regula in ihre Kammer. Bevor sie sich für die kurze Nachtruhe hinlegte, dachte sie noch ein paar Minuten über ihre Beziehung zu Reto und Fredy nach. Ausgerechnet mit ihren beiden besten Freunden hatte sie das Schicksal heute zusammengeführt. Dabei wollte sie viel lieber jeden von ihnen einzeln treffen. Wem sie den Vorzug geben würde, war sie sich allerdings nicht sicher. Reelle Chancen für die Zukunft rechnete sie sich bei keinem aus. Nur die Hoffnung täuschte sie ab und zu darüber hinweg, weil sie eben beide wirklich mochte. Reto war zwar nicht der Frauenheld, den man ihm nachsagte, doch ihn würde sie nie anbinden können, auch wenn er wieder an die Lenk zurückfände. Für sie war er, und da war sie ganz sicher, ein freiheitsliebender Abenteurer. Ihm nachzuziehen, wäre keine Option, denn sie wollte vor allem eins: auf der Iffigenalp bleiben, hier hatte sie ihr Herz verloren. Hier kannte sie jeden Flecken, und einer war schöner als der andere. Selbst wenn diese unselige Autobahn beim Iffigenfall durch den Berg geführt würde, wäre das noch so. Sie verstand nicht, warum viele ihrer Kolleginnen und Kollegen das Tal am liebsten so schnell wie möglich verlassen wollten. Zu eng und zu rückständig war es ihnen hier. Diese Aspekte nahm Regula durchaus wahr. Aber die Schätze der Natur wogen diesen Mangel tausendmal auf. Der Kontakt zu ihren Gästen war ihr viel wert, und die Ruhe nach der Arbeit war nirgends so erholsam wie auf der Iffigenalp.

Und Fredy, der war eher ein Schürzenjäger. Mit ihren Kolleginnen vom Service in anderen Gaststätten des Tales tauschte sie sich diesbezüglich regelmäßig aus. Den meisten von ihnen machte er schöne Augen. Ihm musste man aber auch zugutehalten, dass er trotzdem ein anständiger Kerl blieb und nie seine soziale Stellung als Sohn des Gemeindepräsidenten und Großrats ausnutzte, was er bestimmt tun könnte. Er kam regelmäßig in die Wirtschaft. Ab und zu hatten sie sich auch nach ihrer Dienstzeit getroffen, einen kleinen Spaziergang gemacht, ohne dass etwas Ernsthaftes vorgefallen wäre. Mit ihm unterhielt sie sich bestens. Aber eben, sie war für ihn bestimmt nicht die Partie, die er sich, oder besser gesagt, die sein Umfeld wünschte. Überhaupt, seine Familie war bei ihm stets sehr präsent, bei allem, was er tat. Dies machte ihn fast ein wenig unselbstständig. Dabei ist er bereits Mitte 20. Eigenartig, dachte Regula.

RETO UND FREDY 4

Den vierten Biwakplatz hätten sie fast übersehen. Bereits hatten sie den eigentlichen Gipfel passiert, als Reto hinter sich ein leises Stöhnen hörte. »Hast du das gehört?« Mit fragendem Blick drehte er sich zu Fredy und bemerkte im Schein seiner Taschenlampe etwas Glänzendes. Nun war das Stöhnen ein weiteres Mal zu vernehmen. Fredy drehte sich auch in die Richtung des Kegels der Taschenlampe. »Das darf doch nicht wahr sein.« Mit drei großen Schritten war Fredy am Ort des Geschehens und entdeckte einen kleinen, in den steinigen Untergrund eingelassenen Liegeplatz, der nach oben mit Steinplatten abgedeckt und zur einzig offenen Seite mit einer als Witterungsschutz aufgehängten Pelerine versehen war. Vorsichtig hob Fredy die Pelerine an und blickte direkt in das Gesicht seines Vaters, der im Licht der Taschenlampe blinzelte.

»Vater!« Fredy war überglücklich, seinen Vater lebend zu sehen. Er weinte und lachte zugleich. Dieser versuchte zu antworten, brachte aber nur ein Stöhnen über die Lippen. Gemeinsam zogen sie den Vater aus der Nische und lehnten seinen Oberkörper an einen Stein. Als Polster verwendete Fredy seinen eilends ausgepackten Rucksack. »Vorsicht, ich glaube, er hat Schmerzen«, mahnte Fredy, und Reto nahm aus seinem Rucksack die Thermosflasche, füllte den Becher und gab ihn Fredy, welcher seinem Vater die Flüssigkeit vorsichtig einflößte. Allmählich kam wieder etwas Leben in sein Gesicht. Ein wiederholtes Zucken um den Mund deutete darauf hin, dass er etwas sagen wollte, aber nicht sprechen konnte. Dafür wies er mit dem Finger der rechten Hand auf das linke Bein, das eine etwas verdrehte Stellung einnahm. Reto untersuchte vorsichtig das Bein und realisierte anhand der Reaktionen des Vaters, dass es wohl verletzt war. »Ist das Bein verletzt?«, wandte sich Reto an den Vater. Dieser nickte leicht. Reto und Fredy sahen sich an. »Ich denke, das ist ein Fall für die Rettungsflugwacht. Gehen kann er mit dem Bein bestimmt nicht, und wir können ihn nicht in vernünftiger Zeit ins Tal tragen«, meinte Reto. Fredy nickte. »Ich werde jetzt Regula verständigen, damit sie über den Rettungschef die Rettungsflugwacht alarmiert. Zum Glück ist das Wetter schön und stabil, sodass sie hier bei Tagesanbruch gut landen können.« Reto nahm das Funkgerät, ging Richtung markierte Stelle zurück und gab Regula Bescheid, welche die frohe Kunde gerne entgegennahm und umgehend den Rettungschef informierte. Als Reto wieder bei Fredy und seinem Vater war, ging es diesem bereits besser. Er schlürfte langsam den Tee aus der Tasse, die ihm Fredy hielt. Unmittelbare Lebensgefahr besteht sicher keine mehr, dachte Reto.

»Dein Vater wird es überstehen. Zum Glück ist das Wetter rechtzeitig besser geworden.«

»Allzu lang hätte er wahrscheinlich nicht mehr durchgehalten«, erwiderte Fredy. »Vielen Dank für deine Unterstützung, alleine hätte ich das nie geschafft.« Bei diesen Worten kamen Fredy die Tränen, die er in den Ärmel seiner Jacke wischte. Reto packte seinen Proviant aus, teilte einen Apfel in Schnitze und gab Fredy davon. Beide aßen stumm, beinahe meditativ den Apfel und sahen dem lebendiger werdenden Vater zu, wie er in rhythmischen kleinen Schlucken trank. Plötzlich hob er den Kopf und machte den Mund auf. Fredy verstand richtig und hielt ihm einen Schnitz hin. Sein Vater biss ab und kaute bedächtig. Nach einem ersten Schnitz folgte ein zweiter und schließlich ein dritter. Die Zeit schlich dahin. Fredy wurde etwas ungeduldig. Gerne hätte er seinen Vater etwas sagen hören. Doch dieser ließ sich unendlich viel Zeit. Konnte oder wollte er noch nicht sprechen? Vielleicht war es auch zu früh dafür. Er hätte sich ja erklären müssen, was für seinen Vater in dieser Situation sicher nicht einfach war. Zudem war er schwach und hilfsbedürftig, möglicherweise zum ersten Mal in seinem Erwachsenenleben überhaupt. Nachdem alle drei gesättigt waren, zeichnete sich im Osten über den Gipfeln ein Silberstreifen ab. Die Dämmerung setzte ein. Bald würde der Helikopter eintreffen.

Der Vater war in der Zwischenzeit eingeschlafen, und Reto erwischte sich auch beim Einnicken. Fredy hingegen saß aufrecht, mit offenen Augen da. In Gedanken rekapitulierte er die vergangenen zwei Tage und war zufrieden, dass er die richtigen Entscheidungen getroffen hatte. Nun wird es Zeit, dass ich aus dem Schatten meines Vaters trete, dachte er. Dazu gehört auch eine eigenständige politische Meinung. Er wollte nicht mehr nur Vaters Sohn sein. Vielleicht sollte ich Reto und seine Kollegen in ihrem Kampf gegen die Autobahn unterstützen, ging es ihm durch den Kopf. Irgendwie fühlte er sich ihm verpflichtet.

Nachdem Reto kurz eingenickt und wieder aufgewacht war, rieb er sich den Schlaf aus dem Gesicht. Eigenartig, dachte er, dass ich ausgerechnet Annas Vater gerettet habe. In Gedanken ging er seine Pläne für das Wochenende durch. Mit Regula konnte er vielleicht bei der Rückkehr auf die Iffigenalp sprechen, falls er dazu nicht zu müde war. Vielleicht schlief auch sie. Danach würde er zu seiner Mutter gehen, etwas schlafen und anschließend mit ihr über seine Pläne sprechen. Am Sonntag war auf der Rückfahrt nach Bern der Besuch bei seinen Freunden in Boltigen angesagt. Falls sich das Gespräch mit Regula nicht ergab, musste er heute Abend nochmals zur Iffigenalp hoch. Das wäre etwas umständlich, aber machbar. Vielleicht kann ich mir den Jeep von Fredy ausleihen, das würde die Sache einfacher machen. Ein dumpfes Brummen holte ihn aus seinen Gedanken. Über dem Simmental linkerhand der Spillgerten kam der Helikopter der Rettungsflugwacht in Sicht. Der rote Rumpf und die transparente Kabine leuchteten im Sonnenlicht. Reto tippte Fredy an, der nach wie vor in seiner aufrechten Haltung in Gedanken versunken dasaß: »Der Helikopter ist im Anflug.« Fredy weckte seinen Vater sanft: »Bald bist du unterwegs ins Tal.« Ein leichtes Lächeln huschte über dessen Gesicht. Reto erhob sich und ging zur Stelle, wo der Helikopter problemlos landen konnte, und signalisierte, dass sie Hilfe brauchten. Der Helikopter überflog den Gipfel zunächst in einer engen Kurve, bevor er unweit von Reto aufsetzte. Kaum war er am Boden, drosselte der Pilot die Leistung des Motors und ließ den Rotor auslaufen. Der anfängliche Lärm und die turbulente Bewegung der Luft ebbten schnell ab. Aus der Kabine stieg der Flughelfer und brachte gleich eine zusammenlegbare Bahre mit. Reto ging zurück zum

Biwakplatz und winkte den Mann zu sich. Dieser nahm einen kurzen Augenschein, kontrollierte das verletzte Bein des Vaters, sprach ihm einige aufmunternde Worte zu und instruierte Fredy und Reto, was sie zu tun hatten. Mit wenigen Handgriffen öffnete er die Bahre, und in kurzer Zeit lag der Vater gut gebettet und eingepackt darauf. Der Flughelfer kümmerte sich um den Rucksack des Vaters, und Reto und Fredy trugen den Vater auf der Bahre zum Helikopter und hievten ihn hinein. »Wir bringen ihn ins Spital nach Zweisimmen, dort wird er untersucht und fürs Erste wohl bleiben«, gab der Flughelfer den weiteren Fahrplan durch, bevor er selber einstieg und davonflog. Gerade noch rechtzeitig kam es Fredy in den Sinn, nach dem Autoschlüssel zu fragen. »Deckeltasche«, hauchte der Vater sein erstes Wort, seit sie ihn gefunden hatten. Kaum war der Helikopter gekommen, war er wieder weg. Sie schauten ihm nach, bis der Rotorlärm nicht mehr hörbar war. Dann gingen sie zum Biwakplatz und packten ihre Sachen.

ANNA UND THERES 7

»He, du Siebenschläferin, es ist allerhöchste Zeit, dass du aus dem Reich der Träume in den heutigen Tag wechselst. Wir haben viel zu tun. Und wenn wir um 10 Uhr loswollen, muss du jetzt dringend aufstehen«, weckte Theres Anna am Morgen auf. Tatsächlich, es war bereits 7 Uhr. Theres hatte sie eine gute Stunde länger schlafen lassen, als abgemacht war. Anna stand auf, zog sich schnell an, trank in der Küche stehend einen Kaffee und aß ein Butterbrot dazu. Dann machten sie sich auf den Weg in den Laden, um die restlichen Vorkehrungen zu treffen, bevor sie an die Lenk aufbrechen konnten. Keine zehn Minuten brauchten Anna und Theres, um mit dem Käfer in den Laden zu gelangen. »Wir haben Glück: Nach dem gestrigen Unwetter wird heute ein schöner, warmer Tag. Wir werden das Dach des Cabriolets zurückschlagen und den Fahrwind unterwegs an die Lenk genießen«, meinte Theres. »Ich habe uns extra Hüte, Schals und warme Jacken eingepackt.« Sie wies auf den Rücksitz, wo diese Utensilien fein säuberlich geordnet lagen. »Pyjama und Necessaire habe ich auch eingepackt. Wir werden wohl erst morgen zurückkehren.« Anna bedankte sich für die große Umsicht. Gerade noch rechtzeitig vor den ersten Kunden trafen sie im Laden ein. Bis 10 Uhr wollten sie Arbeiten erledigen, die normalerweise erst am Montag dran waren, denn Ziel war es, den Laden in einem gut geordneten Zustand Celine zu überlassen. Um 9 Uhr läutete das Telefon. Theres nahm den Anruf entgegen. Am Apparat war ihre Schwester, welche die glücklich erfolgte Rettung ihres Gatten mitteilte. »Wunderbar, das freut mich für euch, wir sehen uns, bis bald. Danke für die Benachrichtigung.« Die Tante hängte auf und meinte zu Anna, die das Gespräch mitverfolgt hatte: »Sie haben deinen Vater gefunden, es geht ihm den Umständen entsprechend gut.« Anna fiel ein Stein vom Herzen. Ein zweiter lag aber immer noch darauf. Und den wollte sie am liebsten auch gleich loswerden. Vorsichtig erwiderte sie:

»Dann brauchen wir eigentlich gar nicht an die Lenk fahren.«

»Das fände ich keine gute Idee. Ob deine Eltern es jetzt oder erst in einer Woche erfahren, spielt keine Rolle mehr. Jetzt sind sie aber glücklich wegen des guten Ausgangs der Rettung von deinem Vater, und er ist zudem bedürftig, sodass du am wenigsten Schwierigkeiten haben wirst.« Punkt 10 Uhr übergaben sie den Laden. Dann schlugen sie das Dach des Cabriolets zurück, beide hüllten sich in die warmen Überkleider, und los ging die Fahrt. »Jetzt, wo wir es nicht mehr so eilig haben, können wir eine Mittagspause in Gstaad einlegen, ich kenne da ein gutes Restaurant«, konkretisierte Theres den Fahrplan. Im schnittigen Tempo kurvten sie durch die Rebberge Richtung Vevey, Montreux nach Aigle. Theres hatte die Route über den Col de Pillon nach Gstaad gewählt. Über Châtel-Saint-Denis, Bulle, Château-d'Oex hätten sie auch fahren können, aber dies war die etwas längere Strecke. Anna kannte einen Teil der heutigen Route von ihrem ersten Ausflug zum Lac de Taney. Der längere Teil, der sich von Aigle aus über den Col de Pillon nach Gsteig und Gstaad in die Berge hinein erstreckte, war für sie Neuland. Sie versuchte, sich sämtliche Namen der Ortschaften zu merken, die sie passierten. In den Dörfern herrschte reger Betrieb. Die Leute kamen von den umliegenden Weilern und Bauernhöfen zum Einkaufen. Die Tante musste das sonst flotte Tempo, mit dem sie sich übers Land fortbewegten, mächtig drosseln. Viele Passanten, die auf den roten Käfer aufmerksam wurden, winkten ihnen zu. Das lenkte Anna immerhin etwas von den Gedanken ab, welche mit den Hintergründen ihrer Fahrt verbunden waren. Nicht nur der Käfer bekam Aufmerksamkeit, auch der Umstand, dass eine attraktive Frau mittleren Alters am Steuer saß, mit einer jungen, hübschen Co-Pilotin neben sich. Das hatte eher Seltenheitswert. Auf dem Col de Pillon machten sie eine kurze Rast. Anna rekapitulierte die Ortsnamen auf der Straßenkarte. Dabei entsann sie sich der Panoramaskizze, die ihr Reto geschenkt hatte, und wurde nachdenklich. Wehmut beschlich sie. Für den Rest der Fahrt bis zur geplanten Mittagsrast wurde Anna still. Punkt 12 Uhr steuerte Theres den Käfer auf den Parkplatz von ihrem anvisierten Restaurant.

RETO UND FREDY 5

»Nochmals vielen Dank für deine tolle Unterstützung«, sagte Fredy zu Reto, als sie ihre Sachen beieinanderhatten und startklar für den Abstieg zur Iffigenalp waren. Er sah zwar müde aus, von seiner gestrigen Anspannung war aber nichts mehr zu spüren.

»Das war doch selbstverständlich, schließlich mache ich nichts lieber, als in den Bergen herumkraxeln.«

»Ausgerechnet du willst nach Schweden. Gibt es da überhaupt Berge? Bleib lieber im Tal und schau, dass es so bleibt und nicht durch diese Straße verschandelt wird.« Fredy gab Reto einen Knuff und strahlte dabei übers ganze Gesicht. Ist das möglich, fragte sich Reto überrascht, habe ich richtig gehört, und gab den Knuff zurück. Wenn bereits der Sohn des Gemeindepräsidenten bei den Straßengegnern gelandet ist, dann kann ich getrost nach Schweden gehen. Aber das mit den Bergen muss ich mir gut überlegen, da hat er recht. Es entspannte sich ein freundschaftlich geführter leichter Boxkampf.

»He, was sagst du da: Jetzt soll ich plötzlich im Tal bleiben?«

»Natürlich nur, wenn du mir nicht meine Freundinnen ausspannst.«

»Du bist also der Schürzenjäger, der offenbar von Befürwortern diffamiert wird.«

»Natürlich nicht«, wurde Fredy wieder ernst, »genauso wenig wie du.«

»Hattest du mal was mit Regula?«, wollte Reto in eine Sache mehr Klarheit bringen, die ihn in den vergangenen zwölf Stunden mehr als einmal beschäftigt hatte.

»Sagen wir es so«, holte Fredy aus: »Regula ist zunächst eine Serviertochter, die kennt man einfach. Sie ist aber auch eine intelligente Frau, mit der ich regelmäßig gerne ein Bierchen trinke und über Gott und Welt spreche.«

»Mehr nicht?«, erkundigte sich Reto mit Schalk in den Augen.

»Na ja, eigentlich sieht sie ganz gut aus.«

»Aha.«

Mehr gab Fredy nicht preis und Reto dachte sich: Sehr wahrscheinlich ist Regula nicht gut genug für die Familie des Gemeindepräsidenten. Trotz Müdigkeit drängte es sie schnellen Schrittes talwärts. Sie flogen förmlich von Tritt zu Tritt und mussten, da es nun genügend hell war, auch weniger Vorsicht walten lassen. Als sie bei der Verzweigung am Rawilpassweg anlangten, hielten sie kurz inne und tranken etwas.

»Bist du immer so schnell unterwegs in den Bergen?«, fragte Fredy, welcher leicht gestresst wirkte. »Nicht immer, aber es kommt ab und zu vor. Schließlich ruft das Tal.«

»Dann bin ich ja beruhigt. Von mir aus kann es eine Spur langsamer sein. Ich bin zwar gut trainiert, einen Streckenrekord müssen wir trotzdem nicht aufstellen.«

»Gut, dass du das sagst«, erwiderte Reto, »in den Bergen bin ich in meinem Element und manchmal mehr Gämse als Mensch.« Den Rest des Weges gingen sie nicht mehr hintereinander, sondern nebeneinander und sprachen über dieses und jenes. Reto sondierte sogar seine

Idee mit dem Schriftzug »Lenk ja, Rawil nein« oberhalb des Flueseelis. Fredy fand es eine coole Idee, gab allerdings zu bedenken, dass es gar nicht einfach zu realisieren war: »Alleine Lenk mit Fackeln zu schreiben, ist bereits eine Herausforderung. Auch weiß ich nicht, ob alle im Verein sich politisch exponieren möchten.« Innert kurzer Zeit schafften sie auch das letzte Wegstück und klopften am hinteren Eingang zur Wirtsstube an. Die Wirtin, die sie erwartet hatte, ließ sie eintreten und führte sie gleich an einen gut gedeckten Frühstückstisch. »Ihr habt bestimmt Hunger.« Und ob sie Hunger hatten. »Regula muss ich leider entschuldigen. Nach der Nachtarbeit benötigte sie dringend Schlaf. Sie lässt euch ausrichten, dass sie heute Abend nach der Arbeit um 18 Uhr mit euch auf die gelungene Rettungsaktion anstoßen möchte.« Beiden war das recht. Mit großem Appetit langten sie zu. Als sie gesättigt waren, legte Fredy den Fahrzeugschlüssel des Jeeps vor Reto auf den Tisch. »Ist das für dich in Ordnung, wenn du mich heute Abend nach 17 Uhr abholen kommst?« Reto nickte. Sie packten ihre Sachen, bedankten und verabschiedeten sich von der Wirtin und gingen zu ihren Fahrzeugen.

RETO 10

Reto setzte sich in den Jeep und wartete einen Moment, bis er den Motor startete. Die ganze Spannung, die sich mit der Rettungsaktion aufgebaut hatte, fiel von ihm ab. Mindestens drei Minuten saß er regungslos da. Seine Hirnwindungen machten keinen Mucks. Fredy war bereits lange losgefahren, als sich Reto aus seiner seltsamen Starre löste. Wobei starr nicht das richtige Wort für seinen Zustand war, denn er fühlte sich nicht unwohl dabei. Als seine Gedanken ihre übliche Aktivität wieder aufnahmen, realisierte er als Erstes, dass er Regula eigentlich unter vier Augen treffen wollte und nicht im Beisein von Fredy. Er stieg nochmals aus und bat die Wirtin, Regula auszurichten, dass er mit ihr am Abend noch etwas persönlich zu besprechen hatte. Sie versprach es ihm. Reto war nun wieder ganz Reto. Gemächlich ging er zum Jeep zurück und tuckerte die steile Straße Richtung Lenk hinunter. Die zahlreichen Schlaglöcher schüttelten ihn ganz ordentlich durch. Der Jeep war schlecht gefedert und ausweichen nur selten möglich. Als er das Restaurant *Alpenrösli* passierte, dachte er, mit dem Velo wäre ich jetzt bereits zu Hause, was auch übertrieben war. Während der restlichen Fahrt ließ er die wesentlichen Momente der Rettungsaktion Revue passieren und war mit sich und der Welt zufrieden. Zu Hause wartete seine Mutter mit geschätzt 1.000 Fragen zu den Details der vergangenen Nacht. Von Fredys Mutter hatte sie vom glücklichen Ausgang der Geschichte erfahren, nun wollte sie es genau wissen. Nach zehn Fragen winkte Reto müde ab. »Nur noch eine Frage, dann lasse ich dich schlafen gehen, du hast es wahrlich verdient.« Reto seufzte. »Hat Regula ihre Sache gut gemacht?« Reto seufzte ein zweites Mal und antwortete etwas widerwillig: »Ja, sie war uns eine große Hilfe, aber jetzt muss ich mich wirklich aufs Ohr legen.« Er verließ die Küche, stieg die Treppe hoch und verschwand in seinem Zimmer, wo er noch angekleidet einschlief.

FREDY 2

Fredy kam daheim müde und glücklich an. Am liebsten hätte er gleich seinen Vater im Spital besucht.

»Das geht jetzt nicht, er wird zurzeit untersucht, danach braucht er etwas Ruhe«, erklärte seine Mutter, die sich im Spital in Zweisimmen erkundigt hatte. »Nachmittags ab 15 Uhr sollte es gehen.« »Dann werde ich etwas schlafen.« Fredy wandte sich zum Gehen.

»Übrigens, Anna und Theres kommen heute Nachmittag, ich habe sie gestern Abend darum gebeten.«

»Schön, Schwesterchen wieder zu sehen.«

»Und der Reto ist ein toller Bursch. Ich glaube, wir müssen uns ihm gegenüber erkenntlich zeigen. Im Dorf hat er es nicht einfach, aber wenn es drauf ankommt …«

»Machen wir, aber jetzt gehe ich wirklich schlafen.« Fredy verließ die Küche und stieg müden Schrittes die Treppe hoch in sein Zimmer. Einschlafen konnte er allerdings nicht gleich. Zu präsent waren die Eindrücke der vergangenen Nacht. Der Moment, als er seinen Vater hinter der Pelerine entdeckte und sein Blinzeln wahrnahm, war phänomenal gewesen. Aber auch Retos Frage nach seiner Beziehung zu Regula beschäftigte ihn. Zum ersten Mal realisierte er, dass Regula ihm mehr bedeutete als seine vielen anderen Frauenbekanntschaften. Eigentlich waren diese vor allem für sein Image von Interesse, taugten aber darüber hinaus zu nichts Weiterem. Bei Regula war dies etwas anderes. Und in der vergangenen Nacht und überhaupt bei der Rettung seines Vaters hatte sie eine überaus wichtige Rolle gespielt. Ohne ihre genauen Hinweise hätten sie gar nicht gewusst, wo sein Vater zu finden war. Auch gegenüber ihr wollte er sich erkenntlich zeigen. Nun packte ihn ein tiefer Schlaf.

REGULA 2

Etwa zur gleichen Zeit beendete Regula ihre Zimmerstunde und machte sich bereit zum Servieren des Mittagessens. Sie fühlte sich einigermaßen ausgeruht nach den nächtlichen Strapazen. Nachdem die Rettungsflugwacht alarmiert war, hatte sie noch versucht, Fredys Mutter zu informieren, allerdings vergebens. Sie hinterließ ihrer Chefin auf einem Zettel eine Nachricht, dies am Morgen nachzuholen. Dann war sie unter die Decke gekrochen, gegen 10 Uhr aufgestanden und unter die Dusche gegangen. Nun erwartete sie die ersten Gäste. Regula war allerdings nicht wirklich konzentriert bei der Arbeit dabei, vielmehr mit den Gedanken bei den Ereignissen der vergangenen Nacht. Gerade servierte sie einem älteren Ehepaar als Vorspeise eine kräftige Gemüsesuppe. Zum Glück war sie genügend routiniert, sonst wäre es ein Leichtes gewesen, dass die Suppe über den Tellerrand geschwappt wäre und das Tischtuch befleckt hätte. Regula seufzte und dachte, es ist, wie es ist. Gleichzeitig setzte sie ihren treuherzigen Blick auf, der auch eine übergeschwappte Suppe entschuldigt hätte. Die Ehefrau quittierte den Blick mit einem freundlichen Lächeln. Hier oben waren die Menschen einfach etwas nachsichtiger, freundlicher als im Tal oder in der Stadt, wo Regula in den Wintermonaten servierte, wenn sie nicht als Skilehrerin arbeitete oder auf Reisen unterwegs war. Auch deshalb wollte sie hier oben bleiben.

Allmählich füllte sich das Restaurant wie an jedem schönen Tag im Sommer. Die meisten Gäste, die bei ihnen das Mittagsessen einnahmen, fuhren extra mit dem eigenen Wagen hoch, machten einen kurzen Spaziergang und setzten sich dann zu ihnen an den Tisch. Sie blieben meistens längere Zeit und konsumierten viel. Gegen 15 Uhr wurden sie von den Wanderern abgelöst, die auf der Rückkehr vom Iffigensee einkehrten. Regelmäßig zur Ankunfts- und Abfahrtszeit des Busses wechselte ein Teil der Kundschaft. Der daraus resultierende pulsierende Rhythmus prägte ihren Arbeitstag auf vorteilhafte Weise. Auf Anspannung folgte Entspannung. Nur selten gab es Dauerstress. Regula war nach der Arbeit fast nie ausgelaugt. »Besten Dank und dir einen schönen Tag«, verabschiedete sie gerade einen Stammgast und legte das großzügige Trinkgeld beiseite. Ja, auch der pekuniäre Aspekt stimmte für sie. Gut gelaunte Gäste gaben eher Trinkgeld. Zusammen mit dem Lohn kam sie auf ein ordentliches Einkommen. Und da sie nur wenig Gelegenheit hatte, um Geld auszugeben, häufte sich auf ihrem Sparkonto ein ansehnlicher Betrag. Größere Ausgaben tätigte sie nur im Herbst nach der Saison bei ihren zweiwöchigen Reisen durch Europa. Eigentlich könnte ich Reto fragen, ob er diesen Herbst mitkommen möchte, ging es ihr durch den Kopf. Er hätte bestimmt mehr Zeit als Fredy. Ich spreche ihn heute Abend darauf an, beschloss sie unternehmungslustig. Retos von der Chefin überbrachte Ankündigung hatte Regula zunächst etwas stutzig gemacht, denn von ihm hatte sie seit ihrem Besuch in Boltigen nur gerade jene Karte aus Bern als Lebenszeichen erhalten. Entsprechend überrascht war sie gestern, als Reto plötzlich an der Lenk an der Seite von Fredy auftauchte. Wie sich die Dinge doch schnell änderten und sich neue Perspektiven eröffneten.

PETER 3

Als Peter an diesem Morgen ans Telefon gerufen wurde, war er heilfroh, von Fredys Mutter erfahren zu dürfen, dass die Rettungsaktion bereits erfolgreich verlaufen war. Im Laufe der Nacht war ihm nämlich schmerzlich bewusst geworden, dass er in den vergangenen Jahren und insbesondere in letzter Zeit vieles nur deshalb so gemacht hatte, weil seine Eltern es so von ihm erwarteten. Dazu gehörte sein Engagement für den Autobahnbau ebenso wie die Avancen Anna gegenüber. Letztendlich musste er sich eingestehen, dass ihm Anna zwar gefiel, ansonsten aber nicht mehr bedeutete. Ihm wurde klar, dass er sich dringend von den Ansprüchen seiner Eltern lösen musste. Mit dieser Erkenntnis fiel ein riesiger Brocken von seinen Schultern, und sämtliche Machtgelüste, die sein Leben in den vergangenen Wochen geprägt hatten, lösten sich von ihm ab. Peter fühlte sich zum ersten Mal wirklich frei und wohl in seiner Haut. Gerne gratulierte er Fredys Mutter zur geglückten Rettung, erkundigte sich nach Fredy und Anna und ließ sie herzlich grüßen.

ANNA 8

Als Anna vorsichtig die Tür zum Zimmer ihres Bruders öffnete, war sie froh, den schwierigsten Teil ihres Besuches zu Hause bereits hinter sich zu haben. Das Mittagsessen in Gstaad, wie konnte es anders sein, war lecker gewesen. Ihre Tante hatte offenbar eine Nase für gute Restaurants. Gleichwohl stieg Anna mit gemischten Gefühlen wieder in den Käfer. Von Gstaad aus war es noch eine knappe Stunde bis an die Lenk, und dort begann der Ernst des Lebens. Auch Theres schien nachdenklich zu sein und tuckerte ganz im Gegensatz zu ihrer sonstigen Gepflogenheit ziemlich gemütlich auf der kurvenreichen Straße nach Zweisimmen. Sie sprachen dementsprechend wenig. Kurz vor Blankenburg brach Theres das Schweigen und erkundigte sich bei Anna, ob sie für den Besuch in der Familie gewappnet sei. Anna wusste nicht so recht, was sie antworten sollte, und gab etwas undeutlich zurück: »Es wird schon klappen«, war aber keineswegs davon überzeugt. Die Tante insistierte für einmal nicht, denn sie war nun selber unsicher. Schweigend fuhren sie weiter. Allmählich eröffnete sich ihnen der Blick auf die Wildstrubelkette. Und hätte nicht der Wildstrubel seine Magie entfaltet, so wäre aus diesem Tag etwas ganz anderes geworden. Die Wirkung war ähnlich wie jene von Retos Skizzen, fegte Annas sämtliche Zweifel hinweg und gab ihr den nötigen Halt, um ihrer Mutter gegenüber selbstbewusst aufzutreten. Als sie an der Lenk aus dem Käfer stieg, war sie wieder ganz die Alte und voll von Energie. Sie umarmte ihre Mutter herzlich und staunte nicht schlecht, dass diese Umarmung genauso erwidert wurde. Etwas, das es vor ihrer Abreise ins Welschland lang nicht gegeben hatte. Noch bevor die Mutter Fragen stellte, erkundigte sich Anna nach dem Zustand des Vaters. »Heute ist ein wunderbarer Tag«, erwiderte die Mutter zu Tränen gerührt, »Vater geht es den Umständen entsprechend gut, und ich werde Großmutter.« Anna war baff. Wie hatte ihre Mutter bloß von der Schwangerschaft erfahren? »Weißt du, bevor dein Vater sich vorgestern in die Berge verabschiedet hat, hat er mir davon erzählt und gesagt, dass er es aus sicherer Quelle wisse, und mich gebeten, niemandem etwas zu verraten, auch Fredy nicht. Er war wütend, weil du nichts gesagt hast. Ich hingegen habe mich für dich gefreut. Schließlich waren wir damals mit Fredy auch nicht viel älter und haben es lange Zeit geheim gehalten. Wer ist der Vater?« Anna lief es kalt über den Rücken. Sie schielte Hilfe suchend zur Tante. War jetzt der Moment gekommen? Die Tante nickte ihr aufmunternd zu. Anna zögerte einen Moment, dann nahm sie den ganzen Mut zusammen: »Er heißt Reto und ist aus der Lenk. Ich glaube, du kennst seine Mutter.« Die Mutter stutzte einen Moment. »Du meinst nicht etwa Reto Werren, den Zimmermann?« Anna nickte vorsichtig. »Das gibt es ja nicht!« Die Mutter schlug freudig die Hände über dem Kopf zusammen. »Nur dank ihm haben wir deinen Vater so schnell gefunden, er hat Fredy bei der Rettungsaktion begleitet. Hat er dir nichts gesagt?«

Anna konnte es kaum fassen. »Sag das noch einmal.« Doch Theres kam der Mutter zuvor: »Was für eine wunderbare Fügung!« Die drei Frauen umarmten sich freudig. »Ihr seid ja noch besser im Dichthalten, als wir es damals gewesen sind. Reto hat Fredy gegenüber natürlich nichts erwähnt.« Nun schauten sich die Tante und Anna kurz fragend an, und die Tante gab Anna einen Knuff. »Reto weiß noch gar nichts von seinem Glück.« Die Mutter löste sich aus der Umarmung und nahm etwas Abstand.

»Ehrlich?«

»Es geschah am Wochenende vor meiner Abreise ins Welschland. Seither habe ich Reto nicht mehr gesehen. An meinem 20. Geburtstag hätte ich es ihm gesagt. Ich wollte ihn damit schützen.«

»Wenn das nur gut geht.«

»Das wird gut kommen«, mischte sich die Tante ein und drückte damit den wiedergefundenen Optimismus aus.

ANNA UND FREDY 1

Endlich regte sich ihr Bruder, und Anna trat zu ihm ans Bett. Fredy blinzelte schläfrig. »Hallo, Schwesterchen, schön, dich zu sehen.« Er setzte sich im Bett auf, und Anna nahm am Bettrand Platz.

»Du hast dich mächtig verändert in den paar Wochen Welschland.«

»Meinst du?« Ob er es wohl von selbst merkt?

»Du bist doch nicht etwa …?«, fügte Fredy vorsichtig an.

Der ist aber schnell. »Tatsächlich, ich bin schwanger, mein lieber Bruder.«

»Ehrlich, mach keine Witze.« Anna nickte.

»Das glaube ich nicht. Wer soll der Vater sein?«

»Dreimal darfst du raten.«

»Dass du Verehrer hast, ist mir bekannt, aber von denen kommt wohl keiner infrage. Komm schon, sag's mir!«

»Deine erste Einschätzung ist bereits richtig, gratuliere, das freut mich«, erwiderte Anna lächelnd. »Komm schon!« Fredys Antwort spürte man die wachsende Neugierde und Ungeduld an. »Der Vater weiß noch nichts von seinem Glück …«

»Hm«

»… und hat soeben mit dir ein großes Abenteuer bestanden.«

»Ich verstehe kein Wort«, reagierte Fredy leicht genervt, doch dann machte es bei ihm Klick: »Du willst nicht etwa behaupten, dass Reto der Vater ist, der kennt dich doch kaum. Wenigstens tut er so.«

»Bingo, du hast es erraten.«

Fredy kam sich wie im falschen Film vor und schüttelte nur den Kopf. Dann begriff er, dass es wirklich so war, und umarmte Anna herzlich.

ANNA UND RETO 2

Etwas ehrfurchtsvoll, was er an sich nicht kannte, ging Reto auf den Eingangsbereich zum großzügigen Haus von Annas und Fredys Eltern zu. Den Jeep hatte er auf dem Parkplatz neben den Wagen des Vaters parkiert. Er war frisch geduscht und steckte in seinen besten Klamotten, was allerdings nichts zu besagen hatte. Dank der mit Schlaf ausgefüllten Ruhepause wirkte er trotz der nächtlichen Strapazen gut erholt. Er freute sich auf den Abend mit Fredy und Regula. Zu seiner Überraschung wurde ihm sogar die Tür geöffnet, was er sonst nicht gewohnt war. Doch wen sah er da? Mit Anna hatte er wirklich nicht gerechnet. Sie stand lächelnd in der Tür, und Reto wähnte sich für einen Moment im falschen Film.

»Anna«, sagte er und stoppte zugleich seinen Schritt. Sie kam auf ihn zu: »Hallo, Reto.« Jetzt realisierte er, dass sich Anna verändert hatte. Ist auch kein Wunder, dachte er, immerhin hatte er sie über drei Monate nicht mehr gesehen. Vor lauter Überraschung brachte er nur ein »Schön, dich zu sehen« heraus.

»Bekomme ich keinen Kuss?«

»Dürfen wir denn das?« Reto zögerte und schaute vorsichtig und unsicher zum Haus.

»Wieso nicht?«

Das waren völlig neue Töne. War es das, was sich verändert hatte? Anna ließ sich von Retos zögerlicher Reaktion nicht beirren. Sie öffnete einfach ihr Herz und bezauberte ihn mit ihrem schönsten Lächeln. Reto nahm Anna in den Arm, und mit dem Berühren ihrer Lippen war die alte Vertrautheit wieder da. In der Umarmung realisierte er bereits zum zweiten Mal, dass sich Anna irgendwie anders anfühlte. »Komm, wir gehen hinein, ich stelle dich meiner Mutter vor.« Anna zog Reto ins Haus, und er ließ es mit sich geschehen. Nach der herzlichen Begrüßung durch die Mutter gingen sie in den Garten, wo sie unter sich waren. Was ist das nur?, war Reto immer noch mit der Verarbeitung seiner Eindrücke beschäftigt. Doch Anna kam ihm zuvor:

»Du Reto, ich möchte dir ein Geheimnis verraten.« Er schaute sie fragend an. »Fällt dir nichts auf?« Nun dämmerte es ihm endlich. »Du bist nicht etwa schwanger?«, erwiderte er zögerlich.

»Du bist nicht unschuldig dabei.«

»Ich soll Vater werden?« Reto traf es mit voller Wucht, und er musste sich erst einmal setzen. »Und das ist kein Witz?«

Anna schaute ihn lächelnd an und schüttelte leicht den Kopf. »Du freust dich auch ein wenig?« »Natürlich, aber es ist alles überraschend.« In seinem Inneren tobte hingegen die Auseinandersetzung zweier Gefühle. Die Angst vor Kontrollverlust und Verlust seiner Freiheit kämpfte gegen die aufkeimende Freude über die zurückgekehrte Liebe und das gemeinsame Kind. Anna ließ ihm Zeit. »Warum hast du es nicht früher gesagt?« Ohne dass sie es mit Anna abgesprochen hätte, trat Theres, welche die Szene aus dem Hintergrund verfolgt hatte, auf den Plan. »Dafür bin ich verantwortlich.« Reto schaute fragend zu Anna.

»Das ist meine Tante Theres, bei ihr wohne ich im Welschland.« Sie begrüßten sich.

»Was Theres sagt, stimmt nicht ganz. Es war meine Idee, weil ich dich schützen wollte, aber Theres hat mich ganz toll dabei unterstützt.«

»Schützen wollte?«

»Ich war noch minderjährig, als unser Kind gezeugt wurde, das hätte man dir vorwerfen können.« Nun ging auch Reto ein Licht auf. Im Kopf wurde ihm klar, warum Anna sich eher rar gemacht und ihn erst zum Geburtstag eingeladen hatte. Im Bauch rumorte es allerdings weiterhin. Doch dieser ließ sich von Annas Gegenwart schnell besänftigen. Sie nahm Reto bei der Hand. »Komm, wir setzen uns unter die Linde und erzählen uns, was wir in der Zwischenzeit erlebt haben.« Als Reto auf sein Projekt in Schweden zu sprechen kam, lenkte Anna schnell ein: »Falls dir die Arbeit im Norden wirklich wichtig ist, dann würde ich das an deiner Stelle auch machen. Du musst aber schauen, dass du rechtzeitig zur Geburt zurück bist, denn da möchte ich dich dabeihaben.«

Als Fredy in den Garten kam, hatten sie die vergangenen drei Monate bereits überbrückt, als wäre nichts gewesen, und waren wieder das Liebespaar von zuvor. »Jetzt müssen wir aber gehen, Regula wartet schon.« Reto bekam einen gehörigen Schrecken, begleitet von einem schlechten Gewissen. Doch Fredy ergänzte gleich: »Ich habe Regula von eurem Glück erzählt, und sie freut sich sehr für euch!«

ENDE

NACHWORT

Auch wenn die Personen in dieser Geschichte frei erfunden sind, so gibt es doch einige reale Begebenheiten:

- Zu dieser Zeit gab es tatsächlich ein Straßenprojekt durch das Simmental, das einen Tunnel ins Wallis vorsah. Dieses Straßenprojekt scheiterte allerdings letztendlich nicht am Widerstand der Bevölkerung, sondern daran, dass durch die Probebohrungen für den benötigten Tunnel Risse bei der Staumauer des Lac Tseuzier auf der Walliser Seite aufgetreten sind.

- Die Schutzhütte beim Fluhseeli gibt es tatsächlich. 1976 wurde eine erste einfache Schutzhütte erstellt, die dann 1989 zu einer kleinen Selbstversorgerhütte erweitert wurde. Sie ist öffentlich und kann gegen Reservation benutzt werden. Und jedes Jahr leuchtet am 1. August (Schweizer Nationalfeiertag) oberhalb des Fluhseeleins der Schriftzug »Lenk«.

- Die Bergwelt im oberen Simmental ist auch heute noch wunderschön und imposant und eine Einkehr in die beiden Berggasthäuser »Iffigenalp« und »Sibe Brünne« lohnt sich allemal.

- Nicht nur die Natur verwöhnt die Besucher, auch für Kultur ist in Form von Musikwochen, Theater und Kino gesorgt. Im Kino Lenk mit seinem engagierten Programm hätten Reto und Anna vor rund 50 Jahren bestimmt im Schutze der Dunkelheit bereits Händchen gehalten und Küsse getauscht.

3,50